Klarant Verlag

Die gebürtige Ostfriesin, ***Sina Jorritsma***, aus der Krummhörn studierte in Hamburg Germanistik und Philosophie, bevor sie wieder in ihre Heimat zurückkehrte. Sie veröffentlicht unter Pseudonym, weil sie ihre Umgebung genau beobachtet und Ereignisse aus ihrem Leben in ihre Geschichten einfließen. Das Romaneschreiben ist ihr kleines Geheimnis, das nur wenige Menschen kennen. Bei einer großen Kanne Ostfriesentee mit Sahne und Kluntjes kann sie halbe Nächte durchschreiben, tagsüber hält sie sich mit Joggen fit. Sina Jorritsma lebt mit ihrer Familie in einem kleinen Ort bei Emden.

Sina Jorritsma

Friesenwrack

Ostfrieslandkrimi

Klarant Verlag

Klarant Verlag, www.klarant.de – www.ostfrieslandkrimi.de
ISBN: 978-3-95573-796-2
1. Auflage 2018
Umschlagabbildung: Klarant Verlag

Printed in the EU.

Kapitel 1

„Moin. Wir haben vielleicht einen Mordfall für Sie."

Kommissarin Mona Sander von der Borkumer Polizei hatte nach dem Telefonklingeln gerade den Hörer abgenommen und sich mit Namen und Dienstgrad gemeldet, als sie diesen Satz vernahm.

Die Ermittlerin erkannte den Anrufer sofort an der Stimme, er musste sich nicht extra vorstellen. Mona und ihr Kollege Enno Moll hatten schon öfter mit Kapitän Lorenzen von der Küstenwache zusammengearbeitet. Der Kommandant befehligte ein Patrouillenschiff, das die Gewässer zwischen den ostfriesischen Inseln und der niederländischen Küste kontrollierte. Mona hakte nach.

„Ebenfalls moin, Kapitän. Wieso ist es nur *vielleicht* ein Mordfall? Könnte es sich auch um eine Selbsttötung oder einen Unfall handeln?"

„Nein, die Frau wird sich das Messer wohl kaum selbst in die Brust gestoßen haben", erwiderte Lorenzen trocken. „Und schon gar nicht versehentlich. Danach sieht es nämlich überhaupt nicht aus. – Wir haben die Leiche vor einer Stunde an Bord einer Segelyacht gefunden, die steuerlos in der Nähe des Borkumriffs trieb. Als meine Leute an Bord gingen, fanden sie in der Kabine die Tote sowie ihren mutmaßlichen Mörder. Der Kerl ist allerdings nicht vernehmungsfähig, er muss irgendwelche Chemiedrogen eingeworfen haben. Der Fall landet bei Ihnen, falls die Frau bereits an Land umgebracht wurde. Doch falls die Bluttat auf hoher See geschah ..."

„... fällt das Delikt in die Zuständigkeit der Küstenwache", beendete Mona Kapitän Lorenzens Satz. Geduld gehörte nicht zu ihren Stärken. „Sind Sie schon in den Borkumer Hafen eingelaufen?"

„Ja, wir haben die Segelyacht hierher geschleppt. Die Ruderanlage des Bootes ist beschädigt, es trieb wie gesagt als steuerloses Wrack mitten in der Fischerbalje."

„Was wäre geschehen, wenn Sie die Yacht nicht rechtzeitig gesichtet hätten?", fragte Mona. Sie wusste, dass die Gewässer unweit des Borkumriffs mit Vorsicht zu genießen waren.

„Das Wrack wäre weiter aufs offene Meer hinausgetrieben", erwiderte Lorenzen. „Womöglich hätte ein Tanker oder ein

Containerschiff es nachts versehentlich gerammt, aber das ist pure Spekulation."

Monas kriminalistische Neugier war erwacht. Sie konnte es kaum abwarten, sich in diesen Fall hineinzuknien. Während des Sommers hatte sie sich für ihren Geschmack viel zu lange mit tölpelhaften Hoteldieben und betrunkenen Randalierern herumärgern müssen. Sie brauchte mal wieder eine berufliche Herausforderung.

„Enno und ich kommen gleich zu Ihnen, um uns selbst ein Bild zu machen", sagte die Kommissarin daher und legte den Telefonhörer auf.

„Worum geht es?", fragte Oberkommissar Enno Moll, der in diesem Moment kauend ihr gemeinsames Büro in der Borkumer Polizeiwache betrat. Der hünenhafte, bierbäuchige Ostfriese hatte die Tür mit dem Fuß aufgestoßen, weil er einen Becher Tee in der einen und ein angebissenes Salamibrötchen in der anderen Hand hielt.

„Lorenzen hat angerufen, es gibt eine Tote. Noch ist nicht klar, ob wir oder die Küstenwache ermitteln werden. – Lass uns abzischen, du kannst auch im Auto weiter frühstücken."

Enno nickte und trabte brav hinter seiner jüngeren Kollegin her.

„Du bist ja so aufgedreht", stellte er freundlich blinzelnd fest.

„Ja, das könnte ein interessanter Fall werden, obwohl Lorenzen den Täter womöglich schon verhaftet hat."

Mit diesen Worten klemmte Mona sich hinter das Lenkrad des zivilen Opel Vectra, den sie als Dienstfahrzeug benutzten. Enno ließ sich auf den Beifahrersitz plumpsen, und sie fuhren los.

Es war ein schöner Frühherbstmorgen auf der größten ostfriesischen Insel. Der Gästeansturm der Sommermonate flaute allmählich ab. Jetzt wurden die Straßen und Strände Borkums eher von den Langzeit-Kurgästen geprägt. Auch ältere Urlauber, die sich nicht nach den Schulferien richten mussten, fanden sich nun verstärkt auf der Insel ein. Auf Borkum gab es für die Polizei ganzjährig genug zu tun, obwohl die meisten Straftaten zum Glück nur Bagatelldelikte waren.

Während der Fahrt auf der schnurgeraden Reedestraße gab Mona ihrem Kollegen die wenigen Informationen, die sie von der Küstenwache bekommen hatte. Enno nickte und beendete sein Frühstück, indem er sich die Brötchenkrümel von den Fingern leckte.

„Wenn Opfer und Mörder gemeinsam auf einer Yacht mitten in der Nordsee gefunden wurden, dann dürfte sich eine weitere Tätersuche erübrigen", meinte er. „Allerdings sollten wir nicht den Fehler begehen, uns vom ersten Eindruck täuschen zu lassen."

„Ja, das stimmt. Wenn wir die genaueren Tatumstände kennen, sind wir schlauer. Vielleicht ist ja alles ganz einfach. – Erinnerst du dich noch an den Einbrecher, der auf der Flucht seinen Personalausweis verloren hat?"

Enno lachte.

„Der Bursche konnte es nicht glauben, als vor seiner Wohnung bereits unsere Kollegen auf ihn warteten. Ja, solche Fälle können einem den Polizeialltag versüßen."

Während ihres Wortwechsels hatten die Ermittler das Hafengebiet erreicht. Hier trafen nicht nur die Fähren aus Emden und Eemshaven ein, es gab auch zwei Yachthäfen für Segel- und Motorboote. Mona parkte den Dienstwagen vor dem Pier, an dessen Ende das Patrouillenschiff der Küstenwache festgemacht hatte. Unmittelbar dahinter lag eine Segelyacht mit weißem Rumpf. Schon von Weitem erblickten die Ermittler einige Uniformierte, die an Bord der Yacht beschäftigt waren.

In einem von ihnen erkannte Mona Kapitän Lorenzen.

Der Kommandant des Patrouillenschiffs trat auf den Pier, als Mona und Enno sich ihm näherten. Eine steife Brise wehte und zerzauste das schulterlange rotblonde Haar der Kommissarin. Sie trug Jeans, Rollkragenpullover und einen Anorak. Enno hingegen hatte seine geliebte uralte Lederjacke angezogen.

Lorenzen legte grüßend seine Rechte an den Mützenschirm, dann gab er den Ermittlern die Hand.

„Moin! Gut, dass Sie so schnell erscheinen konnten", sagte er. „Die Bestimmung des Todeszeitpunktes wird wahrscheinlich die Frage klären, ob wir von der Küstenwache oder Sie den Fall übernehmen."

Mona deutete auf das Heck des Segelbootes.

„Wie ich sehe, ist die *Esmeralda* in Borkum beheimatet", stellte die Kommissarin fest. Unter dem Namen des Wasserfahrzeugs war nämlich der Heimathafen auf den Rumpf geschrieben worden.

Der Offizier nickte.

„Ja, das Boot hat einen festen Liegeplatz. Laut Hafenmeister ist die Esmeralda gestern gegen achtzehn Uhr ausgelaufen. Er konnte allerdings nicht sagen, wie viele Personen sich an Bord befanden."

„Und was ist mit der Takelage?", wollte die Kommissarin wissen. „Die Segel sind gerefft. Haben Ihre Leute das gemacht, um das Boot besser in Schlepptau nehmen zu können?"

Lorenzen schüttelte den Kopf.

„Nein, wir fanden die Esmeralda mit gerefften Segeln mitten auf einer viel befahrenen Schifffahrtsroute treibend vor. Das war ja gerade der Grund dafür, dass wir an Bord gegangen sind. Und die Ruderanlage wurde mutwillig zerstört, das erkennt sogar ein Laie. Jemand muss sich mit einem Hammer oder einem anderen groben Werkzeug daran vergriffen haben."

Also hat jemand das Boot absichtlich manövrierunfähig gemacht, dachte Mona. Sie fragte:

„Konnte das Opfer schon identifiziert werden?"

„Nein, Frau Sander. Wir haben die Tote nicht bewegt oder die Kabine durchsucht, ich wollte zunächst mit Ihnen Rücksprache halten. In Sachen Mordermittlungen haben Sie eindeutig mehr Erfahrung als ich. Den Verdächtigen haben wir festgenommen. Er redet wirres Zeug und schlägt um sich. Wahrscheinlich steht er unter Drogeneinfluss. Oder er ist geisteskrank. Oder beides."

„Wo steckt der Kerl?", wollte Enno wissen.

„Wir haben ihn einstweilen auf unserem Patrouillenschiff in den Arrestraum gesperrt, wo er keinen Schaden anrichten kann", erklärte der Kapitän. „Aber er muss natürlich medizinisch untersucht werden. Ich habe bereits einen Krankenwagen angefordert."

„Gut, dann lassen wir ihn im Stadtkrankenhaus durchchecken", entgegnete der Oberkommissar. „Ich sorge dafür, dass Kollegen von uns ihn dort bewachen."

„Und ich werfe einen Blick auf das Opfer", kündigte Mona an. Sie sprang auf die schwankenden Planken der Segelyacht hinüber. Es war ein Kajütboot, die Luke zur Kabine stand offen. Die Kommissarin stieg die wenigen Stufen hinunter.

Die Leiche war nicht zu übersehen.

Es handelte sich um eine schöne junge Frau mit langen blonden Haaren. Sie war barfuß, ihre Kleidung bestand aus einer hellen Caprihose und einem lachsfarbenen Kapuzenpulli. Ein passendes Outfit für einen Segeltörn, wie Mona fand. Das Opfer hatte ein teures Parfüm benutzt, die Kommissarin kannte den Geruch. Die Tote machte einen gepflegten und wohlhabenden Eindruck, was zur Preisklasse der Segelyacht passte.

Nur der Perlmuttgriff eines Messers, das in ihrer linken Brusthälfte steckte, störte diesen harmonischen Gesamteindruck. Mund und Augen der Toten waren weit aufgerissen. So, als ob sie durch den Angriff völlig überrascht worden wäre.

Mona erkannte, was Kapitän Lorenzen bei ihrem Telefonat gemeint hatte. Die Frau konnte unmöglich Selbstmord begangen haben. Der Winkel, in dem das Messer in ihrem Körper steckte, sprach eindeutig dagegen. Sie konnte ihre Handgelenke gar nicht so weit verdrehen, um sich die Stichwaffe in den eigenen Leib zu stoßen.

Das Opfer lag quer auf einem Sofa mit grünen Polstern. Mona runzelte die Stirn, während sie näher trat. Zuvor hatte sie sich Latexhandschuhe übergezogen, wie sie es an einem Tatort immer tat.

Über die Todesursache konnte es nach dem ersten Anschein keinen Zweifel geben.

Die Blonde war erstochen worden. Ob hier eine versuchte Vergewaltigung vorlag?

Noch wusste Mona nichts über die Beziehung zwischen der Frau und dem verwirrten Mann. Die Kommissarin schaute sich zunächst in der Kabine genauer um.

Die Segelyacht gehörte zur oberen Preisklasse. Wer immer dieses Boot besaß, musste gewiss nicht am Hungertuch nagen. Es war geräumig eingerichtet, verfügte über insgesamt vier Schlafplätze sowie eine komplett eingerichtete Kombüse und erstklassige sanitäre Anlagen.

Hatten die beiden einen längeren Segeltörn geplant, bei dem es einen tödlichen Streit gegeben hatte? Oder waren noch mehr Personen an Bord gewesen? Und wenn ja, wo waren diese abgeblieben? Mona öffnete die Tür eines Schlafraums und fand auf der Koje eine geöffnete Reisetasche, die Frauenkleidung enthielt. Außerdem lag dort eine Umhängetasche. Mona öffnete sie. Die Kommissarin entdeckte neben einem Smartphone sowie anderen Alltagsgegenständen einen Presseausweis auf den Namen Nele Dijkstra. Das Passfoto darauf zeigte die blonde Tote. Die Kommissarin tat das Telefon in eine Tüte für Beweismittel.

„Jetzt kennen wir immerhin schon mal deinen Beruf", murmelte Mona.

„Was hast du gesagt?"

Die Kommissarin zuckte zusammen. Sie hatte nicht gehört, dass Enno ebenfalls in die Kabine heruntergekommen war. Für einen

Mann seiner Gewichtsklasse konnte er sich erstaunlich leise bewegen.

Mona drehte sich zu ihrem Kollegen um.

„Nichts, ich habe nur gerade laut gedacht. Das Opfer ist eine Journalistin namens Nele Dijkstra gewesen. Konntest du schon etwas über den mutmaßlichen Mörder in Erfahrung bringen?"

„Ja, der Hafenmeister ist gerade noch mal kurz vorbeigekommen. Er kennt das Boot gut. Die Esmeralda gehört einem gewissen Ernst Steiner, einem Unternehmer aus Bielefeld. Er besitzt auf Borkum ein Ferienhaus und eben auch diese Yacht. Er hat einen Dauerliegeplatz für die Esmeralda gemietet. Der Verdächtige ist Steiners Sohn Bodo. Die Kollegen von der Küstenwache haben eine Leibesvisitation vorgenommen, bevor sie den Verdächtigen in die Arrestzelle gesperrt haben. Sie fanden unter anderem seinen Personalausweis und seinen Führerschein."

Mona nickte.

„Wir brauchen hier die Spurensicherung, außerdem muss die Tote so bald wie möglich gerichtsmedizinisch untersucht werden. Wenn wir Glück haben, lassen sich DNA-Reste ihres Angreifers unter ihren Fingernägeln nachweisen. Auf der Tatwaffe könnten sich außerdem seine Fingerabdrücke befinden. Falls dieser Bodo Steiner Drogen eingeworfen hat, dann will ich alles über die Zusammensetzung dieser Substanz wissen. Dosierung, mögliche Wirkungen, das volle Programm. Es wäre zu übel, wenn so ein gewissenloser Verteidiger auf Schuldunfähigkeit plädieren würde, weil die Tat im Rausch begangen wurde."

Enno klopfte ihr beruhigend auf die Schulter.

„Du kennst die Gesetzeslage, Mona."

„Ja, eben! Ich finde nicht, dass Drogenkonsum ein Freibrief für Mord und Totschlag sein sollte."

„Noch wissen wir ja gar nicht, ob Steiner überhaupt etwas eingeworfen hat. Oder ob er überhaupt der Täter ist."

Die Kommissarin nickte abermals. Sie merkte nun ebenfalls, dass sie zu schnell vorgeprescht war.

„Ja, wir sollten nicht übereilt urteilen. Vor allem ich nicht. Ich gelobe Besserung, in Ordnung? Es gibt jetzt schon mehr als genug Fragen, die beantwortet werden wollen. – Warum trieb die Esmeralda als Wrack mit defekter Ruderanlage mitten auf der Fischerbalje? Hat der Mörder die Ruderanlage unbrauchbar gemacht? Was wollte Nele Dijkstra an Bord? Und – was haben wir denn hier?”

Während Mona die letzte Frage aussprach, schob sie das Kopfkissen der Koje beiseite. Ihr war nämlich aufgefallen, dass darunter etwas hervorschaute. Es war die Ecke eines stark ausgebeulten braunen Pappumschlags.

Als die Kommissarin ihn öffnete, riss sie die Augen weit auf. In dem Kuvert steckten mehrere dicke Banknotenbündel.

Die Ermittler zählten den Betrag nach.

Es waren genau zehntausend Euro.

Kapitel 2

Mona pfiff durch die Zähne, während sie das Geld samt Umschlag in eine Tüte für Beweismittel tat.

„Das hier dürfte wohl kaum Neles Notgroschen sein, den sie auch auf Reisen immer bei sich führt", mutmaßte sie.

„Da gebe ich dir recht. Hingegen würde ich einfach mal behaupten, dass es einen Zusammenhang zwischen diesem Geld und dem Tod der jungen Frau gibt", sagte Enno. „Wenn sie eine freie Journalistin war, könnte sie für eine Recherche angeheuert worden sein. Oder es handelt sich um Spesengelder. Allerdings glaube ich nicht, dass eine so hohe Bargeldzahlung branchenüblich ist."

„Da könnte es sich schon eher um Bestechung oder Korruption handeln", spekulierte Mona. „Aber wir wollen hier keine Ratespiele veranstalten, oder? Lass uns das Geld den Kollegen von der Spurensicherung übergeben, sie finden auf den Scheinen womöglich weitere Hinweise."

„Was Bodo Steiners Zustand angeht, müssen wir die ärztliche Untersuchung abwarten", stellte Enno fest. „Aber wir können schon mal mit seinem Vater Kontakt aufnehmen. Außerdem müssen wir die Familie der Ermordeten benachrichtigen. Das kann ich übernehmen."

Mona war Enno dankbar dafür, dass er sich freiwillig für diese unangenehme Aufgabe meldete. Sie hielt sich selbst für belastbar, sonst hätte sie ihren Job nicht ausführen können. Doch die Angehörigen mit dem plötzlichen Verlust konfrontieren zu müssen, gehörte nicht zu ihren bevorzugten Dienstpflichten.

Sie gab ihrem Kollegen das Smartphone der Journalistin. Später wollten die Ermittler das Gerät den Kriminaltechnikern überlassen, genau wie das sichergestellte Bargeld.

„Ich schaue mich noch etwas genauer um", sagte Mona. Sie verließ die kleine enge Schlafkajüte und öffnete die Tür zum Raum gleich nebenan. Er wurde offenbar von einem Mann bewohnt. Bodo Steiner? Auf jeden Fall schien dieser Bewohner sich hier dauerhaft eingerichtet zu haben. Die Kommissarin erblickte nirgendwo einen Koffer oder eine Reisetasche.

Im Spind hing hochwertige Herrenkleidung, sowohl Geschäftsanzüge als auch Freizeitmode. Auf dem Nachtschrank neben der Koje lag ein Buch. Mona nahm es in die Hand. Es war eine deutsche Übersetzung von Victor Hugos *Der Glöckner von Notre Dame*. Der altmodischen Schrift nach zu urteilen musste es sich um eine Ausgabe aus dem neunzehnten Jahrhundert handeln.

Die Kommissarin setzte sich auf die Kante der Koje und schlug den dickleibigen Wälzer auf. Mona konnte Frakturschrift nur schwer lesen. Sie hatte allerdings auch nicht vor, hier jetzt eine gemütliche Schmökerstunde einzulegen. Ein unbestimmtes Bauchgefühl veranlasste Mona dazu, in dem Buch zu blättern.

Ab Seite hundertzwanzig war ein quadratisches Loch in die Seiten gestanzt worden – gerade groß genug, um Platz für einen Mikrochip zu lassen. Die Kommissarin runzelte die Stirn, während sie den Datenträger mit den Fingerspitzen vorsichtig herausnahm und in eine weitere Beweismitteltüte steckte.

Diese Segelyacht schien voller Geheimnisse zu stecken. Es gab gewiss plausible Gründe dafür, den Chip zu verbergen. Wobei Mona zugeben musste, dass das Versteck gut gewählt gewesen war. Zumindest in der jungen Generation dürfte sich das Interesse an einem so alten Roman in Grenzen halten. Der Datenträger war zwischen den Seiten von Victor Hugos Werk so sicher wie in Abrahams Schoß. Dort würden Eindringlinge wahrscheinlich zuletzt danach suchen. Sie war ein wenig stolz auf sich, weil sie das Versteck gefunden hatte.

Weitere Gegenstände konnte Mona auf Anhieb nicht entdecken. Sie bildete sich nicht ein, die Tätigkeit der Kriminaltechniker ersetzen zu können. Dafür fehlten ihr sowohl die Ausbildung als auch die Ausrüstung. Trotzdem konnte sie es kaum erwarten, bis der Chip ausgelesen sein würde.

In der Kombüse stieß die Kommissarin auf eine weitere Ungereimtheit. Auf dem Abtropfsieb neben der Spüle standen drei Longdrinkgläser. Mona hob eines davon hoch, roch daran. Sie nahm Zitronenduft wahr, was sie nicht weiter verwunderte. Direkt neben dem Edelstahlbecken befand sich eine halb leere Plastikflasche mit Geschirrspülmittel, auf deren Etikett eine Zitronenscheibe prangte.

Jemand hatte sich also die Mühe gemacht, diese Gläser sorgfältig abzuwaschen. Um Spuren zu verwischen? Und warum drei Stück? Hätte man die Gläser nicht einfach über Bord werfen können? Dann wären sie niemals gefunden worden.

Die Kommissarin öffnete den Geschirrschrank. Dort befanden sich, gesichert gegen hohen Seegang, Plätze für zehn Cocktailgläser. Drei davon waren leer, denn diese standen ja immer noch auf dem Abtropfsieb.

Drei Menschen mussten aus diesen Gläsern getrunken haben.

Wer war die dritte Person?

Gab es noch einen weiteren Toten?

Oder hatte sich der wahre Mörder davongemacht, um Bodo Steiner als Sündenbock aufzubauen?

Dann wäre es allerdings cleverer gewesen, die Gläser nach dem Abwaschen zurück in den Schrank zu stellen. Wie hätte in dem Fall jemand darauf kommen können, dass es noch eine dritte Person gab? Oder war der Täter womöglich gestört worden? Und wo befand er sich jetzt?

Die Kommissarin stellte die Frage einstweilen zurück.

Sie blickte durch das Bullauge nach draußen und sah, dass inzwischen ein Krankenwagen eingetroffen war. Zwei Männer von der Küstenwache schafften einen mit Handschellen gefesselten Gefangenen in das Fahrzeug. Er konnte zwar auf seinen eigenen Beinen gehen, bewegte sich aber unsicher wie ein Betrunkener. Das musste Bodo Steiner sein.

Er trug eine knielange Khakihose und ein weißes Polohemd. Die Haut an Armen, Beinen und Gesicht war tief gebräunt, wie man es bei Seglern oft sah.

Mona schaute dem Einsatzfahrzeug nachdenklich hinterher.

Ob Bodos Mikrochip-Geheimnis mit Neles Tod zusammenhing? Sie hoffte, es bald erfahren zu können.

Enno hatte die Tür zur Schlafkabine geschlossen. Mona hörte seine tiefe und ruhige Stimme, konnte aber die Worte nicht verstehen. Gewiss tätigte er gerade den Anruf, vor dem sie selbst sich fürchtete.

Die Kommissarin wollte nicht Däumchen drehen und auf ihn warten. Sie ging wieder an Land und wandte sich an Kapitän Lorenzen.

„Das hier ist nicht der reguläre Liegeplatz der Esmeralda, nehme ich an?"

„Nein. Da wir die Segelyacht im Schlepptau hatten, mussten wir dort anlegen, wo beide Fahrzeuge festgemacht werden konnten."

„Könnten Sie bitte meinem Kollegen sagen, dass ich zum Hafenmeister hinübergegangen bin? Es haben sich noch weitere Fragen ergeben."

„Klar, wird gemacht. – Könnten Sie Verstärkung anfordern, um den Tatort zu sichern? Wir müssten nämlich bald wieder auslaufen. Wir wollten nur das treibende Wrack hierher schaffen."

Mona nickte grimmig.

„Das wird wohl wirklich nötig sein", sagte sie und warf einigen Gaffern einen drohenden Blick zu. Die Schaulustigen hatten sich in einiger Entfernung versammelt, als der Krankenwagen eingetroffen war.

Die Kommissarin griff zum Funkgerät und bat den Dienststellenleiter Hinrich Oltbeck, einen Streifenwagen zum Hafen zu schicken.

„Gibt es Ärger, Frau Sander?", fragte Oltbeck.

„Nein, aber wir haben eventuell einen neuen Mordfall. Herr Moll und ich erstatten Ihnen Bericht, sobald wir wieder in der Dienststelle sind."

Der Hauptkommissar grummelte etwas Unverständliches und beendete den Funkkontakt. Mona fand ihren Vorgesetzten eigentlich in Ordnung, obwohl sie ihn für einen Paragrafenhengst hielt. Wenn sich auf Borkum ein Gewaltverbrechen ereignete, betrachtete er das allerdings stets als einen Angriff auf seine persönliche innere Ausgeglichenheit. Mit anderen Worten: Der Chef würde Mona und Enno auf die Nerven gehen, bis sie den Fall gelöst hatten.

Die Kommissarin ließ sich von diesen Aussichten nicht beirren und eilte zum Büro des Hafenmeisters hinüber. Auf dem Weg dorthin wurde sie von einer Gafferin aufgehalten.

„Was ist denn da passiert?", fragte die junge Frau sensationslüstern und deutete auf die Segelyacht.

„Jemand hat sich in den Finger geschnitten!", fauchte Mona. „Wie wäre es, wenn du ein Video davon machst und auf YouTube hochlädst? Vielleicht kriegt es genauso viele Klicks wie der Internet-Hit *In China fällt ein Sack Reis um*."

Darauf fiel der Schaulustigen keine passende Antwort ein. Schlagfertigkeit gehörte scheinbar nicht zu ihren Stärken.

Die Kommissarin rückte dem Hafenmeister auf die Bude, den sie von früheren Einsätzen kannte.

„Übernehmen Sie jetzt den Fall?", wollte er wissen, nachdem er sie begrüßt hatte.

„Das ist noch nicht hundertprozentig sicher", erwiderte Mona. „Sie haben doch bestimmt die Telefonnummer des Besitzers der Esmeralda, oder?"

„Ja, natürlich. Ich soll ihn sofort anrufen, wenn mit dem Boot etwas passiert."

„Das werde ich jetzt erledigen, ich muss sowieso Kontakt mit ihm aufnehmen. Ich melde mich später noch mal bei Ihnen, falls es weitere Fragen gibt."

Nachdem die Kommissarin die Telefonnummer erhalten hatte, tippte sie diese in ihr eigenes Smartphone.

Sie verließ das Büro des Hafenmeisters und lehnte sich draußen gegen die Wand. Während Mona dem Freizeichen lauschte, beobachtete sie die Möwen, die über dem Hafenbecken majestätisch langsam mit ausgebreiteten Schwingen über den klaren Frühherbsthimmel glitten.

„Guten Morgen, Sie sprechen mit dem Vorzimmer von Herrn Steiner", meldete sich eine kultiviert klingende Frauenstimme, der man die Sprechausbildung deutlich anhören konnte.

„Moin, ich bin Kommissarin Mona Sander von der Polizei Borkum. Stellen Sie mich bitte zu Ernst Steiner durch, es ist dringend."

„Ich weiß nicht, ob ich ..."

„Und ich weiß, dass sein Sohn womöglich unter Mordverdacht steht und seine Segelyacht nur noch ein Wrack ist", blaffte Mona ungeduldig. „Meinen Sie nicht, dass Ihr Boss sich dafür interessieren wird?"

„S-selbstverständlich", stammelte die Sekretärin. „Einen Moment bitte."

Die Kommissarin musste nur einen Atemzug lang warten, bis eine dunkle Männerstimme ertönte.

„Steiner."

Mona stellte sich noch einmal mit Namen und Dienstgrad vor. Dann fragte sie: „Wissen Sie, wo sich Ihr Sohn Bodo momentan aufhält?"

„Bodo ist mir keine Rechenschaft schuldig. Ich besitze ein Ferienhaus und eine Yacht auf Borkum. Da Sie von dort aus anrufen, vermute ich, dass er in Schwierigkeiten steckt?"

„Ihr Segelboot Esmeralda wurde treibend auf offener See gefunden. Ihr Sohn befindet sich in einem verwirrten Zustand und wird momentan medizinisch untersucht. Wir haben auf dem Boot außerdem die Leiche einer Frau namens Nele Dijkstra gefunden. Sagt Ihnen der Name etwas?"

Steiner antwortete nicht sofort. Mona bedauerte es, dass er ihr nicht persönlich gegenübersaß. Dann konnte sie die meisten Menschen nämlich gut einschätzen. Ob sie logen oder schockiert waren. Ob eine Hiobsbotschaft sie völlig unvorbereitet traf oder ob sie schon damit gerechnet hatten.

Als der Unternehmer wieder das Wort ergriff, hörte seine Stimme sich völlig emotionslos an. Nichts deutete darauf hin, dass Steiner sich um seinen Sohn sorgte.

„Nein, Frau Sander, eine Nele Dijkstra ist mir nicht bekannt. – Ich will gern dazu beitragen, dass diese Angelegenheit so schnell wie möglich aufgeklärt wird. Besteht ein Mordverdacht gegen meinen Sohn?"

Monas Bauchgefühl sagte ihr, dass Steiner sie gewaltig verschaukelte. Einen Beweis dafür gab es nicht. Doch sie nahm sich vor, so bald wie möglich nach Verbindungen zwischen dem Opfer und der Familie des Unternehmers zu fahnden.

„Zu laufenden Ermittlungen darf ich mich nicht äußern, Herr Steiner. Aber Ihr Sohn wird uns natürlich die Frage beantworten müssen, was er über den gewaltsamen Tod dieser Frau weiß."

„Ich verstehe. Sie werden doch Bodo nicht verhören, bevor er sich mit seinem Rechtsbeistand beraten hat? Ich sorge dafür, dass ein renommierter Jurist sich umgehend auf den Weg nach Borkum macht. Und ich selbst werde ebenfalls noch heute bei Ihnen erscheinen."

„Momentan ist Ihr Sohn noch gar nicht vernehmungsfähig", erklärte Mona. „Wie gesagt, er machte auf die Kollegen von der Küstenwache einen desorientierten Eindruck. Wissen Sie, ob er psychische Probleme hat oder regelmäßig Drogen konsumiert?"

„Selbstverständlich nicht!", schnarrte Steiner. Nun klang er schon weniger beherrscht. „Ich stelle fest, dass meine Anwesenheit auf Ihrer Insel dringend notwendig ist. Sie werden mich noch heute persönlich kennenlernen!"

Der letzte Satz klang wie eine Drohung, doch davon ließ Mona sich nicht beeindrucken. Sie hätte Steiner gern eine passende Antwort gegeben. Allerdings hatte er das Telefonat schon beendet.

Die Kommissarin schlenderte im Burkana-Hafen an den großen und kleinen Motor- und Segelyachten vorbei, die hier vertäut waren. Der Stammanlegeplatz von Steiners Yacht war logischerweise nicht belegt, da die Esmeralda sich ja an einer anderen Stelle befand.

Links und rechts von Steiners Liegeplatz erblickte Mona die *Frisian Queen* und die *Gunhild*. Während niemand an Bord des ersteren Schiffs zu sein schien, werkelte ein Mann auf dem Achterdeck der Gunhild. Er hatte die Kommissarin noch nicht bemerkt, weil er mit dem Rücken zu ihr auf dem Boden kniete.

„Ahoi, Gunhild!", rief sie mit gellender Stimme.

Der Mann erhob sich und drehte sich langsam um. Er trug eine mit Maschinenöl beschmierte blaue Arbeitslatzhose sowie ein verwaschenes graues T-Shirt. Seine Armmuskeln deuteten darauf hin, dass er kräftig zupacken konnte. Mit seinem blonden Bart und den halblangen Haaren in der gleichen Farbe wirkte er wie ein echter Friese. Schätzungsweise war er ungefähr vierzig Jahre alt. Sein tiefbrauner Teint bewies, dass er viel Zeit im Freien verbrachte.

Der Blonde lächelte, als er Mona erblickte.

„Moin, was kann ich für dich tun?"

Natürlich duzte er sie, vermutlich war sie seiner Meinung nach eine andere Seglerin. Hier im Hafen herrschte ein lockerer Umgangston. Damit hatte sie normalerweise überhaupt keine Probleme, doch sie war ja in offizieller Mission hier.

Also zückte Mona ihren Dienstausweis.

„Moin, ich bin Kommissarin Mona Sander von der Polizei Borkum. Ich müsste Ihnen ein paar Fragen stellen. Kann ich an Bord kommen?"

Der Mann wirkte überrascht, dann nickte er.

„Ja, selbstverständlich."

Mona sprang auf das Achterdeck. Der Blonde warf ihr einen misstrauischen Blick zu.

„Wenn es um die Verklappung von Öl auf hoher See geht – damit habe ich nichts zu schaffen. Ich würde auch jeden Mistkerl anzeigen, der auf diese Art unsere Natur vergiftet."

Die Kommissarin schüttelte den Kopf.

„Das ist heute nicht mein Thema, Herr ...?"

„Ich heiße Piet Blom. Du ... Sie können mich wohl nicht Piet nennen, oder? Ich mag es nicht so förmlich."

Er zwinkerte Mona zu, und eigentlich gefielen ihr die Lachfalten um seine Augen. Trotzdem wahrte sie die Distanz.

„Ich bin nicht zu meinem Vergnügen hier, *Herr Blom.*" Die Kommissarin betonte die beiden letzten Worte und fuhr fort: „Es geht um ein mutmaßliches Tötungsdelikt an Bord der Esmeralda."

Bloms Reaktion kam prompt. Er wurde bleich, was bei einem sonnengebräunten Mann wie ihm besonders seltsam aussah. Der Segler öffnete den Mund, wobei seine Unterlippe zu zittern begann.

„T-tötungsdelikt?", stammelte er. „Hat es diese blonde Frau erwischt?"

Mona hob die Augenbrauen. Ihr Puls beschleunigte sich. Sie zog ihr Notizbuch hervor. Obwohl sie mit dem Smartphone Befragungen auch mitschneiden konnte, bevorzugte sie doch die altmodische Variante. Mona fiel es leichter, sich mithilfe von handschriftlichen Stichworten ihr Bild von einem Fall zu machen.

„Was für eine blonde Frau? Könnten Sie die Person genauer beschreiben?"

Blom legte die Stirn in Falten und kraulte seinen Bart.

„Hm, sie war ungefähr eins siebzig groß, hatte schulterlanges blondes Haar. Sie trug so eine Hose, die nur bis zur Hälfte der Waden reicht."

„Eine Caprihose", stellte Mona klar.

„Wenn man das so nennt ... ich kenne mich mit Damenmode nicht besonders gut aus. Außerdem hatte die Frau so einen rötlichen Hoodie an. Und dieser Lackaffe Bodo Steiner schleppte eine Reisetasche, die vielleicht ihr gehörte. Ich dachte noch, dass er wieder ein Herz brechen wird."

Mona schrieb eifrig mit. Der Zeuge hatte soeben eine erstklassige Beschreibung des Mordopfers abgeliefert. Sollte der Fall bereits kurz vor der Aufklärung stehen? Sie hakte nach.

„Es klingt so, als ob Sie Bodo Steiner kennen und nicht besonders schätzen würden."

„Das können Sie laut sagen, Frau Sander! Ich mag weder diesen arroganten Playboy noch seinen überheblichen Daddy. Die Wurstknilche halten sich doch für etwas Besseres."

„Wurstknilche?“, echote Mona. Trotz des ernsten Themas musste sie grinsen. Die Kommissarin war eben auch nur ein Mensch.

Bloms Miene hellte sich auf.

„Sie sehen noch viel hübscher aus, wenn Sie lächeln! – Ja, Wurstknilche. Wussten Sie nicht, dass Steiner eine riesige Fleischwarenfabrik besitzt? Und sein Filius hat keine größere Leistung vollbracht, als mit dem goldenen Löffel im Mund geboren zu werden.“

„Wir haben die Ermittlungen gerade erst aufgenommen“, erklärte Mona. Sie war mit sich selbst uneins darüber, ob sie Bloms Flirtversuche gut oder schlecht finden sollte. So richtig schleimig war er ja eigentlich nicht. Außerdem fand sie es immer positiv, wenn jemand eine klare Meinung vertrat. Und er musste ja kein schlechter Zeuge sein, nur weil er ihr schöne Augen machte.

„Wann genau sind Bodo Steiner und die Frau an Bord gegangen?“

„Das war gestern so gegen siebzehn Uhr. Ich weiß das, weil ich kurz danach zu meiner Abendschicht im Lokal aufbrechen musste. Ich habe Bodo gegrüßt, wie ich es mit allen Segelkameraden tue. Der arrogante Fatzke hat mich wie Luft behandelt, das tut er immer.“

Die Kommissarin schrieb weitere Worte in ihr Notizbuch. Dann blickte sie dem Zeugen direkt ins Gesicht.

„Was machen Sie eigentlich beruflich, Herr Blom?“

„Ach ja, das habe ich noch gar nicht erzählt. – Ich bin Koch im Restaurant *Friesensonne*. Glauben Sie bloß nicht, dass ich so ein reicher Protz wäre, nur weil ich ein Segelboot besitze! Meine Gunhild habe ich vor acht Jahren gebraucht gekauft und mit viel Eigenleistung wieder auf Vordermann gebracht. Ich brauche das Segeln als Ausgleich zu der höllischen Schufterei in der heißen Küche. Da bleibt nicht viel Zeit fürs Privatleben. Deshalb ist die Gunhild auch die einzige Frau in meinem Leben ...“

Blom schaute Mona tief in die Augen, aber sie brachte das Gespräch wieder auf die Steiners.

„Nimmt Bodo Steiner öfter Frauen bei Segeltörns mit?“

„Ja, er hat einen starken Verschleiß an Freundinnen. Bodo versteht es, sich in Szene zu setzen. Es kann sein, dass manche dieser Mädels sich vom Reichtum seiner Familie blenden lassen. Weiß der Kuckuck, was für Versprechungen er ihnen macht. Doch die ‚große Liebe‘ hält nie länger als ein paar Tage. Wahrscheinlich wird Bodo dann so unausstehlich, dass die Gespielinnen die Flucht ergreifen.

Ich weiß es nicht, bei diesen Fahrten bin ich ja nicht dabei. Man kann nur mutmaßen, was sich an Bord der Esmeralda abspielt. – Möchten Sie eigentlich einen Tee?"

Die Kommissarin hatte wirklich Durst, doch sie wollte die Atmosphäre nicht zu vertraut werden lassen. Sie stand immer noch auf dem Achterdeck, gegen die Reling gelehnt. Deshalb sagte sie: „Ich will Ihnen keine Umstände machen."

„Unsinn, ich hab mir vorhin eine Kanne gekocht."

Mit diesen Worten stieg Blom in die Kabine hinab und kam gleich darauf mit zwei Bechern und einer Thermoskanne zurück. Er goss die heiße Flüssigkeit ein. Für echte Ostfriesen wäre es ein Sakrileg gewesen, Tee aus einer Thermoskanne zu trinken. Doch Mona war erstens eine Zugereiste und zweitens kam ihr die Zeugenaussage des Seglers äußerst aufschlussreich vor. Sie wollte versuchen, so viele Informationen wie möglich aus ihm herauszuholen.

„Danke." Sie nippte an ihrem Teebecher. „Kennen Sie einige der Frauen, die mit Bodo Steiner ... einen Segeltörn gemacht haben?"

Blom legte den Kopf in den Nacken, er schien intensiv nachzudenken.

„Lassen Sie mich überlegen. Die meisten werden Touristinnen sein, jedenfalls sagten mir ihre Gesichter nichts. Aber von einer Frau kenne ich wirklich den Namen. Ich habe mich nämlich mal auf der Fähre zufällig mit ihr unterhalten, da hat man ja jede Menge Zeit. Sie heißt Svantje Jonker und arbeitet beim Fahrradverleih Ten Kade."

Mona notierte alle Angaben.

„Und Bodo Steiner ist mit dieser Frau nicht mehr zusammen?", vergewisserte sie sich.

Der Segler grinste schief.

„Ich führe kein Buch über das Liebesleben dieses eingebildeten Pinsels. Ich habe Svantje einige Male auf sein Boot gehen sehen. Das war allerdings im Frühsommer, ist also schon ein paar Monate her. Seitdem ist mir Svantje nicht mehr begegnet, aber das heißt ja nichts. Wie gesagt, ich bin entweder in der Restaurantküche oder auf meinem Boot. Die Gunhild hat hervorragende Segeleigenschaften. Ich würde Sie gern einmal auf eine Tour mitnehmen, Frau Sander."

Anfangs hatte Mona ja Bloms Annäherungsversuche noch ganz schmeichelhaft gefunden, doch allmählich wurde es ihr zu viel.

„Was bilden Sie sich eigentlich ein?", blaffte sie. „Erst lästern Sie über Bodo Steiners angebliche Playboyambitionen, und dann baggern Sie mich selbst an? Das kommt mir ziemlich scheinheilig vor."

Blom zuckte zusammen, dann senkte er den Kopf.

„Sie haben recht, das hätte ich nicht tun sollen. Es gibt aber schon einen großen Unterschied zwischen Bodo und mir. Er versucht sein Glück bei jeder Frau, die halbwegs passabel aussieht. Das tue ich nicht. Es ist sehr lange her, seit ich zum letzten Mal geflirtet habe."

Die Kommissarin stellte zu ihrer Erleichterung fest, dass Enno sich nun näherte.

„Das ist mein Kollege", sagte sie und deutete auf den imposanten Oberkommissar. „Wir müssen jetzt weiter ermitteln. Vielen Dank für Ihre Aussage und für den Tee. Sie können mich jederzeit anrufen, falls Ihnen noch etwas einfällt. Jede Kleinigkeit kann wichtig sein."

Mit diesen Worten gab sie Blom eine ihrer Visitenkarten.

Dann sprang sie an Land und eilte auf den Oberkommissar zu. Mona spürte ein Kribbeln im Nacken. Sie konnte sich lebhaft vorstellen, dass Blom ihr einen schmachtenden Blick hinterherwarf.

„Du siehst genervt aus", meinte Enno freundlich blinzelnd, während sie Seite an Seite zu dem Opel Vectra zurückgingen.

„Das bin ich auch! Der Segler namens Piet Blom hat sich zwar als ein aufmerksamer Zeuge erwiesen, aber gleichzeitig hat er mich für meinen Geschmack viel zu heftig angeflirtet. Ich bin hier schließlich nicht auf Männerfang, sondern arbeite an einer Mordermittlung!"

„Entspricht er nicht deinem Beuteschema, Mona?"

„Na ja, er sieht eigentlich nicht schlecht aus, aber ... was ist das denn überhaupt für eine Frage? Willst du mich vielleicht verkuppeln?"

Der hünenhafte Ostfriese hob abwehrend die Handflächen.

„Kein Gedanke, ich bin einfach nur neugierig. Was wusste er denn über Bodo Steiner zu berichten?"

Während sie ins Auto stiegen, gab Mona ihrem Dienstpartner eine Kurzfassung dessen, was sie von dem segelnden Koch erfahren hatte.

„Hast du ihn denn nicht gefragt, mit wie vielen Personen an Bord die Esmeralda ausgelaufen ist?"

„Verflixt, das habe ich vergessen! Blom sagte, dass Bodo Steiner und die blonde Frau die Segelyacht betreten hätten. Es ist natürlich auch möglich, dass sich noch eine weitere Person bereits auf dem Boot befand."

Enno nickte.

„Das wäre zumindest eine Erklärung für die drei Longdrinkgläser in der Kombüse. Andererseits kann es sein, dass sie seit einem früheren Trip dort herumstehen und nur noch nicht in den Schrank geräumt wurden."

„Wenn Nele Dijkstra wirklich von Bodo Steiner ermordet wurde, dann wird sich das anhand von Indizien beweisen lassen", meinte die Kommissarin. „Ich gehe davon aus, dass die Kriminaltechniker seine Fingerabdrücke auf der Mordwaffe nachweisen können."

„Oder diejenigen eines anderen Täters", schränkte Enno ein.

„Richtig. Wobei sich dann die Frage stellt, wo diese dritte Person abgeblieben ist. – Konntest du eigentlich schon die Angehörigen benachrichtigen?"

„Ich habe Nele Dijkstras Mutter erreicht", erklärte der Oberkommissar. „Im Portemonnaie des Opfers war ein Kärtchen mit der Telefonnummer. Darauf stand, dass sie in Notfällen benachrichtigt werden sollte. Mareike Dijkstra war geschockt, als sie vom Tod ihrer Tochter hörte. Sie weinte, und dann sagte sie, dass sie damit hätte rechnen müssen. Ich fragte nach. Es ist wohl so gewesen, dass die Reporterin vor ihrem Tod immer nur über besonders skandalöse Themen berichtet hat, bei denen man sich viele Feinde macht."

„Das ist auf jeden Fall ein überzeugendes Mordmotiv", meinte Mona.

Die Ermittler kehrten zur Polizeistation zurück und erstatteten dem Dienststellenleiter Bericht über den bisherigen Ermittlungsstand. Oltbecks Gesichtsausdruck drückte deutlich sein Missfallen aus.

„Ich kenne Ernst Steiner, der Unternehmer wurde mir einmal bei einem Neujahrsempfang der Bürgermeisterin vorgestellt. Es wird ihm gar nicht gefallen, dass sein Sohn in ein Tötungsdelikt verwickelt ist."

„Verwickelt?", wiederholte Mona. „Nach Lage der Dinge ist Bodo Steiner momentan unser einziger Verdächtiger, Herr Oltbeck. Es sei denn, wir finden konkrete Hinweise auf eine dritte Person an Bord der Esmeralda. Das Indiz mit den drei Gläsern ist zu dürftig, um vor Gericht Bestand zu haben."

„Dieser Fall wirft viele Fragen auf", ergänzte Enno. „Woher stammen die zehntausend Euro in bar? Warum hatte Bodo Steiner einen Mikrochip in einem Buch versteckt? Wer beschädigte die

Ruderanlage? War der Verdächtige geistig verwirrt oder stand er unter Drogen?"
„Zumindest Letzteres werden Sie bald erfahren können", stellte der Chef fest. „Sie sagten doch, dass Bodo Steiner ins Stadtkrankenhaus gebracht wurde. Ich habe Herrn Ekhoff mit seiner Bewachung beauftragt."
„Ja, wir wollen gleich im Hospital vorbeischauen", kündigte die Kommissarin an. „Vorher möchte ich allerdings Informationen über das Opfer sammeln. Sie war eine Journalistin. Womöglich hängt ihr Tod mit ihrer beruflichen Tätigkeit zusammen."
„Ich erwarte jedenfalls von Ihnen, dass Sie mit viel Fingerspitzengefühl vorgehen", mahnte Oltbeck.
„Ich werde nicht anders ermitteln, nur weil unser Mordverdächtiger der Sohn von so einem reichen Wurstknilch ist!", erwiderte Mona heftig.
Der Dienststellenleiter verdrehte die Augen.
„Das hatte ich schon befürchtet. –Herr Moll, Sie achten bitte darauf, dass Frau Sander nicht über die Stränge schlägt."
Ihr lag die Bemerkung auf der Zunge, dass sie kein kleines Mädchen mehr sei. Doch sie sagte jetzt lieber nichts mehr, um es sich mit dem Chef nicht unnötig zu verderben.
Enno erwiderte nichts, sondern nickte nur.
„Sie halten mich auf dem Laufenden, ja?"
Mit dieser Ermahnung beendete Oltbeck die kurze Besprechung. Als die Ermittler in ihrem eigenen Dienstzimmer die Tür hinter sich geschlossen hatten, grinste der Oberkommissar breit.
„Wurstknilch? Das Wort muss ich mir merken. –Der Chef befürchtet wahrscheinlich einfach nur, dass dieser einflussreiche Industrielle ihm Ärger macht."
„Ja, das ist mir schon klar", entgegnete Mona, während sie ihren PC hochfuhr. „Ich habe ja selbst schon mit dem Herrn telefoniert. Steiner senior lässt sich nicht die Butter vom Brot nehmen. Wahrscheinlich ist sein Anwalt schon Richtung Borkum unterwegs, um uns Knüppel zwischen die Beine zu werfen."

Kapitel 3

Die Kommissarin ließ zunächst den Namen des Mordopfers durch die polizeilichen Datenbanken laufen.

„Nele Dijkstra war ein unbeschriebenes Blatt, was Vorstrafen angeht. Es gab vor drei Jahren mal eine Anzeige wegen des Verdachts der Verleumdung. Das Verfahren wurde aber eingestellt, weil es keine Beweise gab."

Enno hob seine buschigen Augenbrauen, während er Monas Worten lauschte.

„Verleumdung? Worum ging es denn da konkret?"

„Ein Politiker fühlte sich von Nele Dijkstra zu Unrecht in ein schlechtes Licht gerückt. Allerdings hat sie nichts über ihn geschrieben, was sich nicht hieb- und stichfest beweisen ließ. Später bekam der Herr Abgeordnete ganz andere Probleme. Seine parlamentarische Immunität wurde aufgehoben, und man verurteilte ihn wegen Korruption. Offenbar haben die Recherchen der Reporterin den Stein ins Rollen gebracht."

„Also war das Mordopfer eine Enthüllungsjournalistin?", vergewisserte Enno sich. „Das passt ja zu der Befürchtung ihrer Mutter, dass Neles Tod mit ihrem Beruf zusammenhängen könnte."

Mona nickte.

„Ja, ich habe ihre Daten jetzt in eine große Suchmaschine eingegeben. Nele Dijkstra war freiberuflich für verschiedene Zeitungen und TV-Sender tätig. Sie hat eine eigene Homepage mit Arbeitsproben. – Diese Frau muss echt Biss gehabt haben, Enno. Die Reporterin hat einige heiße Eisen angefasst. Sie schrieb über Ausbeutung junger Menschen in Drückerkolonnen, über Skandale in der Massentierhaltung und über Wuchermieten in Großstädten."

„Nele Dijkstra wird vielen Leuten ein Mordmotiv geliefert haben", vermutete Enno.

Die Kommissarin klickte sich weiter durchs Internet und fand andere aufschlussreiche Hinweise.

„Allerdings! In den sozialen Medien wurde regelrecht Jagd auf sie gemacht. Es gibt einige Leute, die sich offenbar von ihr zu Unrecht an den Pranger gestellt fühlen. Die Typen haben sich auf Nele Dijkstra eingeschossen. Das reicht von üblen Beleidigungen bis zu offenen Drohungen."

„Wir sollten auch in diese Richtung ermitteln, falls sich Bodo Steiners Schuld nicht eindeutig nachweisen lässt", meinte Enno. „Vor allem, falls einer von diesen Internet-Spinnern auf Borkum sitzt. Es muss ja jemand gewesen sein, der von dem Segelausflug mit Bodo Steiner Wind bekommen hat."

„Das wird sich nachweisen lassen, obwohl die Provider auf Zeit spielen, wenn sie die Realnamen ihrer Nutzer herausgeben sollen. Aber vielleicht können die Kollegen von der Abteilung Computerkriminalität im LKA Druck machen. Ich rufe nachher dort an."

„Gute Idee", sagte Mona und stand auf. „Ich vermute, dass die Reporterin nicht wegen Bodo Steiners schönen Augen nach Borkum gekommen ist. Ich wette, dass sie hinter einer heißen Story her war."

„Und sich schmieren ließ, um den Mund zu halten?", fragte Enno. „Vergiss die zehntausend Euro nicht. Fahren wir jetzt zum Krankenhaus?"

„Das war mein Plan", erwiderte Mona. Doch als sie sich vorn im Wachlokal abmelden wollten, hielt Polizeimeisterin Grietje Smit sie zurück.

„Dieser Herr hier möchte unsere Mordermittler sprechen", sagte die uniformierte Kollegin mit den Strubbelhaaren. Sie deutete auf einen Mann im grauen Anzug, der mit einer Aktentasche in der Hand vor dem Empfangstresen wartete.

Mona schätzte ihn auf Mitte fünfzig. Sein energisches Kinn drückte Willensstärke aus, die Augen waren so grau wie der Novemberhimmel über der Nordsee.

„Ich bin Dr. Bernhard Lohse", stellte er sich vor. „Ich vertrete die Interessen von Herrn Bodo Steiner."

Mona und Enno gingen zu ihm hin. Sie stellten sich mit Namen und Dienstgrad vor. Dr. Lohse musste mit dem Flugzeug gekommen sein, denn so lange war das Telefonat mit dem Industriellen noch nicht her. Per Flugzeug gelangte man einfach am schnellsten vom Festland auf die Insel.

„Wir wollten gerade zum Krankenhaus, um uns nach dem Befinden Ihres Mandanten zu erkundigen", erklärte Enno. „Sie können mitfahren, wenn Sie wollen."

„Das ist sehr freundlich von Ihnen", gab der Anwalt zurück.

„So sind wir Inselfriesen eben", sagte Enno.

Da der Anwalt nun mit im Auto saß, sprachen die Ermittler einstweilen nicht mehr über den Fall. Die Fahrt zum Stadtkrankenhaus in der Gartenstraße dauerte nur wenige Minuten. Zu dritt betraten sie das Flachdachgebäude. Mona fragte sich zu dem behandelnden Arzt durch.

Dr. Jannis Loppersma war ein breitschultriger Mann mit rasiertem Schädel. Wäre er nicht Mediziner gewesen, hätte man ihn auch für einen Ringer halten können. Jedenfalls nach Monas Ansicht.

Die Ermittler kannten den Arzt von früheren Einsätzen, daher mussten sie sich nicht vorstellen. Der Rechtsanwalt gab Dr. Loppersma seine Visitenkarte.

„Herr Bodo Steiner ist mein Mandant", erklärte er.

„Was können Sie uns über den Zustand dieses Mannes sagen?", wollte Enno wissen.

„Der Patient ist leicht dehydriert, weil er sehr stark transpiriert hat", sagte der Mediziner. „Ansonsten leidet er immer noch unter Gedächtnislücken, die aber reversibel sind. Seine geistige Verwirrtheit und seine Wahnvorstellungen sind auf eine hohe Dosis Liquid Ecstasy, also GHB, zurückzuführen, die wir in seinem Blut nachweisen konnten."

„Sie sprechen von dieser sogenannten Vergewaltigungsdroge?", fragte Mona. Auf Borkum war bisher noch kein Fall vorgekommen, in dem dieses Zeug Verwendung gefunden hatte. Und das war auch gut so, wie sie fand.

Dr. Loppersma nickte.

„Es gibt allerdings bei dem Patienten keinen Hinweis auf sexuellen Missbrauch. Sein Körper weist keine Verletzungen auf, weder Hämatome noch offene Wunden. – Liquid Ecstasy ist auch als Partydroge beliebt, aber dann nimmt man es freiwillig. Da die Droge keinen Eigengeschmack hat, kann sie in jedes Getränk gemischt werden. Und dann wird es wirklich oft als Hilfsmittel für sexuellen Missbrauch eingesetzt werden."

„Die Substanz könnte also meinem Mandanten unwissentlich verabreicht worden sein?", fragte Dr. Lohse. Mona konnte seiner Stimme anhören, dass diese Möglichkeit ihm bestens zu gefallen schien. Wenn Bodo Steiner zum Tatzeitpunkt schuldunfähig oder unzurechnungsfähig gewesen war, konnte der junge Mann ungeschoren davonkommen.

„Das wissen wir nicht", betonte sie daher schnell. „Wir müssen umgehend mit Bodo Steiner reden."

„Ich verlange, zuerst allein mit meinem Mandanten zu sprechen!", blaffte der Anwalt.

„Der Mann wurde bisher keiner Straftat beschuldigt", meinte Enno. „Wir möchten von ihm einfach nur erfahren, was auf der Esmeralda passiert ist."

„Das ist auch meine Absicht", erwiderte Dr. Lohse süffisant. „Wir sind doch alle an der Wahrheitsfindung interessiert, nicht wahr?"

„Sie dürfen ein paar Minuten lang mit meinem Patienten reden", sagte der Mediziner. „Er ist allerdings noch sehr schwach und braucht Ruhe."

„Keine Sorge, ich fasse mich kurz", beteuerte der Anwalt.

Mona kochte vor Wut. Enno warf ihr einen warnenden Blick zu. Wahrscheinlich ahnte er, dass sie kurz vor der Explosion stand.

Eine Krankenschwester kam und führte Dr. Lohse zu Bodo Steiners Zimmer.

„Na toll!", fauchte die Kommissarin, als der Arzt sich wieder seinen Aufgaben zugewandt hatte und sie mit Enno allein auf dem Korridor stand. „Der Verteidiger wird jetzt den Verdächtigen zum Schweigen verdonnern. Bodo Steiner kann uns frech ins Gesicht lügen und behaupten, dass er sich an nichts erinnert. Und die medizinischen Fakten untermauern das auch noch!"

„Ich kann verstehen, dass du sauer bist, Mona. Aber was wäre, wenn Bodo Steiner die Tat wirklich nicht begangen hätte? Noch gibt es nicht den geringsten Hinweis darauf, dass er die Journalistin erstochen hat."

„Abgesehen davon, dass er der einzige Tatverdächtige an Bord war", grollte die Kommissarin. Doch vom Verstand her wusste sie, dass Enno im Grunde recht hatte. Wenn Bodo Steiner als Sündenbock dienen sollte, dann waren die Voraussetzungen dafür ideal.

Sie atmete einige Male tief durch und schaffte es wirklich, ihr brodelndes Blut einigermaßen zu beruhigen.

„Wir sollten am besten gar nicht davon ausgehen, dass wir von Bodo Steiner eine brauchbare Aussage bekommen", schlug Enno vor. „Es wäre sinnvoller, wenn wir genügend andere Zeugen sowie genügend Indizien zum Tathergang sammeln. Die kriminaltechnische Untersuchung der Esmeralda sowie aller

Gegenstände an Bord wird sicher schon mehr Licht ins Dunkel bringen. Mich interessiert zunächst vor allem, ob die Reporterin beruflich oder privat auf der Segelyacht war."

Mona nickte.

„Auf jeden Fall dürfte ein längerer Trip geplant gewesen sein, sonst hätte sie ihre Reisetasche nicht mitgenommen."

Bevor Enno etwas erwidern konnte, kam der Verteidiger wieder aus dem Krankenzimmer.

„Sie können jetzt kurz mit meinem Mandanten sprechen", sagte er.

„Wie überaus gnädig von Ihnen", murmelte Mona. Doch sie sprach so leise, dass nur Enno sie hatte verstehen können. Er warf ihr erneut einen warnenden Blick zu.

„Ich habe mich im Griff, alles gut", versicherte Mona. Vor dem Krankenzimmer wachte Polizeimeister Ekhoff.

„Moin, Hinderk. Gab es bisher Probleme?", wollte die Kommissarin von dem jungen Kollegen wissen.

Er schüttelte den Kopf. Schwatzhaftigkeit konnte man ihm wahrhaftig nicht vorwerfen. Wahrscheinlich lag das daran, dass Ekhoff meist gemeinsam mit Grietje Smit Dienst hatte. In Anwesenheit der quirligen Polizistin kam er ohnehin selten zu Wort.

Mona und Enno betraten gemeinsam den Raum.

Bodo Steiner hatte ein Einzelzimmer. Die Kommissarin ging davon aus, dass er ein Privatpatient war.

Er wirkte bleich, aber gefasst. In diesem Moment erschien er Mona nicht wie ein arroganter Unsympath, als den Piet Blom ihn dargestellt hatte. Bodo Steiner machte auf sie vielmehr den Eindruck eines Mannes, der nicht weiß, was mit ihm geschehen ist.

Oder war er einfach nur ein brillanter Schauspieler?

„Wer sind Sie?", fragte er blinzelnd. Seine Stimme war tonlos. Der Verdächtige hörte sich an, als ob er soeben aus einem tiefen Schlaf erwacht wäre. Mona führte sich vor Augen, dass Bodo Steiner vermutlich immer noch unter den Nachwirkungen der Droge litt.

Die Kommissarin stellte Enno und sich mit Namen und Dienstgrad vor. Dann fragte sie: „Woran können Sie sich noch erinnern, Herr Steiner?"

Der Mann im Krankenbett kniff die Augen zusammen und starrte gegen die Wand. Es dauerte einen Moment, bis er antwortete.

„Ich hatte eine anstrengende Klausur und wollte ein paar Tage in unserem Ferienhaus entspannen, außerdem etwas segeln."

„Sie studieren?", hakte Mona nach.

„Ja, ich bin an der Universität von Düsseldorf für Rechtswissenschaften eingeschrieben. – Nach meiner Klausur am Freitag setzte ich mich direkt ins Auto und fuhr bis Emden, wo ich den Katamaran nach Borkum nahm."

„Was geschah dann?", wollte Enno wissen.

„Ich weiß es nicht. Das ist das Letzte, woran ich mich erinnere. – Mein Anwalt sagte, es sei ein Unglück geschehen? Und warum brauche ich überhaupt einen Rechtsbeistand?"

Falls Bodo der Mörder ist, spielt er das Unschuldslamm aber verflixt überzeugend, dachte Mona. Sie konterte mit einer Gegenfrage: „Wer ist Nele Dijkstra?"

„Nele Dijkstra ... der Name klingt holländisch", murmelte er.

„Oder friesisch", ergänzte Enno.

„Es tut mir leid, ich kann Ihnen nicht helfen. Sollte ich diese Frau kennen?"

„Nele Dijkstra wurde gemeinsam mit Ihnen an Bord der Esmeralda gefunden. Sie ist tot, vermutlich ermordet. Es gibt eine Zeugenaussage, dass Sie gemeinsam mit ihr die Segelyacht betreten haben."

„Daran kann ich mich nicht erinnern", beteuerte Bodo Steiner. „Und diese Nele Dijkstra wurde umgebracht? Glauben Sie, dass ich etwas damit zu tun habe?"

„Wir ermitteln in alle Richtungen", erwiderte Mona. Dieser Satz gehörte zu ihren Lieblingsphrasen, wenn sie sich bei einer kriminalistischen Untersuchung nicht in die Karten schauen lassen wollte.

„War außer Ihnen beiden noch jemand an Bord?", wollte Enno wissen.

„Das kann ich Ihnen nicht sagen, weil ich nicht mehr weiß, wie ich auf die Yacht gekommen bin."

Bevor die Ermittler darauf reagieren konnten, betrat der Arzt das Zimmer.

„Bitte gehen Sie nun. Der Patient braucht dringend Ruhe", mahnte Dr. Loppersma.

Mona und Enno verabschiedeten sich. Sie wollten keinen Ärger machen, außerdem hatten sie für den Moment genug gehört.

Draußen wartete der Verteidiger auf sie.

„Ich habe gerade mit Herrn Steiner telefoniert", berichtete Dr. Lohse. „Der Vater meines Mandanten ist soeben mit einer Chartermaschine auf dem Flugplatz gelandet und befindet sich auf dem Weg zur Polizeistation."

„Gut, dann werden wir ihn dort treffen", sagte Mona.

„Ermitteln Sie gegen meinen Mandanten?", wollte der Verteidiger wissen.

„Bodo Steiner war als einzige lebende Person an Bord einer Segelyacht mit einer erstochenen Frau an Bord", unterstrich die Kommissarin. „Selbstverständlich möchten wir herausfinden, ob Ihr Mandant oder eine andere Person die Journalistin ermordet hat."

Der Anwalt nickte und gab Mona seine Visitenkarte.

„Ich werde mir einstweilen auf Borkum ein Hotelzimmer nehmen. Bitte informieren Sie mich rechtzeitig, wenn Sie Herrn Steiner das nächste Mal befragen wollen."

„Selbstverständlich", versicherte die Kommissarin.

Wenig später saßen die Ermittler im Auto, um zu ihrer Dienststelle zurückzukehren.

„Wenn ich einen Sohn hätte, der im Krankenhaus liegt, dann würde ich zuerst dorthin fahren", brummte Enno.

„Ja, das sehe ich genauso. Steiner senior hingegen will zuallererst mit uns sprechen, bevor er sich um Bodo kümmert. Was schlussfolgern wir daraus?"

„Der Vater will unsere Ermittlungen beeinflussen", mutmaßte der Oberkommissar. „Steiner senior weiß oder ahnt zumindest, dass sein Sohn Dreck am Stecken hat. Deshalb führt sein Weg ihn direkt zur Polizei, bevor er seinem Filius einen Besuch abstattet."

„Diese Tatsache allein ist schon sehr entlarvend", meinte Mona.

Als sie wenig später die Dienststelle vom Parkplatz aus betraten, winkte Grietje Smit die Ermittler direkt zu sich hin.

„Hier ist ein Herr, der mit euch sprechen möchte", sagte die junge Polizeimeisterin. Im Eingangsbereich der Polizeiwache saß ein Mann auf einer Holzbank. Nun erhob er sich und trat auf die Ermittler zu.

Die Familienähnlichkeit mit Bodo Steiner war unverkennbar. Genau wie sein Sohn war auch der Vater groß und schlank, mit fein geschnittenen Gesichtszügen und ergrauendem dunkelbraunen Haar. Er trug einen dunkelgrauen Geschäftsanzug mit weinroter Krawatte und weißem Hemd. Offensichtlich war er direkt vom Büro aus zum Flughafen gefahren, um von dort aus nach Borkum zu reisen.

Mona hatte nach dem Telefonat eine instinktive Abneigung gegen den Unternehmer entwickelt. Doch als sie ihm nun Auge in Auge gegenüberstand, fand sie ihn eigentlich sympathisch. Natürlich durfte sie sich in ihrem Urteil dadurch nicht beeinflussen lassen.

Steiner begrüßte zunächst die Kommissarin, wobei er lächelte und ihr seine Rechte entgegenstreckte.

„Sie müssen Frau Sander sein. Mein Name ist Steiner, wir haben bereits telefoniert."

Mona drückte seine Hand. Sie fühlte sich warm und kräftig an.

„Moin, Sie haben es erfasst. Ich bin Kommissarin Sander, das ist mein Kollege Oberkommissar Moll."

Mona gab sich zurückhaltend, weil sie sich nicht anmerken lassen wollte, dass Steiner ihr gefiel.

„Folgen Sie uns bitte in unser Dienstzimmer, dort können wir uns in Ruhe unterhalten", schlug Enno vor.

„Ich bringe Ihnen gleich einen Tee!", flötete Grietje. Die Kommissarin hob die Augenbrauen. Es kam selten vor, dass ihre sommersprossige Kollegin so aufmerksam war. Sie neigte ansonsten eher zu Frechheit und mehr oder weniger lustigen Spötteleien. Grietjes aktuelles Verhalten deutete eher darauf hin, dass Steiner senior auch ihr gut zu gefallen schien.

„Seit wann stehst du auf graue Schläfen?", raunte Mona ihr zu, während Enno und der Unternehmer bereits Richtung Dienstzimmer gingen.

Grietje streckte ihr die Zunge heraus.

„Ich langweile mich hier am Empfang zu Tode, während ihr die kniffligen Kriminalfälle lösen dürft. Da werde ich doch wohl noch etwas einbringen dürfen."

„Du kannst dich gern einbringen, solange du den Tee nicht zu lange ziehen lässt", gab Mona trocken zurück. Dann folgte sie den beiden Männern in den Raum, den sie sich mit Enno teilte.

Steiner hatte bereits auf dem Besucherstuhl des Oberkommissars Platz genommen. Da Mona von ihrem eigenen Bürostuhl aus nur seinen Hinterkopf zu sehen gekriegt hätte, umrundete sie den Tisch und lehnte sich hinter Enno gegen die Wand. Sie wollte das

Mienenspiel des Unternehmers betrachten, während sie ihm Fragen stellte.

Steiner wirkte überhaupt nicht nervös. Sie rätselte darüber, ob das ein gutes oder ein schlechtes Zeichen war.

„Wir durften uns gerade eben kurz mit Ihrem Sohn unterhalten", begann Enno. „Es geht ihm den Umständen entsprechend gut. Offenbar ließ sich in seinem Blut eine größere Menge GHB nachweisen, das ist eine sogenannte Vergewaltigungsdroge. Eine Wirkung dieser Substanz ist teilweiser Gedächtnisverlust."

Steiners Lider flatterten. Und seine Stimme zitterte leicht, als er den Mund öffnete.

„Vergewaltigungsdroge? Hat jemand ... meinem Sohn etwas angetan?"

Enno schüttelte den Kopf.

„Laut medizinischer Untersuchung war er unverletzt, wenn man die Vergiftung durch das Liquid Ecstasy ausklammert. Dieser Wirkstoff lässt sich bereits nach fünf oder sechs Stunden nicht mehr nachweisen. Als Ihr Sohn von der Küstenwache auf dem Segelboot entdeckt wurde, stand er sichtlich noch unter dem Einfluss der Substanz. Demnach muss er das GHB in der Nacht von Montag auf Dienstag zu sich genommen haben."

„Bodo würde niemals freiwillig so ein Teufelszeug schlucken", betonte der Unternehmer.

Das würde wohl jeder Vater über seinen Sohn sagen, dachte Mona. Aber sie schaffte es ausnahmsweise, ihre Zunge im Zaum zu halten. Stattdessen fragte sie: „Wann hatten Sie das letzte Mal Kontakt zu Bodo?"

Steiner legte nachdenklich die Stirn in Falten.

„Das muss vor ungefähr einer Woche gewesen sein. Warum ist das wichtig?"

„Wir versuchen herauszufinden, was während der letzten Tage geschehen ist", erklärte die Kommissarin. „Ihr Sohn fuhr laut eigener Aussage am Freitag nach Borkum. Das ist das Letzte, woran er sich erinnern kann."

„Dann wird das auch so sein. Oder glauben Sie ihm nicht?", wollte Steiner wissen. Doch seine Frage klang nicht aggressiv, eher besorgt.

Bevor Mona oder Enno etwas erwidern konnte, kam Grietje hereingestürmt.

„Der Tee ist fertig!", trompetete sie und stellte die Kanne sowie drei Tassen, Kluntjes, Sahne und ein paar Biskuits auf Ennos Schreibtisch.

„Es soll niemand behaupten, dass die Polizei Borkum sich nicht gut um die Bürger kümmert", sagte sie und blinzelte Steiner zu.

Der Unternehmer lächelte.

„Danke, Frau Smit."

Mona befürchtete schon, dass Grietje die Befragung noch länger unterbrechen würde. Zum Glück klingelte in diesem Moment das Telefon in der Zentrale. Und da die Polizeimeisterin momentan dort Dienst hatte, musste sie das Zimmer verlassen und zurück zu ihrem Arbeitsplatz sprinten.

Trotzdem war die kurze Unterbrechung nicht sinnlos gewesen. Es war der Kommissarin nicht entgangen, wie mühelos Steiner ihre junge Kollegin um den Finger gewickelt hatte. Und das lag gewiss nicht nur an seinem guten Aussehen. Er gehörte offenbar zu den Menschen, die mit ihrem natürlichen oder antrainierten Charme ihre Umgebung mühelos für sich einzunehmen verstehen.

Sie selbst hatte den Vater des Verdächtigen ja auch sympathisch gefunden, sobald er ihr gegenübergetreten war.

Mona rief sich innerlich selbst zur Ordnung. Sie musste auf der Hut sein und durfte ihm nicht auf den Leim gehen.

„Also wissen Sie nicht, was Ihr Sohn von Freitagabend bis heute Morgen getan hat?", vergewisserte Mona sich.

„Nein, das ist mir nicht bekannt. Bodo studiert in Düsseldorf und hat dort ein kleines Apartment. Ich lebe mit meiner Frau und meinen beiden jüngeren Kindern in Bielefeld. Wir sehen unseren Sohn gelegentlich am Wochenende oder in den Semesterferien. Bodo ist zweiundzwanzig Jahre alt und führt sein eigenes Leben."

Enno nahm die Aussage des Vaters mit einem Nicken zur Kenntnis.

„Laut einer Zeugenaussage hat Bodo zahlreiche Freundinnen", sagte Mona, wobei sie Steiner genau beobachtete. Er hob lächelnd die Schultern.

„Das mag schon sein. Bodo ist in einem Alter, wo man Erfahrungen sammeln möchte."

„Und mit Liquid Ecstasy nachhilft, wenn die Frau nicht nach seiner Pfeife tanzt?"

Diese Frage hatte die Kommissarin eigentlich nicht laut stellen wollen, doch manchmal war ihre Zunge schneller als ihr Verstand.

Der Unternehmer rang einen Moment lang um Fassung, doch dann hatte er sich wieder in der Gewalt.

„Es war eine gute Entscheidung, meinem Sohn sofort einen Rechtsanwalt an die Seite zu stellen", sagte er mit erzwungener Ruhe. „Sie möchten offensichtlich Bodo die Schuld für dieses tragische Ereignis geben."

Steiner stand auf.

„Wir sind noch nicht fertig", betonte Mona.

„Falls ich nicht verhaftet bin, werde ich jetzt gehen", kündigte Steiner an. „Und wenn Sie mir noch mehr Fragen stellen wollen, dann laden Sie mich bitte vor. Ich wünsche Ihnen noch einen schönen Tag."

„Bleiben Sie auf Borkum?", fragte Enno.

„Vorerst ja", erwiderte der Unternehmer, ohne sich noch einmal umzudrehen. „Sie finden mich in meinem Ferienhaus."

Gleich darauf verschloss er die Tür von außen.

Mona und Enno blickten einander an.

„Da bin ich wohl übers Ziel hinausgeschossen", gab die Kommissarin kleinlaut zu. „Bist du jetzt sauer auf mich?"

Enno schmunzelte.

„Nein, ich kenne und schätze ja deine spezielle Art. – Glaubst du denn wirklich, dass Steiner die Frauen mit der Substanz gefügig gemacht hat?"

„Falls ja, dann wird die Obduktion Gewissheit bringen", sagte Mona. „Allerdings wird sich das GHB nicht mehr im Körper der Reporterin nachweisen lassen, falls nach der Verabreichung zu viel Zeit vergangen ist. Doch wenn Bodo über Nele hergefallen ist, wird das Spuren hinterlassen haben."

„Doch falls der Sex einvernehmlich war, stehen wir wieder ganz am Anfang", gab Enno zu bedenken. „Und dann wäre die Frage immer noch nicht beantwortet, wer wem das Liquid Ecstasy verabreicht hat. Es gibt nämlich auch die Variante, dass beide es freiwillig geschluckt haben. Es ist doch schließlich eine Partydroge, oder?"

„Zumindest kann man es so einsetzen", murmelte Mona. „Wir müssen die letzten Tage vor dem Mord rekonstruieren. Nur dann können wir herausfinden, was wirklich geschehen ist."

„Hast du schon einen Blick in das Smartphone des Opfers geworfen?", wollte Enno wissen.

Mona schüttelte den Kopf.

„Nein, das versuche ich jetzt. Wenn es passwortgeschützt ist, muss ich es wohl an die Kollegen von der Kriminaltechnik weiterleiten – hey, es funktioniert!"

Die Kommissarin hatte sich Einweghandschuhe übergestreift und das Gerät eingeschaltet. Mona checkte die verschiedenen Funktionen und Apps, wobei Enno ihr über die Schulter schaute.

„Was ist das für ein Symbol?", fragte er und deutete mit seinem dicken Zeigefinger auf ein blinkendes lila Kästchen.

„Ich glaube, das ist so ein Spionageprogramm", erwiderte sie und tippte auf die App. „Ja, tatsächlich."

Auf der Smartphone-Oberfläche erschien nun nämlich eine Straßenkarte von Borkum. Dort fiel den Ermittlern sofort ein kleiner blinkender roter Punkt auf, der sich an der Jann-Berghaus-Straße befand. Daneben stand der Name JÖRN.

„Also konnte Nele Dijkstra mit dieser App immer kontrollieren, wo sich dieser Jörn gerade befand?", vergewisserte Enno sich.

„Genauso ist es", erwiderte Mona. Sie klickte auf den Namen, daraufhin wurde sie zum Adressverzeichnis des Smartphones weitergeleitet. Dort stand:

Jörn Maurer

Journalist

Außerdem eine Hamburger Postadresse sowie eine Mailanschrift und mehrere Telefonnummern.

„Wir könnten den Herrn Maurer natürlich anrufen", sagte die Kommissarin. „Aber ich wäre mehr für einen Spontanbesuch. Was meinst du?"

„Eine ausgezeichnete Idee", lobte Enno. „Wenn der blinkende Punkt sich an der richtigen Stelle befindet, müssten wir den Journalisten im *Hotel Teutonia* finden können."

Die Ermittler meldeten sich bei Grietje ab und machten sich zu Fuß auf den Weg zu dem traditionellen Beherbergungsbetrieb mit Nordseeblick.

Das Hotel Teutonia war schon in der Kaiserzeit errichtet und seitdem mehrfach renoviert worden. Doch im Inneren des Gebäudes herrschte immer noch der Seebad-Charme vergangener Zeiten vor.

Die Rezeptionistin nickte den Ermittlern freundlich zu. Man kannte sich, denn die Polizei führte in regelmäßigen Abständen Sicherheitsschulungen mit dem Hotelpersonal durch.

„Moin, was kann ich für Sie tun?", fragte die junge blonde Frau.

„Ist bei Ihnen ein gewisser Jörn Maurer abgestiegen?", wollte Mona wissen.

Die Rezeptionistin warf einen Blick auf ihren PC-Monitor.

„Ja, er hat Zimmer 302 im dritten Stockwerk. Wird es Probleme mit ihm geben?"

Ihre Stimme zitterte leicht, während sie den zweiten Satz aussprach.

Enno lächelte ihr beruhigend zu.

„Er ist nur ein Zeuge."

„Ich konnte mir auch nicht vorstellen, dass er kriminell ist, weil er so sympathisch wirkt", sagte die Hotelangestellte. Die Erleichterung war ihr deutlich anzuhören. „Das Zimmer ist auf der linken Seite. Sie wissen ja, wo die Aufzüge sind."

Die Ermittler fuhren gleich darauf in die dritte Etage hoch.

„Ich wünschte, alle Ganoven hätten solche finsteren Visagen wie die Schurken in alten Hollywoodfilmen", meinte Enno. „Das würde unsere Arbeit ungemein erleichtern."

„Ja", stimmte Mona zu, „aber es wäre viel langweiliger."

Im dritten Stockwerk waren Zimmermädchen mit der täglichen Reinigung beschäftigt. Die Türen einiger Räume standen offen, ein mit benutzten Laken gefüllter Wäschewagen stand mitten auf dem Korridor.

Am Türknauf des Zimmers 302 hing ein Schild mit der Aufschrift BITTE NICHT STÖREN.

Mona klopfte trotzdem.

Eine gereizt klingende Männerstimme drang aus dem Inneren.

„Können Sie nicht lesen?"

„Doch, das ist Einstellungsvoraussetzung bei der Polizei. – Öffnen Sie, wir haben einige Fragen."

Einige Momente lang herrschte Schweigen. Dann wurde ein Riegel zurückgeschoben, und die Tür ging nach innen auf.

Ein schlaksiger Mann mit wirrem Haar stand vor den Ermittlern. Er trug ein T-Shirt und Jeans, war also alles andere als auffällig gekleidet. Eben hatte er sich noch genervt angehört, nun spiegelte sein Gesichtsausdruck nur noch Besorgnis wider.

„Entschuldigen Sie, ich dachte, das Zimmermädchen wollte bei mir aufräumen. – Was wollen Sie? Ist – Nele etwas zugestoßen?"

Mona und Enno zeigten ihre Dienstausweise und stellten sich vor.

„Können wir erst einmal hereinkommen?", fragte die Kommissarin.

„Ja, natürlich. Entschuldigen Sie, ich bin etwas durcheinander."

Die Ermittler folgten dem Mann in das Zimmer. Er hatte offenbar ein Doppelzimmer zur Alleinnutzung. Während auf dem gemachten Bett ein offener Koffer lag, war das andere zerwühlt. Mona dachte sich, dass der Raum dringend aufgeräumt werden musste. Auf dem kleinen Schreibtisch stand ein aufgeklapptes Notebook, an dem offenbar gerade gearbeitet worden war. Ansonsten lagen Papiere, Bücher, Kleidungsstücke, Chipstüten, Coladosen und Computer-Krimskrams wahllos überall herum.

Ordnungsliebe gehört nicht zu Maurers stärksten Eigenschaften, dachte Mona. Sie fragte: „Haben Sie mal einen Ausweis für uns?"

„Ja, natürlich."

Er zog ein abgegriffenes Portemonnaie aus der Gesäßtasche seiner Jeans und fingerte nervös einen Bundespersonalausweis sowie einen Presseausweis heraus.

Bei dem Mann handelte es sich zweifellos um Jörn Maurer, vor zweiunddreißig Jahren in Göttingen geboren und momentan in Hamburg wohnhaft.

Der Journalist warf Mona einen flehenden Blick zu.

„Sie sind wegen Nele hier, nicht wahr? Ich will jetzt endlich wissen, was geschehen ist!"

Die Kommissarin atmete tief durch, bevor sie antwortete. Enno hatte es schon übernommen, die Mutter des Opfers zu verständigen. Sie wollte sich nicht ständig vor dieser Aufgabe drücken.

„Wir müssen Ihnen leider mitteilen, dass Nele Dijkstra tot aufgefunden wurde. Allem Anschein nach ist sie ermordet worden."

Maurer starrte Mona an, als ob er einen Geist sehen würde. Er riss den Mund und die Augen auf, während das Blut aus seinen Wangen wich. Er taumelte ein paar Schritte zurück, bis er durch die Wand gestoppt wurde. Neben seinem Kopf hing ein Gemälde, das ein Segelschiff vor einem stahlblauen Himmel darstellte. Die Idylle dieses Bildes war ein scharfer Kontrast zu seiner momentanen Gemütslage. Man musste kein Mediziner sein, um die Verzweiflung des jungen Mannes beinahe mit Händen greifen zu können.

Mona und Enno nahmen sich Zeit. Sie wussten aus Erfahrung, dass sie nach dem Überbringen einer Todesnachricht nicht jedes Wort von Verwandten oder Freunden auf die Goldwaage legen durften. Und doch erfuhren sie gerade in solchen Momenten oftmals sehr wichtige Dinge.

Maurers Augen schimmerten feucht. Sein Adamsapfel bewegte sich auf und ab. Seine Stimme war brüchig, als er sich wieder an die Kommissarin wandte.

„Ich habe Nele gewarnt. Sie scheute niemals ein Risiko. Das musste eines Tages einmal schiefgehen. Und gerade bei ihrer aktuellen Recherche hatte ich ein ganz mieses Bauchgefühl."

Mona wusste noch nicht, womit die Reporterin sich befasst hatte. Daher hakte sie sofort nach.

„Wie meinen Sie das, Herr Maurer? An was für einer Story war Nele Dijkstra dran?"

Der Journalist atmete tief durch.

„Kennen Sie die Firma Steiner Fleischwaren aus Bielefeld? Es gibt Gerüchte, dass dort Arbeiter aus Osteuropa wegen der unmenschlichen Arbeitsbedingungen gestorben sind und die Todesfälle vertuscht wurden. Nele wollte sich undercover an den Juniorchef heranmachen, um die Wahrheit ans Tageslicht zu bringen!"

Kapitel 4

Es herrschte Stille in dem Hotelzimmer. Nur das Kreischen der Möwen ertönte, die den Luftraum über dem nahe gelegenen Strand bevölkerten. Vom Fenster aus hatte man einen Panoramablick auf die Promenade, den breiten Sandstreifen und die Nordsee mit den am Horizont vorbeiziehenden Schiffen.

Maurer hatte dafür momentan keinen Sinn. Er ließ sich auf einen Stuhl sinken. Sein Kopf hing herunter wie bei einem geschlagenen Boxer.

Mona setzte sich auf die Bettkante und versuchte, seinen Blick einzufangen. Sie durfte jetzt nicht zulassen, dass er sich in sein Schneckenhaus zurückzog.

„Sehen Sie mich an, Herr Maurer! Woher hatte Frau Dijkstra diese Informationen? Und weshalb ist sie damit nicht zur Polizei gegangen?"

Der Journalist verzog den Mund.

„Sie haben Nele nicht gekannt! Wenn sie sich etwas in den Kopf gesetzt hatte, dann bekam sie einen absoluten Tunnelblick. Wahrscheinlich hätte sie sich irgendwann bei Ihren Polizeikollegen vor Ort gemeldet – aber erst dann, wenn die Story gedruckt worden wäre! Schließlich sollte dieser Ausbeuter überrumpelt werden. Steiner durfte gar nicht erst die Gelegenheit dazu bekommen, Beweise zu vernichten oder die Sache zu vertuschen."

Enno schaltete sich ein.

„Haben Sie selbst denn Material, das Sie uns zur Verfügung stellen können? Eine Anschuldigung ist nichts wert, solange sie nicht durch Tatsachen untermauert wird."

„Das weiß ich selbst, ich mache meinen Job als Journalist nicht erst seit gestern", gab Maurer gereizt zurück. „Nein, ich kann Ihnen leider nichts liefern. – Haben Sie Bodo Steiner schon verhaftet?"

„Zu laufenden Ermittlungen dürfen wir uns nicht äußern", sagte Mona in ihrem besten Amtsdeutsch. Sie stellte fest, dass Maurer sich erstaunlich schnell von dem ersten Schock erholt hatte. Vielleicht lag es daran, dass er insgeheim schon auf das Schlimmste vorbereitet gewesen war.

„Also läuft der Mörder noch frei herum!", mutmaßte der junge Mann. Seine Stimme klang bitter, als er sagte: „Dafür wird die Öffentlichkeit sich gewiss brennend interessieren."

Das hat uns gerade noch gefehlt! Ein Reporter, der uns bei der Arbeit ständig auf die Finger schauen will, dachte Mona verdrossen.
Sie versuchte es auf die diplomatische Art, was leider überhaupt nicht ihre Stärke war.
„Herr Maurer – Sie können unsere Ermittlungen unterstützen, indem Sie uns alles über Neles Ermittlungen berichten, was Ihnen einfällt. Mich würde beispielsweise interessieren, warum Sie auf Borkum sind. Arbeiteten Sie mit Nele Dijkstra zusammen?"
„Nicht nur das, sie ist ... war meine Freundin", erwiderte er mit Nachdruck.
„Dass es eine Verbindung zwischen Ihnen und der Toten gab, haben wir uns schon gedacht", gab Mona zurück. „Schließlich hatte sie so eine Spy-App auf ihrem Smartphone, um Ihr Gerät ständig orten zu können. Auf diese Art haben wir Sie auch gefunden."
„Ja, dieses Programm haben wir uns sicherheitshalber gegenseitig auf die Telefone gespielt. Schließlich haben wir uns bei vielen Recherchen in Gefahr begeben. So konnte immer einer von uns dem anderen Deckung geben."
„Ich verstehe. Und Sie sind nicht unruhig geworden, weil Sie so lange nichts von Ihrer Freundin gehört haben?"
„Soll das ein Witz sein, Frau Kommissarin? Dann kann ich nicht darüber lachen. Selbstverständlich war ich fürchterlich nervös, ich habe während der vergangenen Nacht kein Auge zugetan. Nele hatte mir eingeschärft, dass ich sie auf gar keinen Fall anrufen durfte. Sie wollte mit dem Sohn des alten Steiner auf eine Segeltour gehen, er hatte sie eingeladen. Wenn ein anderer Mann sie angerufen oder angetextet hätte, wäre womöglich sein Misstrauen erwacht."
„Befürchtete Ihre Freundin nicht, dass Bodo Steiner einen Annäherungsversuch machen könnte?"
Maurer schüttelte heftig den Kopf.
„Nele konnte sehr gut auf sich selbst aufpassen."
„Und wie waren ihre finanziellen Verhältnisse?", fragte Mona scheinbar zusammenhanglos.
Der Journalist blinzelte verwirrt.
„Nele hat ganz gut verdient, weil ihre Storys oft die Auflagen der Zeitungen oder die Quoten der Sendeanstalten hochgetrieben haben, aber ... warum wollen Sie das wissen?"
„Auch Geld kann ein Motiv für ein Verbrechen sein", antwortete die Kommissarin. Sie drückte sich vage aus. Die Information über

die zehntausend Euro in bar behielt sie für sich. Und auch Enno würde sich zu dem Thema gegenüber dem Zeugen nicht äußern, dafür war er zu professionell.

„Bodo Steiner hat Nele getötet", beharrte Maurer. „Ich verlange, dass Sie ihn umgehend verhaften."

„Sobald die Beweislage es zulässt, wird es auch zu Festnahmen kommen", versicherte Enno.

„Wie hat Nele den Kontakt zu Bodo Steiner geknüpft?", wollte Mona wissen.

Der junge Mann schnaubte ironisch.

„Oh, das war nicht weiter schwer. Der Herr Jurastudent fühlt sich ja immer wie ein toller Hecht, sowohl in Düsseldorf als auch hier auf Borkum. Er hat sich regelmäßig in den Bars auf der Promenade und in der Bismarckstraße herumgetrieben. Nele war eine attraktive Frau. Daher konnte es nicht lange dauern, bis sie von ihm angequatscht wurde."

„Seit wann kannten die beiden sich?"

„Vor einer Woche kam es zum ersten Kontakt. Ich habe mich gewundert, dass Bodo so lange mit der Einladung auf die Yacht gewartet hat. Er wollte wohl so tun, als ob er ernsthafte Absichten hätte."

Maurer lachte ohne Humor.

„Und Sie waren die ganze Zeit lang sozusagen die Rückendeckung Ihrer Freundin?"

Er nickte eifrig.

„Ja, wir ... haben als Team gut funktioniert."

Mona stand auf.

„Das wäre für den Moment alles, Herr Maurer. Bitte kommen Sie im Lauf des Tages zur Polizeistation, damit wir Ihre Aussage schriftlich niederlegen können. Und falls Ihnen noch etwas einfällt, können Sie mich jederzeit anrufen."

Mit diesen Worten legte sie eine ihrer Visitenkarten auf den kleinen Schreibtisch.

Maurer nickte mürrisch.

„Verhaften Sie lieber Bodo Steiner, das ist viel dringlicher."

Darauf erwiderten die Ermittler nichts. Sie verließen das Hotelzimmer und benutzten für den Rückweg die Treppe. Enno schaute Mona von der Seite an.

„Ich kenne diesen Gesichtsausdruck von dir. Was hast du vor?"

„Das wirst du gleich erfahren", versicherte die Kommissarin.

Als sie wieder in der Hotelhalle waren, wandte Mona sich erneut an die Rezeptionistin.

„Könnten Sie bitte überprüfen, wann Jörn Maurer bei Ihnen eingecheckt hat?"

„Einen Moment bitte."

Die junge Frau tippte auf ihrer PC-Tastatur herum. Gleich darauf kam die Antwort.

„Das war vorgestern, also am Sonntag."

„Vielen Dank", erwiderte Mona.

Als sie gleich darauf draußen vor dem Hotel standen und sich den frischen Wind um die Nase wehen ließen, ergriff Enno das Wort.

„Also hat Maurer uns angelogen, falls er nicht schon anderswo auf Borkum gewohnt hat. Das lässt sich über die Kurverwaltung leicht herausfinden. Aber warum?"

„Weil er möglicherweise selbst in ihren Tod verwickelt ist", mutmaßte Mona.

Enno runzelte die Stirn.

„Du hältst ihn für den Mörder?"

„Das habe ich nicht gesagt. Die Nachricht von dem Mord muss ihn wirklich erschüttert haben, einen solchen Schock können die wenigsten Menschen schauspielern. Ehrlich gesagt kann ich mir nicht vorstellen, dass er wirklich ihr Freund war. Dieser unscheinbare Typ soll Nele beeindruckt haben? Das überzeugt mich nicht. Nenn es meinetwegen weibliche Intuition. Das Verhältnis der beiden zueinander lässt sich hoffentlich leicht überprüfen. Die Spy-App ist jedenfalls eine Tatsache, auf die wir bauen können."

„Und was ist mit der Information über die angeblichen Todesfälle in Steiners Fabrik?"

„Das wäre jedenfalls ein handfestes Mordmotiv!", betonte Mona. „Der Fleischmarkt ist bekanntlich hart umkämpft. Ein solcher Skandal könnte die Firma im Handumdrehen in den Ruin treiben, von den strafrechtlichen Konsequenzen ganz zu schweigen."

„Glaubst du, dass die Steiners vom geplanten Artikel der Journalistin wussten oder zumindest Lunte gerochen haben?", forschte Enno.

„Die zehntausend Euro könnten Schweigegeld gewesen sein, doch das ist pure Spekulation. Eine andere Variante wäre, dass Nele Dijkstra in diesem Fall keine aufrechte Enthüllungsreporterin, sondern eine Erpresserin war. Aber solange wir nicht mehr Fakten haben, sollten wir uns nicht auf eine Theorie versteifen."

„Da stimme ich dir zu, Mona. – Wie wäre es, wenn ich die Kollegen in Bielefeld anrufen würde? Womöglich wird gegen die Firma schon ermittelt, ohne dass Nele Dijkstra davon wusste. Das wäre zumindest ein Hinweis darauf, dass an den mysteriösen Todesfällen etwas dran sein könnte."

„Gute Idee", meinte die Kommissarin. „Und ich besuche währenddessen eine ehemalige Freundin von Bodo Steiner. Sie heißt Svantje Jonker. Womöglich erfahre ich mehr über seinen Charakter. – Wie wollen wir mit unserem unehrlichen Jungreporter verfahren?"

„Wir sollten Maurer auf keinen Fall unter die Nase reiben, dass wir seine Lüge durchschaut haben", erwiderte Enno. „Wenn sich der Verdacht gegen ihn erhärtet, können wir ihn immer noch auf die Wache vorladen. Er scheint ja nicht vorzuhaben, die Insel zu verlassen. Außerdem könnten wir ihn sowieso nicht festhalten, es liegt nichts gegen ihn vor."

Die Ermittler gingen zur Polizeiwache zurück. Am Inselbahnhof wurden sie kurz aufgehalten, weil gerade ein Zug der Borkumer Kleinbahn eingetroffen war. Zahlreiche ankommende Kurgäste und Urlauber versperrten mit ihren großen Rollkoffern den Weg zur Strandstraße. Es dauerte ein paar Minuten, bis sich die Reihen gelichtet hatten und die Menge sich in verschiedene Richtungen zerstreute.

Während Enno in ihr Büro ging, um zu telefonieren, schnappte Mona sich ihren Drahtesel und düste zur Ostfriesenstraße hinüber. Dort befand sich der Fahrradverleih Ten Kade, wo laut Piet Bloms Aussage Svantje Jonker arbeiten sollte.

Mona kannte die junge Frau nicht, wohl aber ihren Chef. Henk Ten Kade zeigte gerade einem älteren Urlauberpaar, wie sie sich am besten mit ihrem geliehenen Tandem fortbewegten. Es sah so aus, als ob sie so ein Gefährt zum ersten Mal benutzen wollten.

Ten Kade nickte ihr freundlich zu. Er war ein älterer Mann mit schneeweißem Haar und stets rotem Gesicht.

„Moin, Frau Kommissarin! Was kann ich für Sie tun?"

„Ich möchte mit Frau Jonker sprechen", erwiderte Mona, die von ihrem Rad abgestiegen war.

„Gehen Sie nur rein, sie arbeitet in der Werkstatt. – Ihr Rad können Sie hier stehen lassen, ich werde es schon nicht vermieten, hahaha!"

Der Fahrradverleiher gehörte zu den Leuten, die über ihre eigenen Späße am lautesten lachen können. Mona fand ihn trotzdem nicht unsympathisch. Ein Scherzkeks war ihr im Zweifelsfall immer noch lieber als ein Griesgram, der mit seiner sauertöpfischen Miene seiner Umgebung den Tag verdarb.

Sie nickte Ten Kade zu und ging hinein. Sie konnte die neugierigen Blicke der Kunden förmlich spüren. Das lag gewiss daran, dass sie mit ihrem Titel angesprochen worden war. Wenn die Menschen mitkriegten, dass jemand bei der Polizei arbeitete, erwarteten sie anscheinend eine spektakuläre Verhaftung oder ein sonstiges dramatisches Ereignis.

Die Kommissarin durchquerte das Ladengeschäft und betrat die Werkstatt. Dort roch es nach Schmieröl und Reifengummi. Werkzeuge hingen ordentlich aufgereiht an Brettern, die an den Wänden befestigt waren. Eine junge Frau in einem blauen Overall arbeitete gerade an einem Fahrradrahmen. Sie blickte auf, als Mona sich räusperte.

„Ist das Ihr Rad? Ich brauche noch mindestens zwei Stunden, bis es fertig ist!", sagte die Mechanikerin.

Mona schüttelte den Kopf und zeigte ihren Dienstausweis.

„Ich bin Kommissarin Sander von der Polizei Borkum. Und ich müsste mit Ihnen über Bodo Steiner sprechen. – Sie sind doch Svantje Jonker, oder?"

„Ja, die bin ich."

Mit diesen Worten erhob sich die Blonde aus ihrer knienden Position. Sie trat auf Mona zu, wobei sie ihre Hände mit einem Lappen abwischte. Dieser kurze Moment des Innehaltens bot die Gelegenheit, sich Svantje Jonker genauer anzuschauen.

Sie war nach Monas Meinung auf eine natürliche Art recht hübsch. Ihre Figur konnte man in dem unförmigen Overall nur erahnen. Die Mechanikerin war hochgewachsen, fast einen Kopf größer als die Kommissarin. Svantjes Augen schimmerten so grün wie die Wogen der Nordsee an manchen Frühlingstagen. Ihr Teint ließ darauf schließen, dass sie sich so oft wie möglich im Freien aufhielt, genau wie Mona selbst. Borkum war keine Insel für Stubenhocker. Selbst bei Sturm und Regen belohnte das besondere Reizklima des Eilandes die unerschrockenen Spaziergänger, Jogger und Schwimmer.

Svantje Jonker zog die Augenbrauen zusammen. Ihre Stimme klang misstrauisch oder skeptisch.

„Weshalb wollen Sie denn über Bodo reden? Haben Sie ihn auf frischer Tat ertappt?"

Mona antwortete mit einer Gegenfrage.

„Was meinen Sie damit?"

Die Mechanikerin verstummte. Sie ging zu einer Werkbank hinüber, auf der eine halb leere Flasche Cola stand. Svantje schraubte sie auf und nahm einen großen Schluck. Mona vermutete allerdings, dass sie nur etwas Zeit gewinnen wollte. Es war, als ob sie ihren Satz bereits schon wieder bereuen würde.

Die Kommissarin spürte, dass sie der Zeugin etwas entgegenkommen musste.

„Bodo Steiner ist nicht verhaftet, aber es gibt einen Verdacht gegen ihn. Wir sind darauf angewiesen, uns ein umfassendes Bild von ihm zu machen."

Svantje verschränkte die Arme vor der Brust, nachdem sie die Flasche wieder abgestellt hatte. Sie schnaubte ironisch.

„So? Ich kann Ihnen sagen, dass Bodo ein selbstverliebter Pinsel ist, der das Nein einer Frau nicht hinnimmt."

Die Kommissarin wurde hellhörig.

„Wollen Sie damit sagen, dass dieser Mann Ihnen ... etwas angetan hat?"

Die Mechanikerin schüttelte heftig den Kopf.

„Nein, nicht körperlich. Dazu ist es nicht gekommen. Aber er gab mir das Gefühl, so eine Art Gratis-Hure zu sein. Das war schlimm genug, glauben Sie mir."

Mona stieß langsam die Luft aus den Lungen.

„Kann ich mir vorstellen. Wie kam es überhaupt dazu, dass Sie ihn kennenlernten?"

„An einem Samstagabend bin ich mit einer Freundin ausgegangen, in eine Bar auf der Promenade. Wir tranken etwas und waren albern, dort herrschte eine Superstimmung. Meine Freundin war irgendwann verschwunden, stattdessen erschien Bodo. Ich muss zugeben, dass er mir anfangs zusagte. Er sieht doch gut aus, oder?"

Die Ermittlerin verzog den Mund.

„Das ist Geschmackssache. Ich kann mir jedenfalls vorstellen, dass er vielen Frauen gefällt."

„Allerdings", sagte Svantje nickend. „Bodo kann sehr charmant sein, jedenfalls am Anfang. Ehrlich gesagt habe ich mich außerdem vom Reichtum seiner Familie blenden lassen. Er gab mir in den ersten Tagen das Gefühl, eine Prinzessin zu sein. Doch als ich mir den Luxus einer eigenen Meinung gönnte, wurde dieser Kerl schnell ungemütlich. Er rieb mir bei jeder passenden und unpassenden Gelegenheit unter die Nase, dass ich doch nur eine kleine Mechanikerin wäre und für seine Gesellschaft dankbar sein müsste."

„Das hat er wirklich gesagt?", fragte Mona. Sie war für einen Moment fassungslos. In ihrem Beruf hatte sie schon viele Menschen kennengelernt, die sehr von sich selbst eingenommen waren. Doch ein solcher Spruch war in ihren Augen eine absolute Unverschämtheit.

Svantje nickte. Ihre Stimme hörte sich bitter an, als sie weiterredete.

„Ich habe Bodo seine Allüren viel zu lange durchgehen lassen. Heute glaube ich, dass er einfach nur ein verwöhntes Söhnchen aus reichem Haus ist, das sich im Leben noch niemals aus eigener Kraft durchbeißen musste. Und er konnte es nicht fassen, dass ich mit ihm Schluss gemacht habe. In seinen Augen war er für mich so etwas wie ein Sechser im Lotto."

Die junge Frau lachte, es klang aber nicht amüsiert.

Die Kommissarin hatte keinen Zweifel an der Glaubwürdigkeit dieser Zeugin. Sie merkte meist sehr schnell, wenn sie hinters Licht geführt wurde. Bodo Steiner war zweifellos kein Sympathieträger. Allerdings machten ihn Überheblichkeit und Selbstüberschätzung nicht zwangsläufig zum Mörder.

„Ich muss Sie das jetzt fragen – wie war Ihr Ex-Freund beim Sex?", wollte Mona wissen. „Benutzte er ausgefallene Praktiken oder Substanzen?"

Svantje blinzelte und warf ihrem Gegenüber einen seltsamen Blick zu.

„Ehrlich gesagt fand ich Bodo ganz normal, beinahe ein wenig langweilig. Und von was für Substanzen sprechen Sie? Denken Sie an Drogen? Kokain vielleicht?"

Mona zuckte mit den Schultern.

„Beispielsweise. Oder Liquid Ecstasy, auch als Rohypnol bekannt."

„Ich selbst nehme kein Rauschgift", betonte Svantje. „Ich war mal in Amsterdam, und der Anblick der Drogenwracks dort hat mich geschockt. Natürlich kann ich nicht beschwören, ob Bodo mal etwas

Illegales eingeworfen hat. Falls ja, dann passierte das nicht in meiner Gegenwart. Verdächtiges Pulver oder einen Joint habe ich nie bei ihm gesehen. Mein Ex-Freund hat noch nicht einmal geraucht. Wir haben meist nur ein paar Drinks zusammen gekippt, wenn wir uns getroffen haben."

„Kennen Sie noch weitere Frauen, mit denen Ihr Ex-Freund ein Verhältnis hatte?", fragte Mona. „Sagt Ihnen der Name Nele Dijkstra etwas?"

Die Mechanikerin legte die Stirn in Falten, sie wirkte nachdenklich.

„Nein, den habe ich noch nie gehört. Und andere Frauen? Da muss ich passen, ehrlich gesagt. Nachdem ich Bodo den Laufpass gegeben hatte, habe ich die Bars in der Bismarckstraße und an der Promenade gemieden. Ich wusste ja, dass dort sein bevorzugtes Jagdrevier ist." Svantje lächelte plötzlich. „Und vor zwei Monaten habe ich Jan kennengelernt, das ist mein neuer Freund. Er hat das Herz auf dem rechten Fleck und ist nicht so ein überkandidelter Selbstdarsteller wie Bodo."

Die Kommissarin hatte sich wieder Notizen gemacht und auch den Namen Jan aufgeschrieben, wobei sie ihn mit einem Fragezeichen versah. Womöglich war dieser Mann sauer geworden, wenn seine Freundin ihr vom Benehmen ihres Ex erzählt hatte. Wenn nämlich jemand Bodo Steiner einen Mord anhängen wollte, dann hatte er das nach aktuellem Ermittlungsstand sehr clever gemacht.

Mona öffnete den Mund. Bevor sie etwas von sich geben konnte, klingelte ihr Smartphone.

„Entschuldigen Sie", murmelte die Kommissarin. Sie zog das Gerät hervor. Der Anruf kam von ihrem Kollegen Hinderk Ekhoff.

„Bodo Steiner ist verschwunden!", stieß der junge Polizeimeister aufgeregt hervor.

Kapitel 5

Mona hielt unwillkürlich den Atem an, bevor sie antwortete.

„Wie konnte das geschehen, Hinderk?“

„Ich habe vor der Tür Wache gehalten, so lautete die Anweisung. Aus dem Inneren des Krankenzimmers drang kein Geräusch nach außen. Vor ein paar Minuten kam die Krankenschwester, um nach dem Patienten zu sehen. Da stellte sie fest, dass er geflüchtet ist. Das Fenster war nur angelehnt, seine Kleidung fehlt ebenfalls. Er muss sich angezogen haben und nach draußen geklettert sein.“

Die Gedanken der Kommissarin rasten. Es bedurfte keiner sportlichen Höchstleistungen, um das Stadtkrankenhaus Borkum auf diese Weise zu verlassen. Das Zimmer war ebenerdig und selbstverständlich nicht vergittert. Mona schaute auf die Uhr. Der Verdächtige konnte bereits einen Vorsprung von mehreren Stunden haben.

„Hast du dich im Zimmer umgesehen? Könnte es sein, dass jemand durch das Fenster hereingekommen ist?“, wollte sie wissen.

„Das wäre möglich, dann hätte er aber sehr leise sein müssen“, gab Ekhoff zurück. „Als du und Enno vorhin bei dem Verdächtigen wart, konnte ich hören, dass ihr mit ihm gesprochen habt. Danach herrschte Ruhe. Falls also wirklich jemand bei ihm war, müssen sie sich mit Gesten verständigt haben.“

Eine logische Schlussfolgerung, wie Mona zugeben musste. Hinderk war nicht dumm, er sagte bloß nicht viel. Man durfte sich deshalb aber nicht einbilden, es mit einem Trottel zu tun zu haben.

„Ich rufe gleich Enno an, du kannst dich wieder zum normalen Streifendienst melden“, sagte sie zu dem jungen Polizeimeister und beendete das Telefonat.

Svantje warf ihr einen fragenden Blick zu.

„Es gibt neue Entwicklungen in dem Kriminalfall, ich muss los“, erklärte Mona. „Sagt Ihnen eigentlich der Name Nele Dijkstra etwas?“

„Nein, bedaure.“

Die Kommissarin bedankte sich noch einmal für die Informationen und verließ den Radverleih. Ten Kade nickte ihr freundlich zu, er hatte schon wieder andere Kunden beim Wickel. Mona fuhr ein kleines Stück die Ostfriesenstraße hoch, bis sie außer Hörweite war. Dann nahm sie mit Enno Kontakt auf und schilderte ihm die Lage.

„Ach du Schande! Ich werde gleich veranlassen, dass der Fährhafen und der Flugplatz überwacht werden. Womöglich versucht er, die Insel zu verlassen. Oder hältst du es für möglich, dass Bodo Steiner sich bei seinem Papa versteckt?“

„Das dürfte jedenfalls die erste Adresse auf Borkum sein, an die er sich wendet. Andererseits werden wir dort natürlich sofort suchen, das kann er sich an allen fünf Fingern ausrechnen.“

„Und genau das sollten wir tun, Enno! Ich bin schon auf dem Weg zur Dienststelle. Wir treffen uns gleich dort und fahren gemeinsam zum Ferienhaus.“

„In Ordnung. Ich werde inzwischen Oltbeck schonend beibringen, dass Bodo Steiner abgehauen ist.“

„Lass dir nicht den Kopf abreißen“, riet Mona und beendete das Gespräch. Insgeheim war sie froh darüber, dass Enno dem Chef die Hiobsbotschaft überbringen wollte. Sie selbst würde womöglich wieder ihre Zunge nicht im Zaum halten können, wenn Oltbeck ihr auf die Nerven ging.

Mona dachte nach, während sie kräftig in die Pedale trat und das Zentrum des Ortes ansteuerte.

War diese Flucht nun ein Schuldeingeständnis? Oder war Bodo Steiner aus einem ganz anderen Grund getürmt? Konnte es stattdessen eine Entführung gegeben haben? Doch wie sollte der Student gekidnappt worden sein, wenn überhaupt kein Geräusch an Ekhoffs Ohren gedrungen war? Und Kampfspuren konnte es in dem Krankenzimmer auch nicht gegeben haben, sonst wären sie von dem jungen Polizeimeister garantiert bemerkt worden. Ganz abgesehen davon, dass eine Rauferei nicht geräuschlos über die Bühne ging.

Es kam Mona so vor, als ob dieser Fall ständig neue ungeklärte Fragen aufwerfen würde.

Enno wartete bereits hinter der Polizeistation auf sie, mit vor der Brust verschränkten Armen gegen den Opel Vectra gelehnt.

„Du lächelst, also hielt sich der Wutausbruch des Chefs in Grenzen?“, vergewisserte Mona sich.

„Oltbeck hat eingesehen, dass man Hinderk keinen Vorwurf machen kann“, erklärte der Oberkommissar. „Ein einzelner Polizist ist nicht dazu in der Lage, gleichzeitig die Fensterfront und die Tür des Krankenzimmers im Auge zu behalten. Außerdem war unser junger Kollege dabei, als der Arzt von Steiners Ruhebedürftigkeit sprach. Wir konnten alle nicht damit rechnen, dass der Verdächtige schon wenig später putzmunter aus dem Fenster klettert."

„Nein, wahrscheinlich nicht", bestätigte Mona grimmig, während sie sich auf den Fahrersitz schwang. „Konntest du bei den Kollegen in Bielefeld etwas herausfinden?"

„Indirekt schon", bestätigte Enno. „Von mysteriösen Todesfällen in der Fleischwarenfabrik wusste man auf dem Polizeipräsidium nichts. Ich erfuhr aber, dass Steiner senior mit einem Geflecht aus dubiosen Subunternehmern und Sub-Subunternehmern arbeitet. Seine Belegschaft stammt zum größten Teil aus Polen. Wenn ein von dort stammender Arbeiter stirbt, man die Leiche verschwinden lässt und in seinem Heimatland niemand eine Vermisstenanzeige erstattet, gibt es keine Handhabe für ein polizeiliches Eingreifen."

„Und was ist mit der Sondereinheit gegen Schwarzarbeit? Dafür ist zwar der Zoll zuständig, aber die Ermittler kooperieren doch mit uns", wandte Mona ein.

„Das stimmt, und die Bielefelder Kollegen wollten da noch nachhaken. Grundsätzlich scheint der Unternehmer aber eine weiße Weste zu haben."

„Umso tiefer wäre sein Fall, wenn die Enthüllungsjournalistin wirklich etwas herausgefunden hätte", stellte die Kommissarin fest. „Was ist eigentlich mit der Segelyacht? Wenn die Kriminaltechniker dort mit ihrer Arbeit fertig sind, könnte Bodo Steiner sich an Bord verstecken."

„Daran habe ich auch schon gedacht und Oltbeck darauf hingewiesen. Er schickt einen Streifenwagen zum Hafen runter, damit die Kollegen die Esmeralda unter die Lupe nehmen."

„Du bist einfach genial, Enno."

„Ich weiß."

Die Fahrtstrecke von der Strandstraße zur Emsstraße unweit der Promenade dauerte nur wenige Minuten. Ernst Steiner besaß ein großes Ferienhaus, das offensichtlich erst vor wenigen Jahren errichtet worden war. Trotzdem fügte es sich harmonisch zwischen die Nachbargebäude ein, weil man es ebenfalls im traditionellen Friesenstil gehalten hatte.

Mona parkte direkt vor dem Haus auf der Straße. Die Ermittler durchquerten den kleinen Garten mit den Heckenrosen. Enno klopfte an die Tür. Es dauerte nicht lange, bis Ernst Steiner persönlich ihnen öffnete.

„Guten Tag. Haben Sie etwas Neues herausgefunden?“, fragte der Unternehmer. „Falls Sie mich noch einmal befragen wollen, dann nur in Anwesenheit meines Anwalts. Für diese Maßnahme werden Sie gewiss nach unserer letzten Begegnung Verständnis haben.“

Steiner warf Mona einen strafenden Blick zu. Sie ließ sich davon nicht irritieren.

„Wir haben nur eine Frage: Hält sich Ihr Sohn momentan in Ihrem Haus auf?“, wollte die Kommissarin wissen, wobei sie ihrem Gegenüber direkt ins Gesicht schaute.

Steiners Mienenspiel drückte nun Verwirrung aus. Wusste er wirklich nichts von Bodos Flucht aus dem Hospital oder war er einfach nur ein erstklassiger Schauspieler? Mona führte sich vor Augen, dass dieser Mann seine Mitmenschen perfekt manipulieren konnte. Sie durfte nicht auf ihn hereinfallen.

„Befindet mein Sohn sich nicht mehr im Krankenhaus?“, fragte Steiner zurück. „Hier ist er jedenfalls nicht.“

„Davon würden wir uns gern selbst überzeugen“, erwiderte Mona und trat einen Schritt auf die Eingangstür zu. Der Vater des Verdächtigen versperrte ihr den Weg.

„Sie dürfen nicht einfach ohne Durchsuchungsbefehl mein Haus betreten!“, sagte er mit Nachdruck.

Enno schüttelte den Kopf.

„Sie irren sich, bei Gefahr im Verzug ist es uns erlaubt. Und nun gehen Sie bitte zur Seite, Sie behindern eine polizeiliche Maßnahme.“

„Ich werde mich über Sie beide beschweren!“, drohte Steiner. Doch er gab den Weg frei. Offensichtlich wollte er es nicht auf eine Konfrontation ankommen lassen. In diesem Moment war Mona eigentlich schon sicher, dass sie Bodo Steiner nicht in dem Ferienhaus finden würde. Trotzdem schaute sie in alle Räume, ohne diese allerdings allzu gründlich zu durchsuchen. Die Kommissarin schaute in die Schränke und Truhen - überall dorthin, wo sich ein erwachsener Mann verstecken konnte. Doch es war vergeblich.

Enno war im Eingangsbereich geblieben und hatte Steiner senior im Auge behalten. Der Unternehmer steckte sein Handy weg, als Mona wieder zu den beiden Männern kam.

„Ich habe meinen Anwalt verständigt. Er ist bereits auf dem Weg hierher. Ihr Handeln wird Konsequenzen haben."

„Wie Sie meinen", erwiderte die Kommissarin mit mühsam unterdrückter Wut. „Allerdings sollten Sie bedenken, dass Oberkommissar Moll und ich in einem Mordfall ermitteln. Ihr Sohn ist nach wie vor verdächtig. Er hat sich selbst keinen Gefallen getan, indem er aus seinem Krankenzimmer verschwunden ist."

„Das könnte als ein Schuldeingeständnis gewertet werden", ergänzte der hünenhafte Ostfriese.

Steiner faltete die Hände vor dem Gesicht und richtete den Blick aufwärts. Er wirkte nun nicht mehr gereizt oder ungehalten, sondern machte einen verzweifelten Eindruck. War das noch Show oder konnten die Ermittler ihm seine Rolle als besorgter Vater abkaufen?

Mona wusste es nicht.

Eigentlich konnte sie sich auf ihre Menschenkenntnis verlassen, aber dieser Mann war ihr ein Rätsel.

„Bitte finden Sie meinen Jungen! Sie haben sich doch davon überzeugen können, dass ich ihn hier nicht vor Ihnen verberge. Womöglich ist sein Zustand schlimmer, als der Arzt es zunächst diagnostiziert hat."

„Wir werden natürlich intensiv nach Bodo suchen", erwiderte Mona wahrheitsgemäß. „Sie können uns helfen, indem Sie uns alles mitteilen, was Sie über den Mordfall wissen. – Bei unserem ersten Telefonat gaben Sie an, dass Sie Nele Dijkstra nicht kennen würden. Bleiben Sie bei dieser Aussage?"

„Selbstverständlich. Dieser Name sagt mir nichts."

Die Kommissarin nickte und zeigte dem Unternehmer ein Foto der Toten, das sie sich zuvor von der Homepage des Opfers auf ihr Smartphone geladen hatte.

„Und vom Sehen her kennen Sie die Frau auch nicht?"

Steiner schaute das Foto stirnrunzelnd an, dann schüttelte er den Kopf.

„Sie ist ... war sehr attraktiv. Ich weiß, dass mein Sohn kein Kind von Traurigkeit ist. Diese Nele Dijkstra entspricht seinem Beuteschema, um es einmal salopp auszudrücken. Aber Bodo neigt nicht zur Gewalttätigkeit. Ich halte es für ausgeschlossen, dass er etwas mit ihrem Tod zu tun hat."

Swantje Jonkers Aussage hatte anders geklungen, obwohl auch sie den Verdächtigen nicht beschuldigt hatte, über sie hergefallen zu sein. So positiv wie sein Vater sah sie ihn jedenfalls nicht an. Doch Mona fand es nachvollziehbar, dass Steiner senior seinen Filius durch eine rosarote Brille betrachtete.

Natürlich wollte sie sich nicht in die Karten schauen lassen. Und deshalb verriet sie dem Unternehmer nicht, dass Nele Dijkstra gegen seine Firma recherchiert hatte. Womöglich wusste er es längst und hatte seinen Sohn mit der Bestechung der Journalistin beauftragt.

Aber wie passte Neles Tod dann in dieses Bild? Die Kommissarin merkte, dass sie sich nicht in Spekulationen verlieren durfte. Sie fragte: „Hat Ihr Sohn Lieblingsplätze auf Borkum? Orte, die er gern aufsucht? Damit meine ich nicht die Esmeralda, das Boot wird zurzeit von unseren Kollegen überprüft."

„Das dachte ich mir schon", murmelte Steiner. „Lassen Sie mich überlegen ... schon als Teenager hielt Bodo sich gern am FKK-Strand bei den Norddünen auf. Und natürlich nutzte er auch damals schon die Milchbuden an der Promenade, um Mädchen kennenzulernen. Allerdings hatte er keine bevorzugte Bude. Es hing wohl von der jeweiligen weiblichen Kundschaft ab."

„Haben Sie ein aktuelles Foto Ihres Sohnes, das wir möglichen Zeugen vorlegen können?", fragte Enno.

„Ja, einen Moment bitte."

Steiner ging ins Wohnzimmer seines Ferienhauses und kehrte gleich darauf mit einer Aufnahme zurück. Das Bild zeigte den Verdächtigen in Siegerpose vor dem Hauptportal der Düsseldorfer Universität. An den bleichen und verwirrten Mann, den die Ermittler noch vor Kurzem in seinem Krankenzimmer besucht hatten, erinnerte dieser Bodo Steiner fast gar nicht.

Der Oberkommissar bedankte sich und steckte das Foto ein.

„Bitte benachrichtigen Sie mich umgehend, wenn Sie meinen Sohn gefunden haben", flehte der Unternehmer zum Abschied. „Ich werde mich gleich selbst auf die Suche machen, ich kann nicht untätig herumsitzen."

„Sie hören von uns", erwiderte Mona vage.

Als die Ermittler wieder im Auto saßen, fuhr sie sich mit beiden Händen durch ihre Frisur.

„Du raufst dir jetzt aber nicht die Haare aus, oder?", fragte Enno. „Wir werden den Typen schon finden, er kann sich ja nicht in Luft aufgelöst haben."

„Es gibt ja nur zwei Möglichkeiten. Entweder ist Bodo der Mörder und hat Panik bekommen, weil er nun für seine Tat nicht geradestehen will. Oder er ist unschuldig und befürchtet, von uns für den Mord zum Sündenbock gemacht zu werden."

„Du hast noch eine dritte Variante vergessen, Mona: Bodo wurde aus seinem Krankenzimmer entführt, weil der wahre Täter einen lästigen Zeugen für immer zum Schweigen bringen will."

Die Kommissarin legte die Stirn in Falten.

„Daran habe ich auch schon gedacht", sagte sie. „Aber Hinderk hat uns doch erzählt, dass keine Geräusche zu hören waren. Ich halte unseren Kollegen für einen zuverlässigen Zeugen."

„Ich auch. Aber wir wissen nicht, in welchem Verhältnis Bodo Steiner zum mutmaßlichen wahren Mörder steht. Vielleicht vertraut er ihm, aus welchen Gründen auch immer. Stell dir vor, der Kerl taucht am Fenster auf und fordert Steiner junior mit Gesten auf, sich anzuziehen und mitzukommen. Bodo gehorcht, klettert hinaus und verschwindet mit dem Täter."

Die Kommissarin nickte.

„Ja, wir sollten berücksichtigen, dass Bodo Steiner womöglich in Begleitung ist und die andere Person ihn versteckt. – Lass uns doch erst einmal seine Lieblingsplätze abklappern, in Ordnung? Wir teilen uns auf, dann geht es schneller. Du kannst dich ja in den Milchbuden umhören, während ich mir den FKK-Strand vornehme."

Enno warf Mona einen besorgten Blick zu. Sie lachte.

„Keine Angst, ich hab schon mal einen nackten Mann gesehen. Und du weißt, dass ich mir keine Unverschämtheiten gefallen lasse."

„Ja, das stimmt. Und falls Bodo Steiner flüchten will, dann kannst du ihm viel schneller hinterherlaufen als ich. – Soll ich dich in der Nähe absetzen?"

„Das ist eine gute Idee", stimmte Mona zu.

Die Ermittler stiegen wieder in den Opel Vectra. Diesmal fuhr der Oberkommissar. Doch bevor er den Motor startete, fotografierte er das Bild des Verdächtigen ab und schickte es an die Dienststelle, damit es an die Kollegen im Streifendienst verteilt wurde. Mona bekam es ebenfalls auf ihr Smartphone gesendet.

Sie ließ sich auf den Beifahrersitz fallen.

„Hast du eigentlich beim LKA angerufen, um diese Internet-Trolle aufstöbern zu können, die es auf die Reporterin abgesehen hatten? Falls Steiner junior wirklich unschuldig ist, muss die dritte Person an

Bord der Esmeralda der Mörder sein. Eine andere Möglichkeit sehe ich nicht."

„Ja, ich habe die Spezialisten um Hilfe gebeten", erwiderte Enno. „Wir sollen noch heute oder spätestens morgen früh Ergebnisse bekommen. – Ist es in Ordnung, wenn ich dich auf dem Parkplatz bei der Kurklinik absetze?"

„Natürlich, kein Problem. Wir sehen uns dann später", sagte Mona. Ihrem Dienstpartner lag gewiss die Bemerkung auf der Zunge, dass sie gut auf sich achtgeben sollte. Sie kannte Enno durch die jahrelange gemeinsame Arbeit sehr gut. Aber gerade weil er ihre Reaktion ahnen konnte, verzichtete er auf die Ermahnung.

Während er den Wagen wendete und in Richtung Promenade davonfuhr, schob Mona die Hände in die Taschen ihres Anoraks und stapfte auf dem schmalen Fußweg zwischen den Norddünen hindurch Richtung FKK-Strand.

An diesem Frühherbsttag war es sonnig, aber windig. Für viele Urlauber wäre es schon zu frisch gewesen, um sich am Wasser aufzuhalten, egal, ob nun mit Badebekleidung oder völlig textilfrei. Doch wer sich für Borkum als Ferienziel entschied, war aus einem anderen Holz geschnitzt, wie die Kommissarin aus Erfahrung wusste. Die Menschen liebten das raue Klima dieser Insel weit draußen in der Nordsee.

Mona hatte sich nicht getäuscht. Auch der FKK-Strand wurde von einigen Badegästen bevölkert, wenngleich es viel weniger waren als an den zurückliegenden heißen Augusttagen. Manche von ihnen wagten sich sogar ins Wasser.

Die Kommissarin ging bis zu der Stelle hinunter, wo die Wellen auf dem feuchten Sand verebbten und der Wind die Gischt wie Zuckerwatte über den Strand blies. Ein junger Mann kam gerade aus dem Wasser. Seine Haut war leicht gerötet, der Körperbau konnte sich sehen lassen. Das war allerdings nicht der Grund dafür, dass Mona ihre Befragungen bei ihm beginnen wollte. Da der Nackte ungefähr im selben Alter wie der Verdächtige war, würde er ihn womöglich eher kennen als die älteren Paare, die sich ebenfalls am Strand aufhielten.

Der Nackte blinzelte sich das Wasser aus den Augen und strich sich seine halblangen Haare aus dem Gesicht. Er grinste Mona an, die auf ihn zukam und direkt vor ihm stehen blieb.

„Moin! Findest du nicht, dass du für diesen Strandabschnitt noch ein wenig zu viel anhast? Oder bist du schüchtern?“

„Nee, sonst würde ich wohl kaum unbekleidete Männer ansprechen“, gab Mona locker zurück. „Jetzt aber mal Scherz beiseite. Ich bin Kommissarin Sander von der Polizei Borkum. Wir fahnden nach dieser Person. Ist er Ihnen in letzter Zeit über den Weg gelaufen?“

Mona hatte sowohl ihren Dienstausweis als auch ihr Smartphone herausgeholt, das sie dem Mann nun vor die Nase hielt.

Ihr Gegenüber begann zu zittern.

„Ist Ihnen kalt oder fürchten Sie sich vor ihm?“, fragte Mona den Nackten.

Er schüttelte den Kopf.

„Angst habe ich nicht, obwohl der Typ rabiat werden kann. Ich muss mich nur eben abtrocknen. Im Wasser sind die Temperaturen kein Problem, aber wenn man klatschnass an Land kommt, kühlt man schnell aus.“

Das konnte Mona sich lebhaft vorstellen. Sie horchte auf, als der Zeuge über Bodo Steiner sprach. Würde sie nun einen wichtigen Hinweis erhalten oder wollte er sich nur wichtigmachen?

Jedenfalls folgte sie ihm zu seiner Strandmatte, wo er sich ein großes violettes Handtuch schnappte und sich damit abfrottierte. Dann schlüpfte der Mann in einen Jogginganzug.

„Eigentlich bin ich nicht so prüde“, beteuerte er. „Es kommt mir aber seltsam vor, mich von einer Polizistin befragen zu lassen, wenn ich nichts anhabe.“

Mache ich dich vielleicht nervös? Diese Frage stellte Mona dem Mann nur innerlich. Sie wollte ja nicht flirten, sondern Informationen bekommen. Obwohl sie zugeben musste, dass er ihr gefiel.

„Also, was können Sie mir über diesen Mann sagen, Herr ...?“

„Drechsler. Ich heiße Oliver Drechsler. Ich wurde am vergangenen Wochenende Zeuge, wie zwei Männer auf der Promenade heftig stritten. Sie wurden sogar handgreiflich, jedenfalls der Typ auf Ihrem Foto.“

Die Kommissarin steckte ihren Dienstausweis und ihr Smartphone wieder ein und zückte stattdessen ihren Notizblock.

„Sie sprachen vom Wochenende, Herr Drechsler. Samstag oder Sonntag?“

Er legte die Stirn in Falten.

„Das muss am Sonntag gewesen sein. Der andere Mann war so ein Hänfling. Ich dachte mir noch, dass er bei einer Schlägerei gegen den Kerl von Ihrem Foto wahrscheinlich keine Chance hätte. Die halbe Portion rief: ‚Lass Nele in Ruhe, sonst passiert ein Unglück!‘ Daraufhin schubste der Typ ihn weg. Ein paar Leute waren stehen geblieben und schauten zu. Es gab dann doch keinen Kampf, weil der Schlaksige weglief. Ich weiß natürlich nicht, ob sie sich später noch einmal wiedergetroffen haben.“

„Und es war wirklich von einer Frau namens Nele die Rede?“

Drechsler nickte.

„Ja, das habe ich mir gemerkt.“

„Können Sie den Mann, den Sie eine halbe Portion nennen, näher beschreiben?“

Der Zeuge überlegte kurz. Dann schilderte er eine Person, die Mona ziemlich bekannt vorkam.

Es war Jörn Maurer, der Journalistenkollege des Mordopfers.

„Würden Sie die Person bei einer Gegenüberstellung wiedererkennen?“, wollte die Kommissarin wissen.

„Auf jeden Fall. – Hat es ein Verbrechen gegeben? Ist der Kerl auf Ihrem Foto gefährlich?“

„Momentan wollen wir ihn einfach nur finden. – Könnten Sie mich bitte sofort anrufen, wenn Sie ihm noch einmal begegnen?“

Mit diesen Worten gab Mona dem Zeugen eine ihrer Visitenkarten. Außerdem notierte sie sich seine Telefonnummer und seine Hoteladresse auf Borkum.

Mona verabschiedete sich von Drechsler und befragte noch einige andere Badegäste am FKK-Strand. Von den übrigen Personen wollte niemand Bodo Steiner gesehen haben, doch damit konnte die Kommissarin leben.

Drechslers Zeugenaussage warf kein gutes Licht auf den jungen Reporter. Sie konnte es kaum abwarten, Enno davon zu berichten.

Sie stapfte an der Wasserlinie entlang Richtung Drachenfeld, wobei sie am nordwestlichsten Punkt Deutschlands vorbeikam. Auch an diesem Tag herrschten ausreichende Windgeschwindigkeiten, damit sich etliche der fantasievollen bunten Papier- und Kunststoffdrachen in die Lüfte aufschwingen konnten. Dafür hatte Mona aktuell keinen Blick. Sie eilte an den großen und kleinen Drachenfans mit ihren straff gespannten Nylonschnüren vorbei, bis sie eine der Treppen erreichte, die zur Promenade hoch führten. Die Kommissarin fischte ihr Smartphone aus der Tasche und rief Enno an.

„Wo bist du gerade, Partner?“

„In *Hinnis Strandoase*. Ich habe etwas Bemerkenswertes herausgefunden.“

„Ich auch!“, entgegnete Mona eifrig. „Ich bin gleich bei dir.“

Sie eilte die Promenade entlang, die von Milchbuden gesäumt wurde. Diese Imbissbuden ruhten auf Holzkonstruktionen und konnten in der Wintersaison abgebaut werden, um dann im nächsten Frühjahr wieder in altem Glanz zu erstrahlen. Trotz des Namens gab es dort nicht nur Milch oder Milchreis, sondern auch Eis und kleine Snacks für wenig Geld. Seit Mona auf Borkum lebte, besuchte sie selbst oft und gern diese Buden, von denen aus man einen Panoramablick auf die Nordsee hatte.

Der Oberkommissar hockte an einem Tisch im hintersten Winkel von Hinnis Strandoase. Sein Rechercheergebnis hatte ihn offenbar so aufgewühlt, dass er sich dringend mit einer großen Schüssel Milchreis stärken musste.

„Schmeckt es?“, fragte Mona grinsend.

Enno nickte und deutete auf den Platz ihm gegenüber.

„Setz dich, du bist eingeladen. Was möchtest du haben?“

„Lass dich nicht beim Essen stören, ich hole mir schnell einen Kakao.“

Die Kommissarin besorgte sich ihr heißes Getränk am Ausgabefenster und kehrte dann zu ihrem Kollegen zurück.

„Also, was konntest du ermitteln?“, wollte sie wissen.

Enno machte eine auffordernde Handbewegung.

„*Ladies first*“, sagte er.

Mona rollte ungeduldig mit den Augen. Aber dann berichtete sie im Telegrammstil, was sie von dem Zeugen erfahren hatte. Ihr erfahrener Kollege schob die Unterlippe vor und nickte langsam.

„So, dann sind also Bodo Steiner und Jörn Maurer am Sonntag aneinandergeraten. Dazu passt hervorragend die Aussage der Saisonaushilfskraft.“

Er deutete auf die junge Frau mit den Schlangentattoos auf den Oberarmen, die am Ausgabefenster der Milchbude arbeitete. Sie merkte, dass von ihr die Rede war, und winkte fröhlich hinüber.

Der Oberkommissar fuhr fort: „Am Samstag saß ein Pärchen turtelnd und händchenhaltend hier an diesem Tisch. Die Serviererin konnte den Mann und die Frau so gut beschreiben, dass ich Bodo Steiner und Nele Dijkstra förmlich vor mir gesehen habe."

Mona stieß einen langen Pfiff aus.

„Sollte es echte Gefühle zwischen den beiden gegeben haben? Oder war die Reporterin so abgebrüht, dass sie für ihre Story mit dem Sohn des Fleischunternehmers ins Bett gehüpft ist?"

„Diese Frage muss einstweilen unbeantwortet bleiben", meinte Enno. „Fest steht hingegen, dass dieses Liebespaar intensiv beobachtet wurde. Als die Zeugin später den Müll nach draußen brachte, fiel ihr ein junger Kerl auf, der sich hinter der Strandkorbvermietung dort drüben versteckte und dem dabei fast die Augen aus dem Kopf fielen. Die Serviererin sprach ihn an und fragte, ob sie ihm behilflich sein könnte. Daraufhin murmelte er etwas Unverständliches und haute ab. Seitdem hat sie ihn nicht wieder gesehen."

„Sind wir uns darüber einig, dass Jörn Maurer höchst verdächtig ist?"

„Auf jeden Fall, Mona. Er wird wohl Bodo Steiner nicht aus dem Krankenhaus entführt haben. Allein schon deshalb nicht, weil die beiden Männer Rivalen sind oder waren. Steiner wird ihm wohl kaum freiwillig gefolgt sein. – Der Reporter behauptete ja, dass er Nele den Rücken freihalten wollte. So gesehen wäre es sinnvoll gewesen, das Paar in der Milchbude zu beobachten. Aber durch den Streit am Sonntag hätte Maurer die ganze Undercoveraktion seiner Freundin gefährden können. Sie würde ihm wahrscheinlich den Kopf abgerissen haben, falls sie davon erfahren hätte."

„Ganz abgesehen davon, dass der Spargeltarzan über seinen Aufenthalt auf Borkum falsche Angaben gemacht hat. – Weißt du was? Warum rücken wir ihm nicht sofort auf die Pelle und kochen ihn weich? Der hat etwas zu verbergen, das liegt doch auf der Hand!"

„Einverstanden", meinte Enno nickend. Er hatte inzwischen seine Mahlzeit beendet. Von Hinnis Strandoase waren es nur wenige Schritte bis zum Hotel Teutonia, wo Maurer wohnte. Doch bevor die Ermittler das Gebäude betreten konnten, wurde Mona von der Dienststelle angefunkt.

„Wo seid ihr gerade?", wollte Grietje wissen.

„An der Jann-Berghaus-Straße", erwiderte Mona.

„Das passt ja hervorragend! Hier ging gerade ein Notruf aus dem Hotel Teutonia ein. Da wurde eine hilflose Person aufgefunden. Alle anderen Kollegen sind gerade anderweitig beschäftigt, und ...“

„Schon gut, wir übernehmen den Einsatz.“

Mit diesen Worten unterbrach Mona ihre junge Kollegin und beendete den Funkkontakt.

Enno schaute sie fragend an.

„Jemand aus dem Hotel hat die 110 gewählt“, erklärte sie. „Es sollte mich wundern, wenn das nichts mit unserem Fall zu tun hat.“

Die Ermittler eilten in das Gebäude. Diesmal hatte eine andere Rezeptionistin Dienst. Sie knetete ihre Hände und versuchte, sich ihre Nervosität nicht allzu sehr anmerken zu lassen.

„Das ging ja schnell!“, rief die Angestellte erleichtert. Auch sie kannte die Zivilfahnder vom Sehen. „Im dritten Stockwerk liegt ein Toter, eines der Zimmermädchen hat ihn gefunden.“

Mona unterdrückte einen Fluch. Sie wollte nicht auf den Lift warten, sondern raste die Treppenstufen hoch.

Am Ende des lang gestreckten Korridors lag eine leblose Gestalt. Die Melderin war verschwunden, vermutlich hatte sie den Anblick nicht mehr ertragen. Die Kommissarin rannte zu dem Körper hinüber und kniete sich neben ihn.

Es war Jörn Maurer, der dort lag. Er hatte eine Wunde am Hinterkopf, aus der noch Blut sickerte. Die Tat konnte sich nach Monas Schätzung vor höchstens zehn Minuten ereignet haben. Sie tastete nach seiner Halsschlagader und stellte erleichtert fest, dass der Mann noch lebte. Aber er musste so schnell wie möglich ins Krankenhaus gebracht werden.

Kapitel 6

Enno kam keuchend und nach Luft ringend auf Mona zu. Er hatte für die Treppen natürlich länger gebraucht.

„Ruf einen Rettungswagen!", rief die Kommissarin, während sie den Verletzten vorsichtig in eine stabile Seitenlage drehte. Die Platzwunde an Maurers Schädel war nicht besonders groß, an den Rändern verkrustete das Blut schon. Aber der Schlag hatte gereicht, um den Reporter das Bewusstsein verlieren zu lassen.

Mona schaute sich um. In der Nähe waren keine Gegenstände zu sehen, die für die Verletzung verantwortlich sein konnten. Theoretisch war es auch möglich, dass Maurer einfach gestürzt und unglücklich auf den Hinterkopf gefallen war. Bei einem hochbetagten Menschen hätte die Kommissarin diese Möglichkeit erwogen. Doch bei einem so jungen Mann wie Maurer kam es ihr äußerst unwahrscheinlich vor.

„Es kann höchstens zehn bis fünfzehn Minuten her sein, dass er niedergeschlagen wurde", sagte sie und deutete auf den Verletzten. „Oder was meinst du, Enno?"

Der Oberkommissar kniete sich nun ebenfalls neben den leblosen Körper und schaute sich die Wunde näher an.

„Ja, der Zustand der Wunde lässt darauf schließen."

„Es muss doch Zeugen geben! Auch wenn bei der eigentlichen Tat niemand zugegen war, kann der Täter doch nicht unbemerkt aus dem Hotel verschwinden", stellte Mona fest.

„Wenn es sich um einen anderen Gast handelt, muss er einfach nur in seinem Zimmer verschwinden. Oder er spaziert seelenruhig hinaus."

„Auch das ist möglich", räumte sie ein. „Wir müssen einfach so viele Anwesende wie möglich befragen. Ich habe ja einen starken Verdacht gegen Bodo Steiner. Er hatte mit Maurer noch ein Hühnchen zu rupfen. Außerdem befürchtete er vielleicht, dass der Reporter Belastungsmaterial gegen die Firma seines Vaters gesammelt haben könnte."

„Gute Idee", lobte Enno. „Wir sollten uns in Maurers Zimmer umschauen, vielleicht wurde es durchwühlt."

Zunächst blieben die Ermittler natürlich bei dem Opfer, bis der Notarzt sowie zwei Sanitäter eintrafen.

„Es besteht der Verdacht einer Gehirnerschütterung“, sagte der Mediziner, nachdem er den Journalisten untersucht hatte. „Wir nehmen den Patienten in die Klinik mit.“

Die Sanitäter hoben Maurer auf eine Trage und eilten mit dem Verletzten davon. Inzwischen war der Hoteldirektor verständigt worden. Er trat zu den Kriminalisten, wobei er sich ununterbrochen die Hände rieb – so, als ob er sie ohne Wasser und Seife waschen wollte.

„Was für ein Unglück für unser renommiertes Haus!“, klagte er.

„Und für den Schwerverletzten, würde ich meinen“, kommentierte Mona trocken. „Wahrscheinlich liegt kein Unfall, sondern ein Verbrechen vor. Wir müssen mit dem gesamten Personal sowie mit allen Gästen sprechen, die zum Tatzeitpunkt hier waren. Also ungefähr vor einer Viertelstunde, oder?“

Die Frage war an Enno gerichtet, der nun nickte.

„Das wird sich wohl nicht vermeiden lassen“, seufzte der Hoteldirektor. „Aber bitte gehen Sie so diskret wie möglich vor.“

Mona erwiderte nichts, weil sie sich nicht auf eine Debatte einlassen wollte. Sie und Enno begannen umgehend mit der Befragung des Personals. Später nahmen sie sich auch diejenigen Hotelgäste vor, die zum Abendessen nicht fortgegangen waren, sondern im Hotelrestaurant saßen.

Es war sinnlos. Niemand schien zum fraglichen Zeitpunkt auf dem Korridor im dritten Stockwerk gewesen zu sein. Mona erfuhr, dass das Hotel Teutonia aktuell nur zur Hälfte ausgebucht war. Von den zwölf Zimmern in der dritten Etage waren nur vier vermietet. Daher erschien es plausibel, dass der Täter unerkannt entkommen konnte.

„Das Hotel hat zwei voneinander unabhängige Notausgang-Systeme, die Türen sind natürlich nicht abgeschlossen“, erklärte Enno, als sie zwei Stunden später eine kurze Pause in der Hotelbar machten. „Man muss allerdings nicht Sherlock Holmes sein, um das herauszufinden. Brandschutz wird auf unserer Insel großgeschrieben, die Fluchtwege der Beherbergungsbetriebe müssen immer frei sein. Das wird der Mann gewusst haben, der Maurer niedergeschlagen hat.“

„Du gehst also von einem männlichen Täter aus, Enno?“

Der Ostfriese hob seine breiten Schultern.

„Eine Frau haben wir bisher noch nicht auf unserer Verdächtigenliste, oder?“

„Nein, nicht wirklich. Svantje Jonker ist nicht gut auf Bodo Steiner zu sprechen, aber weshalb sollte sie den Reporter niederschlagen? Das ergibt keinen Sinn."

„Wir müssen einfach weitermachen", stellte Mona fest und trank ihr alkoholfreies Bier aus. „Schlimmstenfalls haben wir eben ein paar Stunden lang sinnlos gearbeitet."

Darauf lief es wirklich hinaus. Sie hatten nichts erreicht, der Täter blieb ein Phantom. Mona rief im Krankenhaus an und erfuhr, dass Maurer sein Bewusstsein noch nicht wiedererlangt hatte. Zum Abschluss des Arbeitstages kehrten die Ermittler zur Dienststelle zurück, wo Oltbeck seine schlechte Laune an ihnen ausließ.

„Ernst Steiner hat mich angerufen. Er will Sie persönlich dafür verantwortlich machen, wenn seinem Sohn etwas zustößt."

„Das ist doch nur heiße Luft", gab Mona leidenschaftlich zurück. „Hätten wir Bodo Steiner vielleicht anbinden sollen? Das Borkumer Stadtkrankenhaus ist nicht das Gefängnis von Guantanamo."

„Nicht in diesem Ton, Frau Sander! Ich weiß selbst, dass Steiners Beschuldigungen haltlos sind. Leider verfügt dieser Mann über Einfluss bis in die höchsten Kreise. Er kann uns das Leben ganz schön schwer machen."

„Der Sohn des Unternehmers kann sich ja nicht in Luft aufgelöst haben", stellte Enno fest. „Er befindet sich weder auf der Yacht noch im Ferienhaus seines Vaters. Soweit ich weiß, ist er ohne Geld aus dem Hospital geflohen. Uns liegt keine Meldung vor, dass er die Insel per Fähre oder Flugzeug verlassen hätte. Die Nächte werden jetzt manchmal schon empfindlich kalt. Ich bin sicher, dass wir ihn spätestens morgen im Lauf des Tages finden werden."

Der unerschütterliche Optimismus des Oberkommissars schien auf Oltbeck und Mona abzufärben. Als der Chef wieder den Mund öffnete, klang er halbwegs versöhnlich.

„Also gut, machen wir Schluss für heute. Ich werde veranlassen, dass die Kollegen im Streifendienst noch intensiver nach Bodo Steiner Ausschau halten."

Die Besprechung war beendet.

„Ich hoffe nur, dass es dem Geflüchteten gut geht", murmelte Mona auf dem Weg nach draußen. „Ich wette mit dir, dass er die Wahrheit über den Mord kennt. Unabhängig davon, ob er die Tat nun selbst begangen hat oder nicht. Es wäre nämlich auch möglich, dass Bodo abgehauen ist, weil er sich vor dem wahren Täter fürchtet.

Womöglich hat Jörn Maurer die Journalistin erstochen! Und Bodo Steiner schlug ihn nieder, um einem neuerlichen Angriff zuvorzukommen."

Enno hob die Augenbrauen.

„Ein Eifersuchtsdrama auf hoher See? Das wäre möglich. Wobei ich mich frage, warum Maurer die Frau getötet hat und nicht seinen Rivalen."

„Ich habe keine Ahnung", gestand Mona. „Vielleicht liegen morgen endlich die Obduktionsergebnisse vor. – Ich wünsche dir einen schönen Feierabend."

„Danke, ebenso."

Kapitel 7

Am nächsten Morgen begann der Tag nicht nur mit einem spektakulären Sonnenaufgang über der Nordsee, sondern auch mit neuen Fakten.

Als Mona pünktlich zum Dienstbeginn das gemeinsame Büro betrat, saß ihr Kollege bereits auf seinem Platz. Enno hatte mehrere Schnellhefter sowie die unvermeidliche Tasse Tee vor sich. Ein Teller mit Biscuits durfte natürlich auch nicht fehlen.

„Moin, Partner! Warum grinst du wie ein Honigkuchenpferd? Gibt es ausnahmsweise gute Nachrichten?“

„Das kann man sagen“, entgegnete der erfahrene Kriminalist. „Da wäre zunächst das Obduktionsergebnis von Nele Dijkstra. Dass die Todesursache ein Messerstich in den Thorax war, dürfte dich wohl kaum überraschen. Aber der Todeszeitpunkt ist wichtig. Die Reporterin wurde bereits am Montag zwischen siebzehn und achtzehn Uhr umgebracht. Somit ist sie wahrscheinlich bereits kurz nach ihrem Eintreffen auf der Yacht ermordet worden. Als die Esmeralda auslief, war Nele Dijkstra bereits tot.“

„Also liegt der Fall nun endgültig bei uns und nicht bei der Küstenwache“, stellte Mona fest. „Konnten die Gerichtsmediziner noch mehr herausfinden?“

Der Oberkommissar nickte.

„Das Opfer hatte wenige Stunden vor seiner Ermordung Geschlechtsverkehr, und zwar offenbar freiwillig. Nichts deutet auf eine Vergewaltigung hin. Die Mediziner konnten Sperma des Partners im Körperinneren nachweisen. Wenn wir einen Verdächtigen haben, können wir einen DNA-Abgleich machen.“

„Nach dem intensiven Flirt in der Milchbude würde ich Bodo Steiner für den Mann der Wahl halten“, dachte die Kommissarin laut nach. „Er könnte sie allerdings trotzdem getötet haben.“

Enno wiegte zweifelnd seinen mächtigen Schädel.

„Es gibt noch eine Tatsache, die ein anderes Licht auf den Fall wirft. Bei der Obduktion wurde Fremd-DNA unter den Fingernägeln der Reporterin sichergestellt. Wir könnten also davon ausgehen, dass sie sich gegen den Messerangriff gewehrt hat. Dieser genetische Fingerabdruck stammt allerdings von einem weiblichen Wesen.“

Mona runzelte die Stirn.

„Also suchen wir keinen Mörder, sondern eine Mörderin? Das beruhigt mich ja ungemein – vor allem, weil wir noch gar keine Frau auf unserer Verdächtigenliste haben. Müssen wir also noch einmal bei null anfangen?“

„Es sieht ganz danach aus“, erwiderte Enno, ohne sich seine gute Laune verderben zu lassen. „Das waren also die Erkenntnisse der Obduktion. Auch die Kriminaltechniker konnten uns heute interessantes Material liefern.“

„Sind diese Informationen denn noch zu toppen?“, fragte Mona. Sie führte sich vor Augen, dass Bodo Steiner ein Frauenheld war. „Natürlich – warum sollte nicht eine seiner ehemaligen Gespielinnen aus Verzweiflung oder Frust zum Messer gegriffen haben?“

Enno nickte.

„Ja, wir sollten uns nicht auf diese Journalistenrecherche als mögliches Mordmotiv einschießen. Obwohl ich auch zu dem Thema spannende Erkenntnisse liefern kann.“

„Eins nach dem anderen, mein Lieber. – Also, was hat die Untersuchung des Bootes ergeben?“

Der Oberkommissar schlug den nächsten Schnellhefter auf.

„Die Spritzmuster des Blutes lassen darauf schließen, dass die Mörderin unmittelbar vor dem Opfer gestanden hat. Wahrscheinlich versuchte Nele Dijkstra, von dem Sofa aufzustehen, auf dem sie gefunden wurde. Doch sie bekam die Klinge in die Brust, woraufhin sie zurückfiel. Der Stich wurde mit solcher Heftigkeit ausgeführt, dass Blut nach vorn spritzte. Es müsste auf der Kleidung und den Schuhen der Täterin gelandet sein, die im Übrigen Schuhgröße achtunddreißig hat.“

„Es ließen sich also Fußspuren nachweisen?“

„Ja, durch mikroskopisch kleine Anhaftungen an den Sohlen. Die Mörderin trug Tennisschuhe oder etwas Ähnliches. Sie bewegte sich vom Sofa zum Wandschrank und danach zum Ausgang der Kabine.“

„Was wollte sie denn am Wandschrank?“, dachte Mona laut nach.

„Dort muss sie sich versteckt gehalten haben, jedenfalls ist das meine vorläufige Theorie“, erwiderte Enno. „Im Inneren des Schranks stellten die Kollegen nämlich ein benutztes Kaugummi sicher. Mithilfe eines DNA-Abgleichs können wir nun also eindeutig beweisen, dass eine Person sich dort aufgehalten hat.“

„Prima, dann müssen wir die Mörderin bloß noch finden!“, stieß die Kommissarin hervor. Etwas ruhiger fuhr sie fort: „Die Puzzleteile passen noch nicht so richtig zusammen, oder? Was für eine Rolle spielt denn nun dieser Unglücksrabe Jörn Maurer? Wurde er vielleicht gar nicht im Zusammenhang mit dem Mord niedergeschlagen? Ich hoffe, dass er bald aufwacht und eine brauchbare Aussage abliefern kann."

„Auf jeden Fall sollten wir Nele Dijkstras Rolle als furchtlose Enthüllungsjournalistin hinterfragen", erklärte Enno. „Auf den zehntausend Euro, die du gefunden hast, konnten die Kriminaltechniker nämlich unter anderem die Fingerabdrücke des Opfers nachweisen. Also hat sie die Banknoten zumindest teilweise berührt. Wir können also ausschließen, dass dieses Geld ohne ihr Wissen in ihrer Koje versteckt wurde."

„Also hat Bodo Steiner die Reporterin bestochen, damit sie nicht weiter in der Firma seines Vaters herumschnüffelt?", hakte Mona nach.

Enno nickte.

„Das ist die eine Möglichkeit. Die andere besteht darin, dass es gar nicht um die angeblichen Todesfälle in der Fleischfabrik ging, sondern um Wirtschaftsspionage."

„Das wird ja immer besser!", rief Mona.

„Ich konnte es auch kaum glauben, als ich davon las", gab der Oberkommissar zu. „Aber die Ergebnisse sind eindeutig. Der Mikrochip, der in dem Buch versteckt war, enthielt interne Informationen über drei Fleischwarenproduzenten, die mit Steiner in unmittelbarer Konkurrenz stehen: Privatadressen von leitenden Mitarbeitern, Lieferanten, Zahlungsverpflichtungen, Produktentwicklungen – das volle Programm. Ich bin kein Experte, aber mit diesem Wissen hätte Steiner sich gewiss einen illegalen Wettbewerbsvorteil sichern können."

„Wissen ist eben Macht", stellte Mona grollend fest. „Und diese Informationen wird Bodo Steiner von der Journalistin bekommen haben, oder? Er hat sie mit zehntausend Euro in bar dafür bezahlt. Und wie praktisch, dass die beiden sich gegenseitig sympathisch fanden. Eine heiße Bettgeschichte gab es dann noch als Sahnehäubchen obendrauf."

„Ich hätte es nicht schöner ausdrücken können", meinte der Ostfriese grinsend. „Und wie passen Jörn Maurer und die unbekannte Mörderin in diese Gleichung?"

„Gar nicht“, gab die Kommissarin zu. „Maurer war nicht Neles Freund, sondern nur ein abgeblitzter Verehrer. Er wollte sich nicht damit abfinden, dass sie etwas mit einem anderen Mann hatte. Und die Mörderin? Ich gehe wirklich davon aus, dass sie eine Ex von Bodo Steiner ist – jedenfalls, bis wir eine bessere Hypothese haben.“

„Einverstanden“, sagte Enno. „Ach ja, das Landeskriminalamt hat sich übrigens auch noch gemeldet. Einer dieser Internetspinner, die Nele Dijkstra offen bedroht haben, konnte auf Borkum lokalisiert werden. Sein Name lautet Jannis Rupp.“

„Hast du seine Daten schon gecheckt?“

„Ich bin noch nicht dazu gekommen“, erwiderte Enno.

„Dann hole ich das doch gleich mal nach“, kündigte Mona an, indem sie ihren PC hochfuhr. Sie jagte den Namen durch die polizeilichen Datenbanken.

„Na also. Jannis Rupp ist bisher zweimal in Erscheinung getreten. Er wurde wegen Betrugs zu einer Bewährungsstrafe verurteilt, außerdem gab es eine Anklage wegen des Verdachts auf Identitätsdiebstahl. Das zweite Verfahren musste aus Mangel an Beweisen eingestellt werden. In beiden Fällen diente ihm der Computer als Tatwaffe, wenn man das so ausdrücken will. Wir sollten uns den Knaben mal vorknöpfen. Er ist zwar keine Frau, aber womöglich hat die Täterin einen Komplizen gehabt. Um Nele Dijkstra auszuspionieren, dürfte er jedenfalls der richtige Mann sein.“

„Ja, das ist eine gute Idee“, sagte der Oberkommissar und trank seinen Tee aus.

Bevor sie aufbrachen, rief Mona im Stadtkrankenhaus an. Jörn Maurers Zustand war stabil, allerdings hatte er noch nicht das Bewusstsein wiedererlangt. Mona sollte angerufen werden, sobald es eine Änderung gab.

Auch während des Nachtdienstes war es nicht gelungen, Bodo Steiner zu finden. Da die Fähren und der Flugplatz überwacht wurden, hielt er sich vermutlich noch auf der Insel auf. Mona musste ihre Ungeduld bezwingen. Sie wusste, dass Enno recht hatte. Früher oder später würden sie den Flüchtigen auftreiben können.

Jannis Rupp wohnte am oberen Ende der Richthofenstraße. Hier gab es nur wenige Ferienobjekte, sondern bezahlbare Häuser für Einheimische. Der Internettroll lebte in einem unscheinbaren Gebäude aus roten Backsteinen, das vier Mietparteien als Heim diente. Die Ermittler standen gerade vor der weiß gestrichenen Eingangstür, als eine Nachbarin ihnen öffnete.

Sie blinzelte kurz, dann lächelte sie Enno an.

„Moin, das ist ja eine nette Überraschung. Willst du zu mir? Ist das deine Tochter?“

Die Frau war Ende fünfzig, also ungefähr im Alter des Oberkommissars. Er schüttelte den Kopf.

„Nein, Anneke, ich bin dienstlich hier. Und Kommissarin Sander ist nicht meine Tochter, sondern meine Kollegin.“

„Ach, so ist das. Zu wem wollt ihr denn?“

„Zu Jannis Ruff“, entgegnete Enno.

„Das ist ein Nachbar, von dem man wochenlang nichts hört oder sieht. Er wohnt gleich hier unten links“, sagte Anneke. „Komm doch mal privat vorbei, Enno. Seit meiner Scheidung ist es mir oft langweilig.“

„Wir sehen uns, Anneke. Jetzt muss ich erst einmal arbeiten.“

Die Nachbarin blinzelte.

„Ja, dann will ich euch nicht aufhalten. Ich muss jetzt auch einkaufen gehen.“

Sie schwang sich auf ein Damenrad, das vor dem Haus gestanden hatte, und fuhr Richtung Supermarkt davon.

Die Ermittler mussten nur drei Stufen hochsteigen, um Rupps Wohnung im Hochparterre zu erreichen.

„Wer war das denn?“, fragte Mona neugierig.

„Klassenkameradin und erste Jugendliebe“, gab Enno lakonisch zurück. Dann klingelte er bei dem Verdächtigen. Das Geräusch der Türschelle war so schrill, dass es in Monas Ohren schmerzte. Immerhin schien jemand daheim zu sein, jedenfalls waren gleich darauf in der Wohnung leise Schritte zu hören.

Enno läutete erneut, wieder ergebnislos. Er rief: „Herr Rupp, hier ist die Polizei. Wir wissen, dass Sie in Ihrer Wohnung sind.“

Der Verdächtige machte immer noch nicht auf. Stattdessen war das Klirren von Glas zu vernehmen.

„Der haut durchs Fenster ab!“, stellte Mona fest.

Sie sprang die drei Stufen hinab und umrundete das Haus. Hinter dem Gebäude gab es eine Rasenfläche mit einigen Stangen zum Wäscheaufhängen. Ein Mann in Cargohose und blauem T-Shirt rannte davon, als ob alle Teufel der Hölle hinter ihm her wären.

„Polizei!“, rief die Kommissarin mit gellender Stimme. „Stehen bleiben!“

Rupp – sie ging davon aus, dass er es war – hörte nicht auf sie. Stattdessen schlug er einen Haken, überquerte die Fahrbahn und lief auf das Campingplatz-Gelände zu.

Mona blieb ihm auf den Fersen. Sie wollte sich nicht abhängen lassen, und ihr regelmäßiges Jogging kam ihr nun zugute. Obwohl sie zugeben musste, dass Rupp ebenfalls gut in Form war. Sie pflegte das Vorurteil, dass Computerfreaks unsportlich seien. Aber vielleicht musste sie ihre Meinung ändern, zumindest in diesem Fall.

Es war dem Flüchtenden nämlich gelungen, seinen leichten Vorsprung auszubauen.

Die Kommissarin hielt ihn für clever, weil er sich zwischen den Wohnwagen und Zelten verkrochen hatte. Der Campingplatz bot zahlreiche Versteckmöglichkeiten. Obwohl inzwischen Nebensaison war, gab es noch genügend Caravans, Wohnmobile und Zelte auf dem Areal.

Mona hatte den Verdächtigen aus den Augen verloren.

Ihr Smartphone klingelte. Enno rief sie an.

„Wo bist du?“, fragte er.

„Auf dem Campingplatz, Rupp ist verschwunden. Ich versuche, ihn wiederzufinden.“

„In Ordnung, ich suche mit dem Wagen die Umgebung ab.“

„Alles klar, bis später.“

Sie beendete das Gespräch und setzte ihre Suche fort. Dabei handelte sie systematisch. Vom Kinderspielplatz im Eingangsbereich arbeitete sie sich von links nach rechts vor. Die Wohnwagen standen ordentlich aufgereiht wie Perlen auf einer Schnur. Gern hätte Mona einen Camper oder eine Camperin nach Rupp gefragt, doch ihr begegnete niemand. Die meisten Urlauber waren um diese Uhrzeit vermutlich im Ort oder am Strand. Vielleicht machten sie auch eine Radtour. Aus einigen Caravans drangen TV-Geräusche an ihr Ohr. Doch wer vor dem Fernseher saß, würde wohl kaum auf draußen vorbeilaufende Männer achten.

Die Kommissarin versuchte, sich in Rupp hineinzuversetzen. Was würde sie an seiner Stelle tun? Sich längerfristig auf dem Campingplatz verstecken? Das war zu riskant. Die Polizei konnte Verstärkung anfordern. Wer sich irgendwo auf dem Gelände verbarg, wurde bei einer Durchsuchung früher oder später gefunden. Besser wäre es, das Areal wieder ungesehen zu verlassen.

Gab es einen Hinterausgang?

Mona wusste es nicht. Doch der Platz war weitläufig genug, damit der Verdächtige von ihren Blicken unbemerkt zum Eingang zurückkehren und davonrennen konnte. Kaum war ihr dieser Gedanke gekommen, als sie ein lautes Platschen hörte – gefolgt von einem leisen Fluch.

Die Geräusche waren in einer parallel verlaufenden Wohnwagengasse entstanden. Die Kommissarin schlängelte sich zwischen zwei Caravans hindurch. Sie schaute nach links und rechts in die nächste Reihe. Dort war niemand zu sehen. Doch in der übernächsten Gasse geriet der Verdächtige wieder in ihr Blickfeld.

„Bleiben Sie stehen, Rupp! Wir wollen nur mit Ihnen reden!“

Erneut wollte er abhauen. Aber diesmal war Mona im Vorteil. Rupp schwächelte bereits, seine Kondition ließ zu wünschen übrig. Die Kommissarin war jetzt hingegen erst richtig aufgewärmt. Sie legte einen Sprint ein, erreichte den Flüchtigen und brachte ihn zu Boden.

„Hey, was soll das?“, rief Rupp, wobei er wild um sich schlug. Davon ließ sie sich nicht beirren. Mona sagte sich, dass es gute Gründe für seinen verzweifelten Fluchtversuch geben musste. Sie drehte ihm mit Polizeigriff die Arme auf den Rücken und legte ihm Handschellen an.

Mona griff zum Smartphone: „Enno, ich habe den Verdächtigen soeben festgenommen. Du kannst mit dem Auto zum Campingplatz-Eingang kommen, wir treffen uns dort.“

„Was werfen Sie mir überhaupt vor?“, wollte Rupp wissen.

„Zunächst einmal Widerstand gegen Vollstreckungsbeamte“, erwiderte Mona. „Und ich bin sicher, dass wir bei Ihnen noch mehr belastendes Material finden.“

Kapitel 8

Enno forderte einen Streifenwagen an, um den Verhafteten zur Polizeistation bringen zu lassen. Dort konnte er schon mal erkennungsdienstlich behandelt werden. Bei der Leibesvisitation fand der Oberkommissar den Wohnungsschlüssel des Verdächtigen.

„Sie haben doch nichts dagegen, wenn wir uns in Ihren Gemächern einmal umschauen?“, fragte Mona. „Wir könnten jetzt natürlich auf einen Durchsuchungsbefehl warten, aber bei einer Mordermittlung ist Zeit ein entscheidender Faktor.“

Rupp, der bisher meist mürrisch geschwiegen hatte, wurde plötzlich nervös.

„Mord? Damit will ich nichts zu tun haben.“

„Wenn Sie unschuldig sind, haben Sie nichts zu befürchten“, betonte Enno.

„Na, dann schauen Sie sich meinetwegen in der Wohnung um“, knurrte Rupp. Das ließen die Ermittler sich nicht zweimal sagen.

Während der Verdächtige fortgeschafft wurde, kehrten Mona und Enno zu dem Wohnhaus zurück. Natürlich war die spektakuläre Verfolgungsjagd im beschaulichen Borkum den Nachbarn und Passanten nicht verborgen geblieben. Die Kriminalisten wurden mit Fragen bombardiert, doch sie hielten sich zurück. Selbst seiner Jugendliebe Anneke gegenüber gab der Oberkommissar sich zugeknöpft. Sie wartete im Treppenhaus, als Mona Rupps Wohnung aufschließen wollte.

„Ist dieser junge Nachbar ein gefährlicher Verbrecher, Enno?“, fragte die ältere Frau mit einem leichten Zittern in der Stimme.

„Zu laufenden Ermittlungen dürfen wir keine Auskunft geben. Aber du könntest uns helfen. Hast du diese Frau schon einmal in Begleitung von Jannis Rupp gesehen?“

Mit diesen Worten zeigte er Anneke das Foto von Nele Dijkstra.

Die Nachbarin nickte heftig.

„Ja, allerdings nur einmal. Sie ging mit ihm in seine Wohnung. Ich habe noch gedacht, dass sie überhaupt nicht zusammenpassten. Das blonde Mädchen ist doch bildschön, findest du nicht? Und Rupp ... den habe ich immer für einen richtigen Grottenolm gehalten. Wie kann man auf unserer schönen Insel nur die ganze Zeit in der Stube hocken? Na ja, diese jungen Leute sind doch ein bisschen verrückt mit ihren Computern.“

„Weißt du, was dein Nachbar beruflich macht?“

„Soweit ich weiß, lebt er vom Staat. Ich war mal in seiner Wohnung, weil ich einen Wasserrohrbruch hatte und er direkt unter mir haust. In seiner Bude herrscht Chaos, aber sein Rechner sah neu und sehr gepflegt aus.“

Enno nickte ihr zu.

„Vielen Dank, Anneke.“

Sie lächelte.

„Du kannst jederzeit auf einen Tee vorbeikommen, Enno.“

Als die Ermittler die Wohnungstür von innen geschlossen hatten, flüsterte Mona: „Die steht immer noch auf dich.“

„Anneke weiß genau, dass ich verheiratet bin. Das sollte sie respektieren.“

„Du wirst ja rot, wie süß! – Deine Ex-Freundin hat jedenfalls recht, was Rupps Wohnung angeht. Ostfriesische Gemütlichkeit stelle ich mir anders vor.“

Der Verdächtige hauste in einer Zwei-Zimmer-Wohnung mit Küche und Bad. Sein Leben spielte sich offenbar hauptsächlich um sein Notebook herum ab, das auf einem großen Tisch vor dem Fenster thronte. In der Nähe standen leere Colaflaschen, Einwickelpapier von Schokoriegeln lag herum. Viele Einrichtungsgegenstände besaß Rupp offenbar nicht.

Mona nahm auf seinem Bürostuhl Platz und fuhr den Laptop hoch. Es handelte sich wirklich um ein ziemlich neues und teures Modell.

„Passwortgeschützt!“, stieß sie hervor. „Ich hatte es schon befürchtet. Und wenn Rupp ein ausgeschlafener Computerkrimineller ist, dann werden wir uns an dem verflixten Ding die Zähne ausbeißen.“

„Wir schon, aber nicht die IT-Spezialisten beim Landeskriminalamt“, meinte Enno. „Wir schicken ihnen das Notebook und bitten um schnellstmögliche Auswertung.“

„Ja, das können wir machen.“ Mona schaffte es nicht, ihre Enttäuschung zu verbergen. „Doch bis dahin wird Rupp mauern. Bisher wissen wir nur, dass die Ermordete und er einander persönlich kannten und dass er sie im Internet mit Dreck beworfen hat.“

„Rupp kommt sich ungeheuer clever vor, das ist er aber nicht“, entgegnete der Oberkommissar. „Sonst wäre es nämlich unseren Kollegen nicht gelungen, seine Hasstiraden gegen die Reporterin zu ihm zurückzuverfolgen. Ich wette mit dir, dass sich auf dem Notebook jede Menge Beweismaterial gegen Rupp befindet. Und vielleicht sogar Hinweise auf die Mörderin."

Mona und Enno durchsuchten die Räume, doch ihnen fiel nichts weiter auf, das mit dem Fall in Verbindung stehen konnte. Sie packten das Notebook ein und fuhren nun ebenfalls zur Dienststelle zurück.

Grietje blickte auf, als sie die Wache betraten.

„Da seid ihr ja, ich wollte euch gerade anfunken! Das Krankenhaus hat angerufen, Jörn Maurer ist aufgewacht."

Rupps erkennungsdienstliche Behandlung war noch nicht abgeschlossen. Also nutzten die Ermittler die Zeit und fuhren gleich zum Hospital hinüber.

Mona blinzelte Enno zu.

„Warum hast du mir eigentlich noch nie etwas von Anneke erzählt?"

„Vorbei ist vorbei", brummte er und faltete seine Hände über seinem imposanten Bauch.

„Ich wette, du warst in deiner Jugend ein richtiger Herzensbrecher!", behauptete die Kommissarin.

Enno grinste.

„Willst du mich etwa mit Bodo Steiner vergleichen?"

„Nee, ein arroganter Pinsel bist du bestimmt nie gewesen."

„Danke für das Kompliment. – Aber dass Steiner junior eingebildet und selbstsüchtig sein soll, wissen wir bisher nur durch Hörensagen. Da haben Leute über ihn geredet, die aus verschiedenen Gründen nicht gut auf ihn zu sprechen waren."

„Das stimmt. Zumindest der Mordverdacht gegen ihn dürfte nach den Erkenntnissen von Obduktion und Kriminaltechnik nun vom Tisch sein", stellte Mona fest. „Trotzdem halte ich ihn für eine Schlüsselfigur bei der Lösung dieses Falls."

„Bodo Steiner kann sich nicht in Luft aufgelöst haben", meinte Enno. „Allmählich frage ich mich aber schon, wo er abgeblieben sein kann. So groß ist Borkum nun auch wieder nicht. Wenn es ganz schlecht läuft, dann hat Nele Dijkstras Mörderin auch ihn beseitigt, weil sie einen lästigen Zeugen für immer zum Schweigen bringen wollte."

„Mal den Teufel nicht an die Wand", entgegnete Mona.

Die Ermittler erreichten das Krankenhaus und sprachen mit der behandelnden Ärztin.

„Der Patient hat eine Gehirnerschütterung erlitten", sagte die Medizinerin. „Sie wurde durch einen Schlag mit einem harten Gegenstand verursacht. Die Platzwunde am Hinterkopf haben wir genäht. – Sie dürfen mit Herrn Maurer sprechen. Aber fassen Sie sich bitte kurz."

Eine Krankenschwester brachte die Ermittler zu dem jungen Mann. Er befand sich in einem Einzelzimmer. Sein Kopf war bandagiert und seine Wangen bleich. Maurer hatte dunkle Ringe unter den Augen. Er blinzelte, als er die Kriminalisten sah.

„Ach, Sie sind es! Haben Sie den Kerl schon erwischt, der mir das angetan hat?"

Mona und Enno nahmen links und rechts von Maurers Krankenbett Platz.

„Ein Kerl?", hakte die Kommissarin nach. „Also sprechen wir von einem männlichen Täter?"

Der Reporter schaute sie an, als ob sie etwas unglaublich Dummes gesagt hätte.

„Ja, selbstverständlich! Glauben Sie, ich wäre von einer Frau ausgeknockt worden?"

„Das weiß ich nicht, deshalb frage ich Sie. Können Sie Ihren Angreifer beschreiben?"

„Nein, der Feigling hat mich von hinten erwischt! Ich hörte ein leises Geräusch, als ich mein Zimmer verlassen hatte und Richtung Lift ging. Und bevor ich mich umdrehen konnte, zuckte ein fürchterlicher Schmerz durch meinen Hinterkopf. Dann wurde mir schwarz vor Augen."

Mona nickte. Maurer war wirklich auf halbem Weg zwischen seinem Zimmer und dem Aufzug gefunden worden.

„Ich vermute, dass die Täterin oder der Täter aus dem Nottreppenhaus gekommen ist, sodass Sie ihn nicht sehen konnten", sagte sie.

„Jetzt fangen Sie schon wieder damit an! Welche Frau sollte denn ein Motiv haben, mich niederzuschlagen?", gab der Verletzte gereizt zurück.

„Vielleicht dieselbe Frau, die auch Nele Dijkstra getötet hat", erwiderte Mona, wobei sie Maurer einen harten Blick zuwarf. Der junge Mann erbleichte und riss die Augen auf.

„Wie bitte? Hat dieser Lackaffe Bodo Steiner etwa meine Freundin nicht getötet?“

„Es spricht momentan alles dafür, dass wir es bei dem Mord auf der Segelyacht mit einer Täterin zu tun haben“, erklärte die Kommissarin. Sie fuhr fort: „Und Ihre *Freundin* war Nele Dijkstra ganz gewiss nicht!“

Sie betonte das Wort besonders stark. Maurer zuckte zusammen, als er den letzten Satz hörte.

„Doch, wir waren ein Liebespaar“, behauptete er weiterhin. Doch nun klang er schon weitaus weniger überzeugend, wie Mona fand.

„Ihr Privatleben wäre mir normalerweise piepegal, aber Herr Moll und ich ermitteln in einem Mordfall“, raunzte Mona ihn an. Sie hatte beschlossen, die Samthandschuhe auszuziehen. Dieser Mann wusste womöglich etwas, das zur Aufklärung der Straftat beitragen konnte.

Enno ergänzte: „Es muss doch auch in Ihrem Sinn sein, dass wir Nele Dijkstras Mörderin möglichst bald fassen. Diese Frau hat Ihnen etwas bedeutet, auch wenn sie nicht Ihre Freundin war. Habe ich recht?“

Mona wusste nicht, ob Maurer durch ihre klare Ansage oder durch die väterlichen Worte ihres Kollegen aufgeweicht wurde. Es spielte letztlich keine Rolle.

„Ja, ich habe mir selbst etwas vorgemacht. Mein Gehirn wurde durch Wunschdenken vernebelt. Darauf bin ich nicht stolz, das können Sie mir glauben. Nele brauchte mich nicht als Rückendeckung für ihre Recherchen, sie fand mich eher lästig. Trotzdem bekam ich sie nicht aus dem Kopf. Ich brauchte ein paar Tage, bis ich herausfand, dass sie sich auf Borkum herumtrieb, mit diesem Weiberhelden Bodo Steiner.“

Die Kommissarin hakte nach.

„Ist denn an den Gerüchten über die toten polnischen Fleischer in Steiners Betrieb überhaupt etwas Wahres dran?“

„Woher soll ich das wissen?“, fragte Maurer zurück. „Nele hat das zumindest behauptet. Ich stellte sie zur Rede und fragte sie, warum sie überhaupt hier sei. Da erzählte sie mir von dieser brandheißen Geschichte, der sie nachgehen würde. Inzwischen frage ich mich, ob sie mich nicht schlicht und einfach angelogen hat.“

Mona führte sich vor Augen, dass die Reporterin offenbar hauptsächlich Informationen über die Konkurrenz an den Sohn des Inhabers verkauft hatte. Ob Maurer von diesem lukrativen

Nebengeschäft wusste? Momentan sprach nichts dafür. Der abgewiesene Verehrer hatte ihr offenbar die Nachricht über die ausgebeuteten Arbeiter abgekauft, ohne sie infrage zu stellen.

Auch die Kommissarin selbst war anfangs darauf hereingefallen, wie sie selbstkritisch zugeben musste.

„Wann fanden Sie heraus, dass Nele Dijkstra eine Affäre mit Bodo Steiner hatte?", wollte Enno wissen.

Maurer starrte einige Momente lang gegen die Wand, bevor er antwortete.

„Am vorigen Wochenende. Nele behauptete, dass sie nur recherchieren würde, aber ich glaubte ihr nicht. Es gelang mir, Steiner allein abzupassen. Ich sagte ihm, dass er meine Freundin in Ruhe lassen sollte. Aber er wurde gleich brutal. Ehrlich gesagt bin ich kein Held. Also wollte ich es nicht auf eine Schlägerei mit ihm ankommen lassen."

„Stattdessen schlichen Sie dem Paar nach?", vergewisserte Mona sich.

Maurer nickte grimmig.

„Ja, ich ... ich konnte nicht anders. Es war wie eine Sucht. Ich litt Höllenqualen, als ich mit ansehen musste, wie Nele diesem Ekelpaket schöne Augen machte."

Das interessierte die Kommissarin nur am Rand. Ihr war etwas anderes wichtig.

„Was ist mit anderen Personen, speziell mit Frauen? Gab es weitere Kontakte? Wir vermuten, dass die Esmeralda mit insgesamt drei Personen an Bord aus dem Borkumer Hafen ausgelaufen sein muss."

„Und die ... dritte Person war Neles Mörderin?", fragte Maurer nach.

„Dafür spricht einiges", erwiderte Mona.

„Ich würde Ihnen wirklich gern helfen, das müssen Sie mir glauben. Aber ich habe nicht die geringste Ahnung, wer diese Frau sein sollte. Ich konnte am Sonntagabend Nele und Bodo Steiner die meiste Zeit folgen, ohne dass sie mich bemerkten. Sie waren in einer Milchbude und dann später in einer Bar auf der Promenade. Danach gingen sie ins Ferienhaus seines reichen Daddys. Und was sie dort getan haben, können Sie sich ja denken."

„Sie haben gewiss selbst auch eine blühende Fantasie", meinte die Kommissarin trocken.

Maurer verzog den Mund.

„Wirklich sehr lustig! Ich konnte es jedenfalls nicht mehr ertragen, dort draußen herumzustehen. Ich eilte zurück ins Hotel und ließ mich volllaufen. Am Montag bin ich erst gegen Mittag aufgewacht. An dem Tag schaffte ich es nicht, Nele noch einmal zu sehen."

„Warum eigentlich nicht?", wollte Mona wissen. „Sie hatte doch eine Spy-App auf ihrem Smartphone, um zu sehen, wo Sie sich gerade aufhalten. Ich dachte, dass Sie Ihrerseits ebenfalls so eine Software hätten."

„Das war gelogen", gab der Reporter kleinlaut zu. „Nele muss heimlich die App installiert haben, um zu wissen, wo ich gerade bin. Auf diese Weise wollte sie mir wahrscheinlich aus dem Weg gehen. Wir haben früher gut zusammengearbeitet, das müssen Sie mir glauben. Aber seit ich ihr meine Gefühle gebeichtet habe, zeigte sie mir nur noch die kalte Schulter."

Mona hatte sich so etwas schon gedacht. Immerhin hatte sie nun die Bestätigung direkt von Maurer selbst bekommen. Leider hatten sie und Enno dadurch nichts Neues über die unbekannte Mörderin herausgefunden.

„Hatte Nele eigentlich noch weitere Einnahmequellen außerhalb ihres Reporterjobs?", fragte Enno betont beiläufig.

Der junge Mann warf ihm einen verständnislosen Blick zu.

„Nein, dafür war einfach keine Zeit. Wenn Nele an einem Thema dran war, kniete sie sich mit ganzer Kraft hinein."

Die Krankenschwester schaute herein.

„Der Doktor lässt Ihnen ausrichten, dass Sie Ihren Besuch nun beenden sollen."

Die Kommissarin stand auf.

„Erholen Sie sich, Herr Maurer. Wir werden Sie informieren, sobald wir mehr über Ihren Angreifer oder Ihre Angreiferin wissen."

Mona sprach erst dann weiter, als sie und Enno wieder im Auto saßen.

„Was glaubst du, mein Lieber? Wusste Maurer von Neles einträglichem Nebengeschäft in Sachen Industriespionage?"

Der Ostfriese schüttelte seinen mächtigen Schädel.

„Das würde ich ausschließen. Der Jungreporter vergöttert seine angebetete Nele Dijkstra. Für ihn wäre gewiss eine Welt zusammengebrochen, wenn er mitbekommen hätte, dass sie auf schmutzige Art Geld verdient."

„Ja, damit dürftest du recht haben“, entgegnete Mona. „Ich bin gespannt, ob wir aus Rupp etwas Brauchbares herausbekommen.“

Kapitel 9

Die Ermittler kehrten zur Dienststelle zurück. Doch bevor sie den Verhörraum betreten konnten, wurden sie von ihrem Chef abgefangen.

„Ich hatte soeben eine sehr unangenehme Unterredung mit Herrn Steiner“, berichtete Oltbeck. „Er war sehr aufgebracht darüber, dass sein Sohn immer noch spurlos verschwunden zu sein scheint, und verlangt von mir, dass ich für die Suche Verstärkung vom Festland anfordern soll.“

„Ich bin dagegen, dass für den hohen Herrn eine Extrawurst gebraten wird“, platzte Mona heraus. „Wenn ein Insulaner als vermisst gemeldet wäre, dann würden wir auch nicht mehr unternehmen, als wir es schon tun.“

„So einfach sind die Dinge leider nicht, Frau Sander“, schnarrte der Hauptkommissar. „Ich konnte Herrn Steiner dazu überreden, bis heute Abend die Ruhe zu bewahren. Doch wenn sein Sohn bis dahin nicht gefunden wurde, werde ich für die Suchaktion Himmel und Hölle in Bewegung setzen müssen. Daher möchte ich Sie bitten, dass Sie sich so bald wie möglich an der Aktion beteiligen.“

Mona presste die Lippen aufeinander, um eine patzige Antwort herunterzuschlucken. Erst, als Oltbeck in seinem Dienstzimmer verschwunden war, raunte sie Enno zu: „Man könnte meinen, dass dieser Unglücksrabe nur aus seinem Krankenzimmer abgehauen ist, um uns das Leben schwer zu machen.“

„Bodo Steiners Flucht aus dem Hospital kann man jedenfalls nicht mehr auf das Rohypnol schieben“, stellte der Oberkommissar fest. „Die Wirkung der Droge war zu dem Zeitpunkt längst abgeklungen. Also war er bei vollem Verstand und wird einen guten Grund für sein Verschwinden gehabt haben.“

„Ja, das stimmt“, gab Mona seufzend zu. „Nehmen wir mal an, dass Bodo Steiner wirklich weggelaufen ist, um Jörn Maurer niederzuschlagen. Dann müsste doch seine Mission erfüllt sein – obwohl ich wirklich nicht begreife, was er damit bezweckt hat. Wenn er wenigstens versucht hätte, Belastungsmaterial im Zimmer des Reporters zu klauen.“

„Was für Belastungsmaterial?“, fragte Enno. „Momentan sieht es doch gar nicht danach aus, dass es diese rätselhaften Todesfälle in der Fleischwarenfabrik wirklich gegeben hat. Bodo Steiner und Nele

Dijkstra haben sich doch anscheinend nur getroffen, um Spaß zu haben und die Informationen über die Konkurrenz auszutauschen."

„Ja, es spricht alles dafür. Hoffentlich kann Rupp uns zu dem Thema mehr sagen."

Mit diesen Worten betrat Mona den nüchtern eingerichteten Verhörraum der Polizeistation.

Der junge Mann machte nun einen gefassten Eindruck. Wahrscheinlich hatte er während der erkennungsdienstlichen Behandlung seine Chancen abgewogen. Jedenfalls legte er sofort los, ohne von den Kriminalisten dazu aufgefordert worden zu sein.

„Was springt für mich dabei heraus, wenn ich ein komplettes Geständnis ablege?"

„Die Polizei ist für die Bemessung der Strafe nicht zuständig", erklärte Mona. „Aber Ihre Auskunftsfreudigkeit macht gegenüber Staatsanwaltschaft und Gericht natürlich einen guten Eindruck. Und wenn Ihre Angaben dazu führen, dass andere Verbrechen aufgeklärt werden, dann ist das gewiss für Sie nicht von Nachteil."

Der Verdächtige schien zu überlegen. Währenddessen stellte Enno Mona und sich selbst offiziell vor und belehrte den jungen Mann über seine Rechte.

„Möchten Sie einen Rechtsbeistand hinzuziehen?"

Rupp beantwortete die Frage mit einem Kopfschütteln, dann holte er tief Luft.

„Also gut, ich packe aus. Nele Dijkstra hat mich angestiftet, sie ist die Drahtzieherin. Wenn Sie diese Frau verhaften, ist Ihr Fall so gut wie gelöst."

Mona und Enno tauschten einen überraschten Blick, bevor die Kommissarin sagte: „Nele Dijkstra lebt nicht mehr. Und wenn Sie alle Schuld auf eine Tote abwälzen wollen, dann ist das ehrlich gesagt nicht besonders schlau von Ihnen."

Der Verdächtige schaute die Ermittler entgeistert an.

„Nele ist tot? Wollen Sie mich verschaukeln? Ich dachte, dass dieser Bodo Steiner ermordet worden wäre. Oder sein Vater."

Mona versuchte, sich ihre Überraschung nicht anmerken zu lassen.

„Warum sollte jemand Steiner senior oder junior umbringen wollen?", hakte sie nach.

„So genau kann ich Ihnen das auch nicht sagen, Frau Kommissarin. Ich hatte nur mal von Nele die Info aufgeschnappt, dass Arbeiter in der Fleischfabrik draufgegangen seien. Wäre doch gut möglich, dass sich dafür jemand rächen wollte, oder?"

War also an den Gerüchten doch etwas dran? Mona stellte diese Frage einstweilen zurück.

„Nele Dijkstras Tod scheint sie wirklich unvorbereitet getroffen zu haben. Und doch waren Sie selbst es, der in diversen Internetforen gegen die Reporterin gehetzt hat. Für mich klingt das nach einem überzeugenden Tatmotiv."

Die Kommissarin wollte Rupp bewusst nicht auf die Nase binden, dass sie momentan eine Frau verdächtigten. Es kam ihr darauf an, ihn aus der Reserve zu locken. Und dieser Plan funktionierte auch.

Rupp beugte sich vor und warf Mona einen wütenden Blick zu.

„Es gibt ja wohl einen Unterschied zwischen Online-Lästerei und einem kaltblütigen Mord! Dieses scheinheilige Biest Nele war nicht nur bei mir, sondern auch bei vielen anderen Leuten unbeliebt."

„Sie selbst haben aber mit ihr zusammengearbeitet, oder?", fragte sie.

„Ja, deswegen gab es ja Streit zwischen uns. Nele hat mich eiskalt abgezogen. Ich sollte für sie ein paar ... Recherchen machen, auf Honorarbasis. Ich habe geliefert. Nele meinte hingegen, dass meine Daten nichts taugen würden. Sie gab mir nur die Hälfte dessen, was ich hätte kriegen müssen."

„Warum haben Sie die Frau nicht verklagt?", wollte Enno wissen.

Rupp lachte, als ob der Oberkommissar einen Witz gemacht hätte.

„Das, was ich getan habe, war nicht ganz legal. Ich habe interne Datenbanken gehackt, verstehen Sie? Kein Gericht der Welt hätte meine Forderung anerkannt."

„Wovon leben Sie überhaupt?", warf Mona ein.

„Hartz IV."

„Also kommt zu Ihren weiteren Straftaten noch Sozialbetrug hinzu", stellte sie nüchtern fest. „Sie wollten es Nele Dijkstra heimzahlen, indem Sie die Frau im Internet fertigmachten. Warum haben Sie nicht die Industriespionage der Reporterin an die große Glocke gehängt? Dann wäre es mit ihrem Image als engagierte Enthüllungsjournalistin vorbei gewesen."

„Genauso gut hätte ich bei Ihnen auf der Wache erscheinen und mich selbst anzeigen können", erwiderte Rupp. „Haben Sie noch nicht verstanden, dass die Informationen über Steiners Konkurrenz größtenteils von mir stammen?"

„Ich dachte es mir, aber ich wollte es noch einmal aus ihrem Mund hören“, sagte Mona. „Wie viel Geld haben Sie denn nun von Nele Dijkstra erhalten?“

„Tausend Euro.“

Wenn die Reporterin von Bodo Steiner tatsächlich mit zehntausend Euro für die Informationen bezahlt worden war, dann hatte der Hacker wirklich das Nachsehen gehabt. Doch das war für Mona jetzt nicht so wichtig.

„Sind Sie der Einzige, der sich von der Reporterin über den Tisch gezogen fühlte?“

„Wieso *fühlte*, Frau Kommissarin? Nele hat mich wirklich nach Strich und Faden verschaukelt. Das habe ich Ihnen doch gerade erklärt. Sie war ein intrigantes Miststück, aber ich muss zugeben, dass sie gut aussah. Wahrscheinlich habe ich mich deshalb um den kleinen Finger wickeln lassen. Ich bin eben auch nur ein Mann.“

Jedenfalls so eine Art Mann, dachte Mona. Sie sagte: „Gab es eigentlich auch Frauen, die sich von Nele Dijkstra übervorteilt fühlten? Oder die meinetwegen wirklich von ihr übers Ohr gehauen wurden?“

Rupp schien einen Moment lang zu überlegen, dann nickte er.

„Ja, und eine von ihnen wohnt sogar hier auf Borkum. Sie heißt Merle Tammen.“

„Hatte Nele Dijkstra auch mit ihr geschäftlich zu tun?“

Der Hacker grinste.

„So würde ich das nicht nennen, Frau Sander. Nele hat Merle ihren Mann weggenommen. Wegen diesem Biest lebt das Ehepaar in Scheidung. Der Kerl ist abgehauen, wohnt jetzt irgendwo auf dem Festland. Merle hat das Haus und die Kinder zugesprochen bekommen, steht aber finanziell vor dem Aus. Wahrscheinlich muss die Bude zwangsversteigert werden. Merle findet keinen Job, weil ihre Nerven total zerrüttet sind. Es ist wohl nur noch eine Frage der Zeit, bis sie auf die Straße gesetzt wird.“

„Woher wissen Sie das alles?“, hakte Mona nach. „Nele wird mit dieser Geschichte wohl kaum vor Ihnen geprahlt haben.“

„Hat sie auch nicht. Aber als wir uns noch besser verstanden haben, hörte ich mal zufällig ein Telefonat mit. Da hat sie ihrer Freundin lang und breit erzählt, wie sie diese Ehe zerstört hat. Ich bin kein Moralapostel. Aber in dem Moment wurde mir klar, dass man sich mit Nele Dijkstra besser nicht anlegt. Leider war ich nicht auf der Hut, als es dann zu unserer Zusammenarbeit kam.“

„Woher kennen Sie Nele Dijkstra eigentlich?“

„Wir haben uns beim Studium in Hamburg kennengelernt. Ich habe nach zwei Semestern alles hingeschmissen, es war mir zu langweilig. Und auf Borkum bin ich gelandet, weil meine Eltern hier früher immer mit mir Urlaub gemacht hatten. Nele war übrigens ebenfalls mehrmals im Jahr auf der Insel, so hat sie auch Tammen kennengelernt und ihn seiner Frau ausgespannt. – Ich fühle mich hier jedenfalls sehr wohl, nach dem Trubel von Hamburg ist es hier einfach idyllisch.“

Ob das wirklich der Grund dafür war, dass Rupp auf Borkum lebte? Dieser Frage musste Mona nachgehen.

Wenn er über Merle Tammen die Wahrheit gesagt hatte, dann war diese Frau jedenfalls eine ernsthafte neue Verdächtige.

„Was wissen Sie noch über die angeblichen Todesfälle in der Fleischfabrik?“, fragte Mona.

„Nicht viel. Es sollen Schlachter aus Polen gewesen sein, die bei einem Subunternehmer angestellt waren. Ich war noch nie in Bielefeld, die Fabrik habe ich nur im Internet gesehen. Und Namen kann ich Ihnen erst recht nicht liefern.“

Mona lehnte sich zurück.

„Was werden die Kollegen vom Landeskriminalamt finden, wenn sie die Daten Ihres Notebooks auswerten?“

Rupp verzog den Mund.

„Jede Menge Material, das ich für Nele und andere Auftraggeber zusammengetragen habe. Und nichts davon ist über offizielle Webseiten zugänglich.“

Das Verhör war einstweilen beendet. Der Verdächtige sollte noch am selben Tag mit der Fähre nach Emden geschafft werden, wo er so bald wie möglich einen Haftprüfungstermin bekommen sollte. Immerhin war Rupp vorbestraft.

„Was hältst du von ihm?“, fragte Enno, nachdem Hinderk Ekhoff Rupp zurück in die Arrestzelle geschafft hatte.

„Er ist ein Fachidiot, der in Nele Dijkstras Händen ein williges Werkzeug war. Wegen seiner mangelnden Lebenserfahrung hat er sich Chancen bei ihr ausgerechnet und zu spät gemerkt, dass die Reporterin ihn nur ausgenutzt hat. Und ein Stubenhocker wie Rupp wusste sich keinen anderen Rat, als im Internet ein paar Kübel Dreck über die Frau auszuschütten."

Der stämmige Ostfriese nickte.

„So würde ich die Situation auch einschätzen. Wir sollten diese Merle Tammen mal genauer unter die Lupe nehmen. Ich kenne sie nicht, und das will bei jemandem, der ständig auf Borkum wohnt, etwas heißen. Wahrscheinlich lebt sie sehr zurückgezogen."

„Ja, das sollten wir gleich als Nächstes tun", stimmte Mona zu. Bevor sie weitersprechen konnte, klingelte ihr Smartphone.

Aiske Berend war am Apparat.

„Wir haben soeben Bodo Steiner gefunden", sagte die uniformierte Kollegin. Die Aufregung war ihr deutlich anzuhören.

„Wo ist er? Wie geht es ihm?", fragte Mona.

„Es ist besser, wenn ihr sofort hierher kommt und euch selbst ein Bild macht."

Kapitel 10

Mona hatte ein flaues Gefühl in der Magengrube, als sie wenig später gemeinsam mit Enno Richtung Deichstraße fuhr.

„Du bist ja so still“, stellte Enno fest.

„Mir gehen tausend Sachen durch den Kopf. Aiske hat mir eben den Namen der Mieterin genannt, in deren Wohnung Bodo Steiner gefunden wurde. Sie heißt Svantje Jonker, ist eine Ex-Freundin von ihm. Und ich habe sie noch vor Kurzem befragt. Ich wäre nie auf den Gedanken gekommen, dass sie in unseren aktuellen Fall verwickelt sein könnte.“

„Dir ist also nichts verdächtig vorgekommen?“, wollte der Oberkommissar wissen.

„Nein, allerdings habe ich Svantje an ihrem Arbeitsplatz gesprochen und nicht daheim. Außerdem hat sie behauptet, dass sie einen neuen Freund hätte und über Bodo Steiner hinweggekommen sei. Das war bestimmt alles gelogen!“

„So weit sind wir noch nicht“, stellte Enno mit beruhigendem Unterton fest. „Mach dir bloß keinen Vorwurf, du hast nichts falsch gemacht. Außerdem scheint der Gesuchte noch zu leben.“

„Woher willst du das wissen?“, erwiderte die Kommissarin. „Die Kollegin sagte nur, dass wir umgehend dort erscheinen sollen.“

Vor dem Haus, in dem Svantje Jonker wohnte, parkten ein Streifenwagen und ein Rettungsfahrzeug. Monas Unwohlsein verstärkte sich. In ihrer Fantasie sah sie Bodo Steiner bereits in seinem Blut liegen. Nachdem sie den Opel Vectra zum Halten gebracht hatte, sprang sie aus dem Auto und rannte durch die offen stehende Haustür in die erste Etage hoch. Von dort aus drangen verschiedene Stimmen an ihr Ohr.

Ein wohltuendes Gefühl der Erleichterung floss durch ihren Körper, als sie Bodo Steiner auf einer Trage erblickte. Der Gesuchte war immer noch bleich und wirkte angespannt, aber er schien auf den ersten Blick nicht schwer verletzt zu sein. Er blinzelte und schaute die Kommissarin mit einem schwer einzuordnenden Blick an.

Auf jeden Fall war der Mann nicht tot.

Ein Notarzt untersuchte ihn gerade, leuchtete mit einer Taschenlampe in eine seiner Pupillen.

Mona drehte sich zu Enno um, der ihr gefolgt war.

„Rufst du bitte Herrn Steiner an und sagst ihm, dass wir seinen Sohn gefunden haben?"

Der Oberkommissar nickte.

Mona wollte es vermeiden, mit Bodo Steiners Vater zu sprechen. Sonst würde sie sich womöglich wieder um Kopf und Kragen reden. Außerdem wollte sie jetzt so bald wie möglich von ihrer Kollegin erfahren, was genau vorgefallen war.

Die Trage stand im Eingangsbereich der Wohnung. Mona ging in die Küche, aus der Stimmen drangen.

Dort lag Svantje Jonker flach auf dem Boden, die Gelenke hinter dem Rücken mit Handschellen gefesselt. Die Mechanikerin führte Selbstgespräche und warf den beiden uniformierten Polizeikollegen wütende Blicke zu.

Mona wandte sich an Aiske Berend.

„Erzählst du mir bitte, was vorgefallen ist?"

Die blonde Polizeimeisterin nickte.

„Claas und ich machten gerade normalen Streifendienst, als wir von der Zentrale angefunkt wurden. Wir sollten zu einer Adresse in der Deichstraße fahren, weil von dort fortwährende Ruhestörung gemeldet wurde. Als wir hier eintrafen, klingelte ich zuerst an dieser Tür. Es klang, als ob in der Wohnung mehrere Menschen laut streiten würden. Niemand öffnete. Als ich noch einmal läutete, rief ein Mann laut um Hilfe. Daraufhin schlugen wir die Tür ein. In der Küche wurden wir sofort von dieser Frau angegriffen. Wir brachten sie zu Boden und fixierten sie mit Handschellen. Die männliche Person machte auf uns einen verwirrten Eindruck, wir konnten von ihm keine brauchbare Aussage bekommen."

Mona schaute die Verhaftete an.

„Wie lange hält sich Ihr Ex-Freund schon bei Ihnen auf, Frau Jonker?"

„Ex-Freund?", presste die am Boden liegende Frau hervor. „Bodo ist immer noch mit mir zusammen, diese anderen Weiber bedeuten ihm nichts. Früher oder später wird er das selbst merken."

Und was ist mit Jan, deinem angeblichen neuen Freund?, dachte Mona.

„Er war ja noch nicht mal in der Lage, uns seinen Namen zu nennen", warf Aiske Berend trocken ein.

„Ja, weil Sie ihn durch Ihren Überfall erschreckten!", keifte Svantje Jonker. „Nur, weil wir etwas laut geredet haben, müssen Sie nicht gleich die Tür eintreten! Das wird Sie noch teuer zu stehen kommen!“

„Der Mann hat um Hilfe gerufen, das können Sie nicht wegdiskutieren“, sagte die Polizeimeisterin.

Mona übernahm wieder die Gesprächsführung.

„Sie haben noch nicht gesagt, seit wann Bodo Steiner bei Ihnen ist.“

Die Mechanikerin nagte an ihrer Unterlippe, bevor sie antwortete.

„Seit gestern Abend. Ich hatte beim Fahrradverleih Feierabend gemacht und fuhr auf meinem eigenen Rad nach Hause, als ich jemanden am Straßenrand kauern sah. Ich dachte, dass ihm vielleicht schlecht geworden sei oder dass er Hilfe brauchte. Im Näherkommen erkannte ich dann Bodo. Sofort waren meine Gefühle für ihn wieder da.“

„Als wir uns das letzte Mal unterhielten, haben Sie kaum ein gutes Haar an diesem Mann gelassen“, stellte Mona fest. Es war vielleicht nicht besonders clever, Svantje Jonker daran zu erinnern. Trotzdem konnte sie diesen Widerspruch nicht einfach unter den Teppich kehren.

„Waren Sie noch niemals bis über beide Ohren verliebt, Frau Kommissarin? – Sicher, Bodo hat mir wehgetan. Und ich habe ernsthaft versucht, ihn zu vergessen. Das funktionierte allerdings nur so lange, bis ich ihn wieder vor mir hatte. Man muss als liebende Frau auch vergeben können.“

Der Satz hätte glatt in meinem alten Poesiealbum stehen können, dachte Mona. Doch sie merkte, dass es Svantje Jonker todernst war. Bei ihrer ersten Begegnung hatte die Kommissarin diese Frau noch für nüchtern und mit beiden Beinen im Leben stehend gehalten. Dabei verfügte sie über eine romantische Ader, die so dick wie ein Ankertau zu sein schien.

„Sagte Bodo Steiner etwas zu Ihnen?“, hakte die Kommissarin nach.

„Er hätte angeblich etwas Schreckliches getan, aber mehr bekam ich nicht aus ihm heraus. Ich erschrak, weil er so durcheinander war. Verstehen Sie, als ich Bodo kennenlernte, beeindruckte mich seine Selbstsicherheit und sein Charme. Doch in dem Moment kam er mir wie ein verängstigtes Kind vor. – Muss das eigentlich sein, dass ich hier in Handschellen auf dem Boden liege?“

„Sie haben uns angegriffen“, erinnerte Aiske Berend.

„Wenn Sie mir versprechen, keinen Unsinn mehr zu machen, können wir die Fesseln lösen“, versprach Mona.

„Ja, okay“, erwiderte Svantje Jonker. „Es tut mir leid, dass ich so ausgerastet bin. Das Wiedersehen mit Bodo hat mich total erschüttert.“

Die Polizeimeisterin schloss die Handschellen auf. Die Mechanikerin kam auf die Beine und massierte ihre Handgelenke.

„Wie kam es eigentlich zu dem lautstarken Streit mit Bodo Steiner?“, wollte Mona wissen.

Svantje Jonker presste die Lippen aufeinander und blickte nach unten. Aiske Berend antwortete an ihrer Stelle.

„Als wir hier eintrafen, war der Mann gefesselt. Er rief um Hilfe und bat darum, losgebunden zu werden.“

„Ich musste Bodo zu seinem eigenen Schutz anbinden!“, rief Svantje Jonker. „Sonst hätte er sich womöglich verletzt – so durcheinander, wie er war!“

Mona schüttelte den Kopf.

„Sie hätten einen Arzt verständigen oder Ihren Ex-Freund ins Krankenhaus bringen müssen. Dachten Sie etwa, dass sich sein Zustand von selbst bessern würde? Ich glaube, dass Sie diesen Mann ganz für sich allein haben wollten. Er hatte kein Handy bei sich, konnte also nicht geortet werden. Womöglich gab es keine Zeugen dafür, dass Sie Bodo Steiner mit in Ihre Wohnung genommen haben. – Was ist eigentlich mit Ihrem angeblichen neuen Freund? Wäre Jan nicht eifersüchtig geworden, wenn Sie Ihren Ex bei sich beherbergen?“

Die Mechanikerin hüllte sich in Schweigen.

„Es gibt gar keinen neuen Freund, oder?“, fragte Mona direkt.

„Und wenn schon!“, gab Svantje Jonker patzig zurück. „Mein Privatleben geht Sie überhaupt nichts an!“

„Bodo Steiner ist immer noch in einen Mordfall verwickelt“, stellte die Kommissarin fest. „Wäre es vielleicht möglich, dass Sie eine lästige Rivalin beseitigt haben?“

Svantje Jonker rang nach Atem.

„Glauben Sie jetzt, ich hätte diese Journalistin umgebracht? Sind Sie völlig verrückt geworden?“

„Woher wissen Sie, dass Nele Dijkstra eine Reporterin war? Das habe ich mit keiner Silbe erwähnt.“

Die Mechanikerin machte ein Gesicht, als ob sie sich am liebsten auf die Zunge gebissen hätte. Dafür war es jetzt zu spät.

„Es ist wohl besser, wenn wir die Dame mit auf die Wache nehmen“, meinte Enno, der inzwischen ebenfalls in die Küche gekommen war.

Svantje Jonker zuckte zusammen. In diesem Moment kam sie Mona vor wie ein sprungbereites Raubtier. Doch angesichts der Polizeiübermacht verzichtete sie auf einen Fluchtversuch.

„Ich will einen Anwalt“, sagte die Mechanikerin. Sie verschränkte trotzig die Arme vor der Brust.

„Das ist Ihr gutes Recht“, erwiderte Mona. „Wir lassen Sie telefonieren, sobald wir auf der Dienststelle sind.“

Während Aiske die Verdächtige zum Streifenwagen schaffte, nahm Enno Mona beiseite.

„Ich habe mit Steiner telefoniert. Er hörte sich sehr erleichtert an, als er die guten Neuigkeiten erfuhr. Er will sich noch einmal persönlich bei uns bedanken, weil wir seinen Sohn gefunden haben. Allerdings musste ich ihm auch mitteilen, dass Bodo nach Ansicht des Notarztes psychiatrisch behandelt werden muss. Das geschieht am besten auf dem Festland, weil wir hier keine Fachklinik haben.“

Die Kommissarin runzelte die Stirn.

„Ich dachte, das Rohypnol hätte seinen Geist durcheinandergebracht. Die Wirkung der Substanz ist doch schon längst abgeklungen.“

Enno zuckte mit seinen breiten Schultern.

„Wir haben Bodo Steiners Verwirrung bisher auf die Substanz geschoben, weil sie in seinem Blut nachgewiesen werden konnte. Aber vielleicht hat sein Zustand ganz andere Ursachen, beispielsweise könnte eine dissoziative Amnesie vorliegen.“

Mona blinzelte ihm zu.

„Ich weiß, dass du voriges Jahr an einer Fortbildung über Belastungsstörungen bei Verbrechensopfern teilgenommen hast. Und ich bin beeindruckt, dass du dir die Fremdwörter merken konntest.“

„Es ist eigentlich ganz simpel“, gab Enno lächelnd zurück. „Eine dissoziative Amnesie kann zum Beispiel hervorgerufen werden, wenn eine Person Zeuge eines schlimmen Verbrechens wird. Der Geist reagiert durch einen Gedächtnisverlust, wodurch die schreckliche Tat in die Tiefen des Unterbewusstseins verbannt wird."

Mona kratzte sich nachdenklich im Nacken.

„Ja, das würde passen. Wir wissen ja jetzt, dass der Mord von einer Frau ausgeführt wurde. Bodo muss miterleben, wie Nele Dijkstra vor seinen Augen erstochen wird. Vielleicht hatte er ja sogar tiefere Gefühle für das Opfer, obwohl ich das angesichts seiner vielen Frauenbekanntschaften bezweifle. Wie auch immer, er ist Zeuge der Tat. Die Mörderin verschont ihn ..."

„... weil sie in ihn verliebt ist", beendete Enno den Satz der Kommissarin.

Sie nickte.

„Ja, das trifft auf Svantje Jonker zweifellos zu. Doch danach wird die Lage unklar. Warum zerstört die Mörderin die Ruderanlage? Und aus welchem Grund verlässt sie das Boot, anstatt gemeinsam mit Bodo Steiner ins Glück zu segeln?"

„Dafür kann es verschiedene Ursachen geben", meinte Enno. „Übrigens wissen wir gar nicht, ob die Täterin die Yacht manövrierunfähig gemacht hat. Genauso gut hätte es Bodo oder Nele getan haben können, warum auch immer. – Und die Mörderin kann einfach geflohen sein, weil sich das Patrouillenboot der Küstenwache bereits näherte. Bei den schlechten Sichtverhältnissen frühmorgens wird sie von den Kollegen nicht bemerkt worden sein. Wäre sie hingegen auf der Esmeralda geblieben, hätte sie sich unbequeme Fragen anhören müssen."

„Ja, genau!" Mona schnippte mit den Fingern. „Ihr übereiltes Verschwinden könnte auch die Ursache dafür sein, dass sie die drei Gläser nicht wieder in den Schrank geräumt hat. Dann hätten wir viel mehr Zeit benötigt, um zu kapieren, dass sich drei Personen an Bord aufgehalten haben müssen."

Enno wiegte den Kopf.

„Glaubst du wirklich, dass die Täterin den Mord so geplant hat, um ihn Bodo Steiner in die Schuhe zu schieben? Ich gehe davon aus, dass Svantje Jonker immer noch in ihn verliebt ist. Dann wird sie ihn wohl kaum hinter Gittern sehen wollen."

Die Kommissarin machte eine wegwerfende Handbewegung.

„Vielleicht haben wir es auch mit einer spontanen Verzweiflungstat zu tun. Sobald wir die Fingerabdrücke auf der Tatwaffe mit Bodos und Svantjes Prints vergleichen können, sind wir schlauer. Die

Mörderin könnte aber auch Handschuhe getragen haben, was wiederum gegen eine spontane Verzweiflungstat spricht. Dieser Fall ist wirklich alles andere als einfach!“

Enno legte beruhigend seine rechte Hand auf ihre Schulter.

„Abwarten und Tee trinken, Mona. Sieh mal, die Kollegen werden Svantje Jonker doch gleich erkennungsdienstlich behandeln. Dann haben wir schon mal ihre Fingerabdrücke und können sie zum Abgleich nach Oldenburg schicken. Es sollte nicht lange dauern, bis wir ein Ergebnis haben.“

Damit hatte der Oberkommissar zweifellos recht. Weitere Spekulationen brachten momentan überhaupt nichts.

Die Ermittler fuhren ebenfalls zur Polizeistation zurück.

Svantje Jonker hatte einen Rechtsanwalt aus Emden angerufen, der allerdings erst am nächsten Morgen mit der ersten Fähre auf der Insel erscheinen konnte. Sie blieb vorerst in Haft, da Verdunkelungsgefahr bestand. Wenn die Verdächtige jetzt auf freien Fuß gesetzt wurde, konnte sie in ihrer Wohnung womöglich in aller Ruhe Beweise vernichten.

Monas Magen knurrte hörbar, als sie ihr Büro betraten.

„Du brauchst jetzt erst einmal eine Pause“, entschied Enno. „Wenn wir etwas im Magen haben, können wir entschieden besser denken.“

„Man soll nicht von sich selbst auf andere schließen“, murmelte die Kommissarin. Doch sie wusste, dass ihr Kollege im Grund recht hatte. Also gingen sie zum *Knurrhahn* hinüber, um in dem legendären Fischimbiss ihren Hunger zu stillen. Mona entschied sich für einen Neptunsalat, während Enno sich Seelachsfilet mit Salzkartoffeln und Dillrahmsauce bestellte. Dazu tranken sie alkoholfreies Bier.

Nachdem die Ermittler sich einen ruhigen Stehtisch in der Ecke des maritim dekorierten Gastraumes gesucht hatten, fragte Mona: „Wie lange kann es eigentlich dauern, bis sich Bodo Steiner wieder an den Mord erinnert? Wir können doch davon ausgehen, dass die Tat sich vor seinen Augen abgespielt hat.“

„Bei der Fortbildung hieß es, dass der Gedächtnisverlust sich unterschiedlich gut behandeln lässt. Vielleicht dauert es bei entsprechender Therapie nur ein paar Tage, bis der Kranke wieder so weit ist. Allerdings können genauso gut Wochen oder Monate vergehen.“

Die Kommissarin nahm einen Schluck von ihrem Bier.

„Bis dahin können wir uns nur auf Indizien stützen. Es sei denn, die Mörderin legt ein komplettes Geständnis ab. Es ist wirklich zu ärgerlich, dass wir noch nicht wissen, wer die dritte Person an Bord der Esmeralda war."

„Wie sieht es mit Zeugenbefragungen aus?", wollte Enno kauend wissen. „Wenn die Täterin nicht bei Nacht und Nebel auf die Yacht geschlichen ist, hat sie womöglich ein anderer Segler oder der Hafenmeister gesehen."

„Ja, da müssen wir noch nacharbeiten", stimmte Mona zu. „Bisher konnte ich nur einen Zeugen befragen, nämlich den Eigner der Gunhild."

„Ach, dein neuer Verehrer?"

„Sehr witzig, Enno. Auf jeden Fall liegen genügend andere Boote in der Nähe vertäut. Und angesichts von Bodo Steiners Ruf als Playboy wird niemand Anstoß daran genommen haben, dass eine fremde Frau einfach an Bord der Esmeralda gegangen ist."

„Ja, daran hatte ich noch gar nicht gedacht", gab der wuchtige Ostfriese zu. „Nach dem Essen statten wir dann Merle Tammen einen Besuch ab, einverstanden?"

„Auf jeden Fall."

Die Ermittler widmeten sich nun ihren Fischgerichten.

Die verlassene Ehefrau wohnte am Anfang der Hindenburgstraße. Es gab in der Nähe einen Spielplatz. Für eine Familie mit Kindern war das hier zweifellos eine sehr schöne Ecke, zumal es auch nicht weit bis zum Strand war. Umso schlimmer musste es für Merle Tammen sein, dass sie ihr Haus womöglich schon bald verlieren würde.

Mona führte sich diesen Zusammenhang vor Augen, während sie den Opel Vectra vor dem Grundstück parkte. Sie und Enno stiegen aus und gingen auf das kleine rote Backsteinhaus zu.

Sie klopfte an die Tür.

„Frau Tammen? Hier ist die Polizei. Öffnen Sie bitte!"

Es dauerte nur einen Moment, bis die Tür aufgerissen wurde. Eine Frau stand vor den Polizisten. Mona schätzte sie auf Mitte vierzig. Der Blick der hellblauen Augen war unstet, ihr Atem ging rasselnd. Sie trug Jeans, Gartenclogs und ein verwaschenes Sweatshirt einer Billigmarke.

„W-was wollen Sie? Ist etwas mit meinen Kindern geschehen?"

„Davon ist uns nichts bekannt", sagte Enno freundlich, während er seinen Dienstausweis zeigte. „Ich bin Oberkommissar Moll, das ist meine Kollegin, Kommissarin Sander. Dürften wir kurz mit Ihnen sprechen? Es geht um Nele Dijkstra. Sie sind doch Merle Tammen, oder?"

„Ja, die bin ich", lautete die Antwort. „Dann kommen Sie meinetwegen kurz rein. Was hat diese Schlange denn jetzt schon wieder angestellt?"

Die Ermittler gaben zunächst keine Antwort, sondern folgten der Frau ins Innere des Backsteinhauses. Nach Monas Einschätzung war es in den Fünfzigerjahren des vorigen Jahrhunderts errichtet worden. Es roch überall nach Reinigungsmittel. Merle Tammen hielt ihr Heim sauber und ordentlich.

Im Wohnzimmer war der Couchtisch mit Aktenordnern und amtlich aussehenden Schreiben bedeckt. Daneben lagen ein Schreibblock sowie ein Taschenrechner. Merle Tammen bemühte sich offenbar, ihre Lage in den Griff zu bekommen. Doch nach ihrem Gesichtsausdruck zu urteilen, war sie dabei nicht erfolgreich.

Die Frau hatte erkannt, dass Mona die Unterlagen auf dem Tischchen musterte.

„Mir wächst der Schuldenberg über den Kopf, Frau Kommissarin!", stieß sie gereizt hervor. „Mein Ex-Mann verdient angeblich nicht genug, die Bank lässt nicht mit sich reden, ich finde keinen Job. Und wem habe ich das alles zu verdanken? Nele Dijkstra!"

Bevor Mona etwas entgegnen konnte, eilte Merle Tammen mit unsicheren Schritten zu einer Kommode und zog schnell eine kleine Sprayflasche hervor. Sie führte sich die Öffnung des Asthmasprays an den Mund und verpasste sich selbst einen Hub davon.

„Wie lange leiden Sie schon an der Krankheit?", wollte Enno wissen.

„Seit meiner Jugend. Mein Asthma hatte sich stark gebessert, dank der guten Luft hier auf Borkum. Aber seit mein Mann mich verlassen hat, ist es schlimmer geworden."

Merle Tammen schien einen Moment lang mit den Tränen zu kämpfen. Aber dann verhärteten sich ihre Gesichtszüge.

„Was wollen Sie denn nun von mir? Hat dieses Biest mich angeschwärzt?"

Wusste sie noch nichts vom Tod der Reporterin? Mona hakte nach.

„Weswegen könnte Nele Dijkstra denn wegen Ihnen zur Polizei gegangen sein, Frau Tammen?“

„Ja, wegen meiner Morddrohung natürlich! Ich habe das aber nicht so gemeint. Oder vielleicht doch. Ich war so richtig verzweifelt, als ich ein paar Sätze über diese falsche Schlange in ein Internetforum geschrieben habe. Da war ich nicht die Einzige, die etwas gegen Nele Dijkstra hatte, das können Sie mir glauben.“

„Dann wissen Sie also noch nicht, dass Ihre Rivalin tot ist?“, fragte Enno.

Merle Tammen lehnte sich gegen die Kommode. Ihr Mund blieb halb offen stehen. Ihr Blick wanderte von Enno zu Mona und wieder zurück.

„D-das ist ein schlechter Scherz, nicht wahr? Sie sind gar keine echten Polizisten, oder?“

„Nele Dijkstra wurde ermordet“, sagte Mona und schaute Merle Tammen direkt ins Gesicht. „Wir sagen nicht, dass Sie etwas damit zu tun haben könnten. Ein überzeugendes Motiv sehe ich bei Ihnen hingegen schon.“

Die Frau ließ den Kopf hängen.

„Wundert Sie das?“, brachte sie mit matter Stimme hervor. „Nele Dijkstra hat mein Eheglück zerstört. Wegen ihr müssen meine Kinder und ich vielleicht bald auf der Straße schlafen. Trotzdem, ich habe sie nicht auf dem Gewissen. Das hat jemand anders getan. Ich bin bestimmt nicht die Einzige, der sie übel mitgespielt hat.“

„Wir müssen Sie fragen, wo Sie am Montag gegen achtzehn Uhr gewesen sind“, erklärte Enno.

Merle Tammen überlegte kurz, bevor sie antwortete.

„Da hatte ich ein Gespräch mit der Kitaleiterin. Mein jüngerer Sohn macht in letzter Zeit wieder Schwierigkeiten, weil er unter der Trennung leidet. Sein Vater fehlt ihm, und mir auch – ehrlich gesagt. Jedenfalls habe ich mich fast eine Stunde lang mit ihr unterhalten, von halb sechs bis halb sieben.“

Mona notierte sich die Zeiten, um das Alibi zu überprüfen. Das Schicksal dieser Familie ließ die Kommissarin nicht kalt, obwohl sie wusste, dass sie die Probleme der Menschen nicht zu nahe an sich heranlassen durfte. Doch sie konnte eben auch nicht aus ihrer Haut.

„Wir werden Ihre Angaben überprüfen“, sagte Mona freundlich. „Bitte halten Sie sich zu unserer Verfügung.“

„Das ist kein Problem. Es gibt sowieso keinen Ort, wohin ich gehen könnte. Mein Vater ist tot, und meine Mutter kann mich mit ihrer kleinen Rente nicht unterstützen."

Die Kommissarin wusste nicht, was sie darauf erwidern sollte. Enno wünschte Merle Tammen alles Gute und schob Mona sanft nach draußen.

„Weinst du?", fragte er, als sie wieder im Auto saßen.

„Unsinn, mir ist bloß ein Sandkorn ins Auge geflogen", behauptete sie.

„Merles Ehemann ist ein Blödian", brummte der Oberkommissar. „Es wird Zeit, dass ihm mal jemand gründlich den Kopf wäscht. Merle hat es nicht verdient, mit den Kindern sitzengelassen zu werden."

„Ich überprüfe ihr Alibi, aber als Täterin werden wir sie gewiss ausschließen können", meinte Mona. Ihre Augen waren immer noch feucht. „Außerdem wird sie mit ihrem Asthma wohl kaum von der Fischerbalje bis an die Borkumer Küste geschwommen sein."

„Dann glaubst du also, dass die Mörderin schwimmend entkommen ist? Bei den momentanen Wassertemperaturen wird sie sich eine gewaltige Erkältung eingefangen haben", gab Enno zu bedenken.

Mona nickte.

„Ja, falls sie keinen Neoprenanzug trug. Die einzige andere Möglichkeit besteht darin, dass die Täterin in ein anderes Boot umgestiegen ist. Aber Kapitän Lorenzen hat kein weiteres Wasserfahrzeug erwähnt. – Ich stelle es mir so vor, dass die Mörderin überhastet verschwinden musste, als sie das Motorengeräusch des Patrouillenschiffes hörte. Deshalb war keine Zeit mehr, die drei Gläser in den Schrank zu stellen."

„Es sei denn, sie hat es schlicht und einfach vergessen", meinte der Oberkommissar. „Auch Gewaltverbrecher können zerstreut sein – vor allem, wenn sie unter großer Anspannung stehen."

„Ja, das ist möglich", murmelte Mona. „Setzt du mich bitte bei der Kita ab? Ich will persönlich mit der Leiterin sprechen."

„Geht klar, ich werde in der Zwischenzeit nach weiteren Zeugen im Yachthafen Ausschau halten. Wir treffen uns dann in der Dienststelle."

Die Befragung der Kindergartenleiterin dauerte nur kurz. Sie bestätigte nicht nur Merle Tammens Alibi, sondern gab weitere Hinweise auf den angeschlagenen Gesundheitszustand der jungen

Mutter. Mona war nun endgültig davon überzeugt, dass diese Frau die Distanz von der auf offener See treibenden Esmeralda bis zur Insel unmöglich hätte bewältigen können. Für eine trainierte Schwimmerin war diese Strecke gewiss kein Problem, zumal man sich an den Lichtern des Hafens orientieren konnte.

Mona schlenderte zu Fuß Richtung Polizeistation. Ob Svantje Jonker die Mörderin war? Die Mechanikerin hatte zweifellos ein starkes Motiv, um ihre Rivalin zu erstechen. Ein Abgleich von DNA oder Fingerabdrücken würde Gewissheit bringen. Also musste sie sich einfach nur in Geduld üben, obwohl das nicht ihre starke Seite war.

Als die Kommissarin die Dienststelle betrat, wurde sie von Grietje angesprochen. Die Augen der jungen Polizeimeisterin leuchteten.

„Ich wollte dich gerade anrufen, Mona! Du rätst nie, wer gerade hier erschienen ist."

„Justin Timberlake, deinem Gesichtsausdruck nach zu urteilen", entgegnete sie trocken.

Grietje verzog den Mund.

„Unsinn. Herr Steiner möchte sich persönlich bei dir und Enno bedanken. Ich habe ihn in den Verhörraum gesetzt, ihr schließt euer Dienstzimmer ja immer ab."

„Das tun wir, damit niemand auf die Idee kommt, dort in unserer Abwesenheit einen Verdächtigen zu platzieren."

Die Polizeimeisterin verdrehte genervt die Augen.

„Hallo? Geht's noch? Hältst du mich wirklich für so unprofessionell? Außerdem – wieso sollte Herr Steiner verdächtig sein? Glaubst du, er hat von Bielefeld aus die Reporterin telepathisch erstochen?"

Mona wollte den Fall nicht mit ihrer jungen Kollegin ausdiskutieren. Eigentlich war sie froh darüber, dass der Unternehmer die Polizeistation betreten hatte. Sie hatte nämlich noch einige dringliche Fragen an ihn.

Steiner schnellte von seinem Stuhl hoch, als die Kommissarin den Verhörraum betrat. Er lächelte sie freundlich an, und einen Moment lang konnte Mona nachvollziehen, dass Grietje diesen Mann so anziehend fand. Doch sie war nicht zu ihrem Vergnügen hier.

„Frau Sander, da sind Sie ja schon! Ich hatte Ihre Kollegin gebeten, mit Ihnen Kontakt aufzunehmen. Sie können sich gar nicht vorstellen, wie dankbar ich Ihnen und Oberkommissar Moll bin. Ich weiß Ihr Engagement wirklich zu schätzen. Ohne Sie wäre mein Sohn womöglich immer noch in der Gewalt dieser Irren. Hat sie Nele Dijkstra getötet?“

„Genau genommen waren es uniformierte Kollegen von uns, die Bodo befreit haben“, stellte Mona fest.

„Das mag schon sein, aber Sie haben die Suche ja geleitet. Es tut mir leid, wenn ich teilweise etwas harsch zu Ihnen gewesen bin. Es war die Sorge eines verzweifelten Vaters, die aus mir sprach.“

Die Kommissarin forderte ihn mit einer Handbewegung auf, wieder Platz zu nehmen. Steiner schaute sie erstaunt an.

„Möchten Sie noch etwas von mir wissen? Ich wollte Sie nicht länger als nötig von der Arbeit abhalten.“

„Ja, Herr Steiner, es gibt noch Unklarheiten.“

Der Unternehmer setzte sich und faltete die Hände auf der Tischplatte.

„Dieser Raum hat wirklich eine sehr unangenehme Atmosphäre. Ich kann mir vorstellen, dass den Verbrechern allein schon dadurch mulmig zumute wird.“

„Schon möglich“, erwiderte Mona knapp. „Nele Dijkstra war eine Reporterin, die sich mit den Gerüchten über vertuschte Todesfälle in Ihrem Betrieb beschäftigt hat. Was sagen Sie dazu?“

Steiners Gesichtszüge verhärteten sich. Von seiner demonstrativ zur Schau gestellten Freundlichkeit war nun nichts mehr zu bemerken. Seine Stimme klang metallisch, als er antwortete.

„Es stimmt, dass es diese Gerüchte gibt, Frau Kommissarin. Man könnte diesen böswilligen Tratsch auch als üble Nachrede bezeichnen. Ich habe meinen Hausanwalt in Bielefeld schon damit beauftragt, die Quellen dieser unwahren Behauptungen ausfindig zu machen. Ich vermute, dass neidische Konkurrenten dahinterstecken, die ein gesundes Unternehmen madig machen wollen. Beweisen kann ich es leider bisher nicht. Wenn Frau Dijkstra länger gelebt hätte, dann würde sie festgestellt haben, dass diese Gerüchte nicht auf Tatsachen gegründet sind.“

„Also gab es keine tödlichen Unfälle in Ihrem Unternehmen?“

„Selbstverständlich nicht!“

Mona hatte wieder mitgeschrieben, wie es ihre Gewohnheit war. Nun blickte sie auf und schaute ihrem Gegenüber direkt in die Augen.

„Vielleicht hat ja die Reporterin gar nicht zu diesem Thema recherchiert. Offenbar verfügte Nele Dijkstra über ein zweites finanzielles Standbein, indem sie Industriespionage betrieb. Auf der Esmeralda fanden wir in der Kabine Ihres Sohnes einen Mikrochip mit brisanten Informationen über mehrere Betriebe, die mit Ihrer Firma konkurrieren. Unter dem Kopfkissen von Nele Dijkstras Koje konnten wir hingegen zehntausend Euro in bar sicherstellen. Können Sie mir diesen Zusammenhang erklären?“

„Nein, das kann ich nicht. Sie sind doch hier die Kriminalistin“, höhnte Steiner. Mona ließ sich von seiner inzwischen sehr schroffen Art nicht beirren.

„Richtig – es ist mein Job, die Wahrheit ans Tageslicht zu bringen. Und ich frage mich, ob Sie Ihren Sohn mit dem Ankauf der Informationen beauftragten.“

Steiner präsentierte ein böses Grinsen.

„Können Sie überhaupt beweisen, dass die Reporterin das Geld von meinem Sohn bekommen hat?“

„Noch nicht, aber ...“

„Dann sollten Sie aufpassen, dass Sie nicht ebenfalls von mir wegen Verleumdung angezeigt werden, Frau Sander! Ich weiß nichts von angeblicher Industriespionage. Und diesen Mikrochip, falls er überhaupt existiert, kann jeder meinem Sohn untergeschoben haben.“

„Jeder, der Ihre Yacht betreten hat“, schränkte Mona ein. Sie hatte offensichtlich in ein Wespennest gestochen. Und es störte sie überhaupt nicht, dass Steiner nun seine Maske fallen ließ. Er hatte wirklich Dreck am Stecken, daran zweifelte sie nicht.

Steiner schüttelte den Kopf.

„Der Borkumer Yachthafen ist kein Hochsicherheitstrakt“, sagte er. „Es dürfte kein Problem sein, bei Nacht und Nebel mein Boot zu betreten und dort angebliches Belastungsmaterial zu platzieren.“

Mona öffnete schon den Mund. Sie hätte Steiner am liebsten gefragt, ob er sie für dumm verkaufen wollte. Doch im letzten Moment hielt sie sich zurück. Die Kommissarin wusste aus Erfahrung, dass ein gewiefter Anwalt sehr wohl behaupten konnte, dass der Mikrochip von einem intriganten Feind der Familie Steiner auf der Esmeralda versteckt worden war. Solange sich Bodo Steiners Fingerabdrücke oder seine DNA nicht auf dem Beweisstück fanden, würde ein solches Argument schwer zu widerlegen sein.

„Wir müssen Ihren Sohn noch einmal befragen", sagte sie mit erzwungener Ruhe.

„Daraus wird nichts, Frau Sander. Bodo ist ein kranker Mann. Ich habe veranlasst, dass er in eine Spezialklinik auf dem Festland gebracht wird. Es gibt doch keine Anklage gegen ihn, oder?"

„Das nicht, aber ..."

„Also gibt es für meinen Sohn keinen Grund, weiterhin auf dieser Insel auszuharren", schnarrte der Unternehmer. „Er kann hier nicht die passende Behandlung bekommen. Ich habe nämlich schon mit dem Notarzt telefoniert, der eine erste Diagnose gestellt hat."

„Bodo ist womöglich ein wichtiger Zeuge für uns", grollte Mona. „Es kann nicht in Ihrem Sinn sein, die Mörderin von Nele Dijkstra zu decken."

„Auf so einen Gedanken würde ich niemals kommen", behauptete Steiner. „Als gesetzestreuer Bürger unterstütze ich die Polizei natürlich so gut wie möglich. Sobald es der Gesundheitszustand meines Sohnes zulässt, können Sie ihn für eine Befragung vorladen."

„Also hat die Industriespionage nichts mit dem gewaltsamen Tod von Nele Dijkstra zu tun?", bohrte Mona nach.

Steiner stand auf.

„Es ist wohl besser, wenn wir dieses Gespräch in Gegenwart meines Anwalts fortsetzen, Frau Sander. Ich werde mich jetzt verabschieden, und ich ..."

Der Unternehmer unterbrach sich selbst, denn in diesem Moment wurde die Tür aufgerissen.

Enno kam herein, wobei er mit seiner großen und breiten Gestalt den gesamten Türrahmen ausfüllte. Mona kannte ihren Kollegen normalerweise als einen ruhigen und ausgeglichenen Menschen. Jetzt machte er hingegen einen aufgewühlten Eindruck. Und als der Ostfriese den Mund öffnete, erfuhr sie auch den Grund für seine Erregung.

„Wo ist Ihre Segelyacht abgeblieben?"

Kapitel 11

Mona hielt Steiner für einen Menschen, der seine Gefühle meistens gut im Griff hatte. Doch die Frage des Oberkommissars schien ihn wirklich zu verblüffen. Oder war er so ein guter Mime?

„Wie meinen Sie das, Herr Moll?“, brachte er nach einer Schrecksekunde hervor.

„So, wie ich es sage. Ich komme gerade vom Yachthafen. Und die Esmeralda befindet sich nicht an ihrem üblichen Liegeplatz. Der Hafenmeister hat nicht gesehen, wie sie ausgelaufen ist, er war anderweitig beschäftigt. Die Segler, die ich befragt habe, konnten mir auch keine Auskunft geben.“

„Ich dachte, die Ruderanlage ist defekt“, warf Mona ein. Auch sie war von Ennos Information völlig überrumpelt worden.

„Ich habe die Ruderanlage sofort reparieren lassen, nachdem meine Yacht durch Ihre Kriminaltechniker wieder freigegeben wurde“, erklärte Steiner. „Was soll ich mit einem manövrierunfähigen Boot anfangen?“

„Sie selbst können die Esmeralda jedenfalls nicht aus dem Hafen gesteuert haben, sonst wären Sie jetzt nicht hier“, stellte Enno fest. „Und Ihr Sohn ist in Begleitung eines Krankenpflegers mit der Fähre Richtung Emden unterwegs, wie ich erfahren habe.“

Der Unternehmer nickte. Er machte jetzt einen nachdenklichen Eindruck. Ahnte er inzwischen, wer sich die Yacht geschnappt hatte?

„Sie können eine Strafanzeige wegen Diebstahls erstatten, wo Sie schon mal hier sind“, sagte Mona, wobei sie Steiner genau beobachtete.

Er schüttelte den Kopf.

„Nein, das wird nicht nötig sein. Die Esmeralda wird sich gewiss bald wieder anfinden. – Ich muss mich nun wirklich verabschieden, ich habe noch Termine.“

„Sie wissen, wer mit dem Boot unterwegs ist“, sagte Mona dem Unternehmer auf den Kopf zu.

„Nein, ich habe nicht die geringste Ahnung.“

Diese Antwort war ihrer Meinung nach eine glatte Lüge, und doch musste sie sich damit zufriedengeben. Mona schickte Steiner einen wütenden Blick hinterher, als er den Verhörraum und wenig später auch die Polizeistation verließ.

„Hier ist doch etwas oberfaul, Enno! Hält dieser Kerl uns für völlig bescheuert? Seine Yacht verschwindet, und er will keine Anzeige erstatten? Natürlich weiß er über den Verbleib seines Bootes Bescheid. Oder er ahnt es zumindest."

„Ich bin völlig deiner Meinung", erwiderte der stämmige Ostfriese. „Auf jeden Fall will der Hafenmeister die Augen aufhalten und uns sofort kontaktieren, wenn die Esmeralda zurückkehrt. Außerdem können wir Kapitän Lorenzen bitten, bei den Patrouillenfahrten die Augen aufzuhalten. Allerdings liegt momentan keine Straftat vor. Wenn Steiner behauptet, nicht bestohlen worden zu sein, sind uns die Hände gebunden."

„Ja, was den Diebstahl angeht! Aber findest du nicht auch, dass dieser Mann sich immer verdächtiger macht? Ich bin hundertprozentig sicher, dass Steiner Nele Dijkstra mit der Informationsbeschaffung über seine Konkurrenten beauftragt hat. Und sein Sohn sollte ihr dann auf dem Bootstrip das Honorar überreichen, was er ja auch getan hat."

„Einverstanden", stimmte Enno zu. „Aber welche Rolle spielt die geheimnisvolle dritte Person, die Mörderin? In welchem Verhältnis steht sie zu Bodo Steiner und Nele Dijkstra? Die drei müssen sich gekannt haben. Andernfalls hätten sie wohl nicht einträchtig gemeinsam einen Drink genommen, der mit Rohypnol angereichert war."

Mona schnippte mit den Fingern.

„Du hast recht! Bisher war ich irgendwie die ganze Zeit davon ausgegangen, dass man nur Bodo Steiner die Droge verabreicht hätte. Aber wieso eigentlich? Vielleicht hat Nele Dijkstra den beiden anderen das Zeug in die Drinks gemischt, und dann ist die Situation aus dem Ruder gelaufen. Die andere Frau griff zum Messer und stach die Reporterin nieder."

Enno runzelte die Stirn.

„Eine Bluttat im Drogenrausch? Zugegeben, das wäre möglich. Die Frage lautet allerdings, aus welchem Grund Nele Dijkstra das Rohypnol eingesetzt hat."

„Ja, da fehlen uns leider noch wichtige Fakten. – Ich habe übrigens gerade Ernst Steiner noch einmal auf die Todesfälle in seinem Betrieb angesprochen. Er mauert, aber ich bin sicher, dass er keine weiße Weste hat."

„Ich möchte auch nicht, dass er damit durchkommt“, stellte der Oberkommissar klar. „Doch solange es keine Leichen gibt und keine Personen als vermisst gemeldet werden, sind uns die Hände gebunden. Das haben auch die Kollegen in Bielefeld unmissverständlich deutlich gemacht.“

Mona stieß langsam die Luft aus den Lungen.

„Nele Dijkstra ist mir nach wie vor ein Rätsel. Anfangs habe ich sie für eine furchtlose Enthüllungsreporterin gehalten, die im Dienst der Wahrheit ihr eigenes Leben riskiert. Andererseits hat sie keine Hemmungen, dreckige Aufträge im Bereich der Industriespionage zu übernehmen. Ganz abgesehen davon, dass sie in ihrem Privatleben Beziehungen und Ehen zerstört, wobei sie die Männer so oft wechselt wie andere Frauen die Unterwäsche.“

„Das Opfer war ein widersprüchlicher Charakter“, stimmte Enno zu. „Lass uns noch einmal gemeinsam zum Hafen fahren. Ich konnte vorhin nur mit einigen Seglern sprechen, von denen aber keiner etwas Brauchbares aussagen konnte. Wenn wir uns aufteilen, dann finden wir vielleicht doch noch Zeugen, die unsere unbekannte Frau gesehen haben.“

„Ja, das ist momentan der einzige Ermittlungsansatz, besser als gar nichts“, erwiderte Mona. „Solange wir das Motiv für die Tat nicht kennen, stochern wir ansonsten nur im Nebel.“

„Du klingst unzufrieden“, stellte der Oberkommissar fest, als sie sich bei Grietje abgemeldet hatten und ins Auto stiegen.

„Die Begegnung mit Merle Tammen liegt mir immer noch im Magen“, gestand Mona. „Diese Frau und ihre Kinder sind unverschuldet in Not geraten. Sie haben nichts falsch gemacht. Du bist ja schon viel länger bei der Polizei als ich. Gewöhnt man sich irgendwann an solche Schicksale?“

Enno schüttelte seinen mächtigen Schädel.

„Wenn solche Begegnungen uns kaltlassen würden, dann wäre das kein gutes Zeichen. – Aber bei Merle Tammen ist das letzte Wort noch nicht gesprochen.“

„Wie meinst du das?“

„So, wie ich es sage. Lass dich überraschen, Mona.“

Die Kommissarin kannte ihren Kollegen inzwischen gut genug, um nicht weiter nachzuhaken. Wenn Enno nichts weiter preisgeben wollte, dann tat er es auch nicht.

Mona parkte in der Nähe vom Hafencafé Burkana.

„Nimmst du dir die Boote am Südpier vor, Enno? Ich – Moment mal, ist das etwa ...? Den kennen wir doch!“

Die Kommissarin deutete auf einen Mann, der am leeren Liegeplatz der Esmeralda stand. Er hatte die Ermittler noch nicht bemerkt, weil er auf das offene Meer hinausschaute.

„Den knöpfe ich mir jetzt vor“, kündigte Mona an. Und bevor Enno sie daran hindern konnte, eilte sie auf die Person zu.

„Moin, Herr Dr. Lohse! Wollen Sie auch noch ein wenig frische Luft schnappen?“

Der Rechtsanwalt von Bodo Steiner hatte die Kommissarin nicht gehört, weil sie sich ihm von hinten genähert hatte. Er zuckte zusammen und drehte sich zu ihr um. Dann erschien ein unverbindliches Lächeln auf seinen schmalen Lippen. So, als ob er es angeknipst hätte.

„Guten Tag, Frau Sander. Ich bin Ihnen wohl keine Rechenschaft darüber schuldig, was ich hier tue.“

„Selbstverständlich nicht“, gab Mona mit honigsüßer Stimme zurück. „Ich bin eben eine schrecklich neugierige Person, das ist mein größtes Laster. – Genießen Sie Ihren Aufenthalt auf unserer schönen Insel? Beruflich haben Sie ja hier gewiss nichts mehr zu tun, da Ihr Klient sich bereits auf dem Weg Richtung Festland befindet.“

„Wie gesagt, ich muss mit Ihnen nicht über meine Beweggründe sprechen“, gab der Jurist frostig zurück.

Die Kommissarin tat, als würde sie seine abweisende Art nicht bemerken. Enno war inzwischen auch dazugekommen. Er sagte allerdings nichts, sondern nickte dem Anwalt nur zu. Ansonsten blieb er einfach direkt neben Mona stehen.

„Es ist doch wirklich sehr schön hier“, sagte sie und breitete die Arme aus. „Dort hinten das Feuerschiff, auf dem man sogar seine Hochzeit feiern kann. Ganz zu schweigen von der Hafenatmosphäre voller Fernweh, und dann noch die Aussicht auf das offene Meer – da kann man schon ins Schwärmen geraten, oder?“

„Wollen Sie auf etwas Bestimmtes hinaus?“, fragte der Rechtsanwalt zurück.

Mona wurde plötzlich ernst.

„Allerdings. Mein Kollege und ich finden es höchst verdächtig, dass Sie hier offensichtlich auf die Rückkehr der Esmeralda warten.“

Dr. Lohse schnaubte ironisch.

„Das können Sie nicht beweisen. Doch selbst wenn es so wäre – warum wird dadurch Ihr Misstrauen geweckt?“

„Die Segelyacht war nun einmal Schauplatz eines Kapitalverbrechens“, stellte Enno fest. „Da fragen wir uns natürlich, wer Zugriff auf dieses Boot hat. Offenbar wurde es ja nicht gestohlen, andernfalls hätte Herr Steiner Strafanzeige gestellt.“

„Sie benötigen offenbar dringend einen Ermittlungserfolg und greifen deshalb verzweifelt nach jedem Strohhalm“, höhnte der Anwalt.

Mona grinste ihn an. Momentan stand Dr. Lohse mit dem Rücken zur offenen See und konnte daher den Schiffsverkehr nicht beobachten.

Die Kommissarin streckte den Arm aus und zeigte auf das Meer.

„Täusche ich mich oder hat gerade die Esmeralda Kurs auf den Hafen genommen?“

Nun spähten auch der Anwalt und Enno in die Richtung, aus der eine Yacht unter vollen Segeln auf die Hafeneinfahrt zusteuerte. Diese Tatsache schien Dr. Lohse gar nicht zu gefallen. Die Kommissarin war sicher, dass er von Steiner hierher gescheucht worden war, um die Personen auf der Yacht zu warnen. Offenbar verfügte der Unternehmer in seinem Ferienhaus über kein Funkgerät, sonst hätte er auf diese Weise mit dem Boot Kontakt aufnehmen können. Der Handyempfang war auf offener See nur lückenhaft bis gar nicht vorhanden.

„Ich weiß wirklich nicht, was Sie hier wollen“, presste der Anwalt hervor, während er die Ermittler strafend anschaute.

Weder Mona noch Enno würdigten ihn einer Antwort. Stattdessen schauten sie zu, wie die Yacht für das Anlegemanöver gedreht wurde. Die Person, die am Ruder stand, segelte nicht erst seit gestern. Das war Mona bewusst, obwohl sie selbst diese Fähigkeit nicht beherrschte.

Es dauerte nicht lange, bis die Bordwand gegen die Kaimauer gedrückt wurde. Die Leinen flogen an Land, wurden festgezurrt. Es sah ganz danach aus, als ob sich nur eine einzige Person auf der Esmeralda befand.

Es war eine Frau.

Kapitel 12

„Ahoi, Esmeralda!“, rief Mona. „Wir würden gern an Bord kommen.“

Bevor die Frau auf dem Achterdeck antworten konnte, meldete sich der Jurist zu Wort.

„Frau Jepsen? Ich bin Dr. Lohse und vertrete die Interessen von Herrn Steiner. Bitte sprechen Sie nicht mit diesen Leuten, bevor Sie sich mit mir beraten haben. Die Herrschaften sind von der Polizei.“

Die Kommissarin schaute sich die Seglerin namens Frau Jepsen genauer an. Sie war groß und schlank, überragte Mona um mindestens einen Kopf. Frau Jepsen trug weiße Shorts, die einen farblichen Kontrast zu ihren regelmäßig gebräunten Beinen bildeten. Ihr Oberteil war weiß-blau geringelt, darüber hatte sie eine offene graue Kapuzenjacke an. Ihr brünettes Haar trug die Seglerin kinnlang.

Sie sah sehr attraktiv aus, jedenfalls nach Monas Ansicht. Und Frau Jepsen konnte scharfzüngig sein, wie der Anwalt nun feststellen musste.

„Ist das so, Dr. Lohse? Nun, ich lasse mir von niemandem vorschreiben, mit wem ich reden darf und mit wem nicht. Ich kann sehr gut für mich selbst sprechen. Und falls Sie es nicht wissen: Ich bin keine Schwerverbrecherin, sondern eine gesetzestreue Bürgerin. Darum gibt es für mich keinen Grund, der Polizei aus dem Weg gehen zu wollen.“

Frau Jepsen machte eine einladende Handbewegung, und die Ermittler stiegen auf das Achterdeck. Der Jurist wurde ein wenig grün im Gesicht, und das lag gewiss nicht an aufkommender Seekrankheit. Ganz abgesehen davon, dass er die schwankenden Planken noch gar nicht betreten hatte.

Dr. Lohse kniff seine Lippen so fest zusammen, dass sie einem Strich glichen. Dann sprang er ebenfalls an Bord der Esmeralda.

Frau Jepsen hob ihre sorgfältig gezupften Augenbrauen.

„Ich kann mich nicht daran erinnern, Sie auf die Yacht gebeten zu haben.“

Der Strafverteidiger war sichtlich um Fassung bemüht.

„So seien Sie doch vernünftig! Bedenken Sie, dass dieses Schiff Herrn Steiner gehört.“

„Glauben Sie, diese Tatsache wäre mir nicht bekannt?“, gab die Seglerin zurück. „Halten Sie mich für eine Idiotin?“

Die hat wirklich Haare auf den Zähnen, dachte Mona. Für einen Moment empfand sie beinahe so etwas wie Mitleid für Dr. Lohse, der ja letztlich nur ein Handlanger des Unternehmers war. Bevor der Anwalt auf die provokante Frage reagieren konnte, schaltete die Kommissarin sich ein.

„Frau Jepsen, ich bin Kommissarin Sander. Der Name meines Kollegen lautet Oberkommissar Moll. Wir untersuchen einen Mordfall, der sich kürzlich auf dieser Segelyacht zugetragen hat.“

„Mord?“, echote die Brünette. „Sind Sie als Inselpolizisten überhaupt dafür qualifiziert, so ein Kapitalverbrechen aufzuklären?“

Offenbar konnte die Seglerin nicht nur gegenüber dem Anwalt Gift und Galle versprühen. Aber da war sie bei Mona gerade an die Richtige geraten.

„Glauben Sie, auf einem Eiland weitab vom Schuss arbeiten nur Volltrottel? Sie werden jetzt vernünftig mit uns reden, sonst kriegen Sie den Ärger Ihres Lebens!“

Mona hatte sich direkt vor Frau Jepsen aufgebaut und zu ihrer vollen Größe aufgerichtet. Doch mehr als eins dreiundsechzig waren es leider nicht.

Ihr Gegenüber klatschte ironisch Beifall.

„Bravo! Ich liebe es, wenn mir jemand klare Kante zeigt! Sie glauben gar nicht, wie viele Kriecher es gibt. Fragen Sie mich einfach etwas, dann werde ich antworten.“

„Davon rate ich dringend ab“, warnte der Anwalt.

„Sie haben jetzt mal Sendepause“, sagte Mona. „Sie haben doch gehört, dass die Dame mit uns reden will. – Also, in welchem Verhältnis stehen Sie zum Besitzer dieser Yacht?“

Frau Jepsen schenkte der Kommissarin ein strahlendes Lächeln.

„Ernst Steiner ist ein Freund – ein guter Freund.“

Unwillkürlich glitt Monas Blick zu den gepflegten Händen der Seglerin hinab. Einen Ehering konnte sie nicht entdecken. Der Unternehmer hingegen war verheiratet.

„Haben Sie ein intimes Verhältnis zu Herrn Steiner?“, wollte sie wissen.

Frau Jepsen lachte.

„Entschuldigen Sie bitte, Frau Sander. Ich verstehe wirklich nicht, was mein Liebesleben mit diesem Mord zu tun haben soll.“

„Beantworten Sie bitte einfach meine Frage.“

Die Frau atmete tief durch, bevor sie wieder den Mund öffnete.

„Nein, ich schlafe nicht mit Ernst Steiner. Wir sind nur gute Freunde, wie gesagt.“

Und wenn das nun die Wahrheit ist?, dachte Mona. *Die Jepsen ist rund zwanzig Jahre älter als Steiners Sohn, doch wieso sollte er sich dadurch zurückhalten lassen? Bodo spielt gern den Frauenhelden, und diese Seglerin sieht verflixt gut aus.*

„Was ist mit dem Sohn, Bodo Steiner?“, hakte sie nach. „Ist der auch nur ein guter Freund für Sie?“

„Sagen Sie jetzt nichts mehr“, forderte Dr. Lohse. Es sah so aus, als ob er am liebsten verzweifelt die Hände gerungen hätte.

Die Seglerin grinste breit, bevor sie antwortete.

„Bodo kenne ich kaum.“

Mona wusste nicht, ob sie diese Aussage wirklich glauben sollte. Sie entschied sich für einen anderen Ansatz.

„Wo waren Sie am Montag gegen achtzehn Uhr?“

„Irgendwo auf der Autobahn. Ich hatte einen Termin in Trier, mit einem Galeristen. Sie müssen wissen, dass ich Künstlerin bin.“

Die Kommissarin machte sich Notizen.

„In Ordnung, dann wird der Galerist gewiss bestätigen können, wann Sie in Trier losgefahren sind.“

„Leider nicht. Ich hatte mich mit den Tagen vertan, meine Verabredung hätte an einem anderen Tag stattfinden sollen. Also fuhr ich vergebens dorthin und stand vor den verschlossenen Türen der Galerie. Das war sehr unangenehm, das können Sie mir glauben.“

Also hat sie kein Alibi, dachte Mona. Sie behielt diese Erkenntnis einstweilen für sich und legte der Seglerin ein Foto von Nele Dijkstra vor.

„Haben Sie diese Frau schon einmal gesehen?“

Wenn wirklich die Mörderin der Reporterin vor ihr stand, dann erwartete Mona zumindest irgendeine Art von Reaktion. Selbst Menschen, die sich normalerweise gut im Griff hatten, konnten ein unbewusstes Zucken oder eine andere Veränderung der Mimik in solchen Fällen nur schwer unterdrücken. Zumal die Kommissarin von einem Verbrechen ausging, bei dem starke Gefühle im Spiel gewesen waren.

Doch Frau Jepsen zeigte überhaupt keine Reaktion. Sie betrachtete das Foto so desinteressiert, als ob sie eine langweilige Illustriertenseite vor sich hätte.

„Ich bedaure, diese Dame kenne ich nicht. Ist sie das Mordopfer?"

Mona beantwortete die Frage mit einem Nicken.

„Das reicht jetzt, Frau Sander", sagte der Anwalt. „Sie haben Frau Jepsen mehr als genug belästigt."

Mona kam jetzt erst so richtig in Fahrt.

„Entschuldigung – ist sie überhaupt Ihre Mandantin?"

„Das nicht, aber ..."

„Wir befragen Frau Jepsen nicht als Beschuldigte, sondern lediglich als Zeugin!", trumpfte die Kommissarin auf. „Wir müssen uns ein Bild von den Hintergründen dieses Falls machen, das werden Sie doch wohl einsehen. – Und wenn Frau Jepsen nach ihren eigenen Worten nur eine gute Freundin von Herrn Steiner ist, verstehe ich das Problem nicht."

Dr. Lohses Atem stockte.

„Dem haben Sie es aber gegeben", kommentierte die Seglerin.

Der Anwalt kam offensichtlich nicht gegen zwei scharfzüngige Frauen an. Er wandte sich wortlos ab und fischte sein Smartphone aus der Tasche. Dann ging er weit genug weg, um außer Hörweite zu sein. Vermutlich holte er sich von Steiner neue Instruktionen. Das war zumindest Monas Ansicht.

Enno bat Frau Jepsen um ihre Personalien. Sie gab ihm bereitwillig ihren Personalausweis.

„Und hier ist auch noch meine Visitenkarte, Herr Oberkommissar", fügte sie mit einem koketten Augenaufschlag hinzu. „Falls Sie mal ein Gemälde erwerben wollen."

Enno gab ihr das offizielle Dokument zurück, nachdem er sich die Angaben notiert hatte. Die Visitenkarte steckte er ein.

„Seit wann sind Sie aktuell auf Borkum?", wollte Mona wissen.

„Ich bin heute angereist und gleich von der Fähre aus zum Yachthafen hinüber gegangen. Ernst Steiner weiß, dass ich eine gute Seglerin bin. Deshalb hat er mir erlaubt, sein Boot jederzeit zu benutzen, wenn er selbst es nicht benötigt. Sie können ihn gern fragen."

„Das werden wir tun, keine Sorge“, erwiderte die Kommissarin. „Ihre Mobilfunknummer steht auf der Visitenkarte, nehme ich an? Es könnte sein, dass wir noch mehr Fragen an Sie haben.“

Frau Jepsen lächelte.

„Ich bin gespannt, wie dieser Kriminalfall ausgeht. Vielleicht werde ich dadurch zu einem neuen Kunstwerk inspiriert. – Ich wünsche Ihnen noch einen schönen Abend!“

Dr. Lohse hatte sich nach seinem Telefonat wortlos aus dem Staub gemacht. Auch die Ermittler gingen von der Esmeralda weg, Richtung Südpier.

„Verschaukeln kann ich mich alleine!“, schimpfte Mona. „Ich wette, dass die Jepsen Steiners künstlerisches Betthäschen ist.“

Enno grinste.

„Ich widerspreche dir nicht. Aber kommt sie auch als Mordverdächtige infrage?“

„Wenn ich das wüsste! Ihr Alibi kannst du jedenfalls vergessen. Jeder kann behaupten, dass er im Auto unterwegs gewesen sei. Doch die Jepsen ist nicht dumm. Hätte sie sich für die Mordzeit nicht besser absichern können? Außerdem: Wieso schippert sie vor unserer Nase mit der Esmeralda herum? Auf diese Art hat sie garantiert unsere Aufmerksamkeit auf sich gelenkt.“

„Das stimmt“, bekräftigte Enno. „Sie könnte nach dem Motto ‚Angriff ist die beste Verteidigung‘ vorgehen. Und was für ein Mordmotiv vermutest du bei ihr?“

„Wie wäre es mit Eifersucht?“, schlug Mona vor. „Wir sollten die attraktive Dame auf jeden Fall genauer durchleuchten. Und sobald wir die Fingerabdrücke von der Mordwaffe vorliegen haben, können wir einen Abgleich vornehmen.“

„Dr. Lohse wird sich mit Händen und Füßen dagegen wehren“, gab der Oberkommissar zu bedenken. „Nele Dijkstra wurde offensichtlich mit einem Küchenmesser umgebracht. Wenn die Jepsen wirklich uneingeschränkten Zugang zu der Yacht hatte, würden sich allein schon dadurch ihre Fingerabdrücke auf dem Messer erklären – und ihre DNA am Tatort.“

„Und du meinst, dass sie auch kaugummikauend im Schrank gesessen hat?“, fragte Mona zweifelnd. „Ich weiß noch nicht, was ich von dieser Frau halten soll. Lass uns lieber erst einmal nach Zeugen Ausschau halten. Vielleicht finden wir ja Segler, die sie in Begleitung von Bodo Steiner und der Reporterin gesehen haben.“

Doch es war wie verhext. Während der nächsten Stunden trafen die Ermittler zwar viele Freizeitkapitäne auf ihren Booten an, doch keiner von ihnen konnte sich daran erinnern, die Esmeralda am Montagabend auslaufen gesehen zu haben. Und nach Zeugen, die jemanden zuvor beim Betreten der Yacht gesehen hatten, suchten sie ebenfalls vergebens.

„Wir sind vom Pech verfolgt“, meinte Mona, nachdem sie einen weiteren Bootsnamen auf ihrer Liste abgestrichen hatte. „Als ich neulich hier war, konnte ich an Bord der Frisian Queen keinen Menschen antreffen. Und jetzt ist sie ausgelaufen.“

„Fragen wir doch den Hafenmeister“, schlug Enno vor. „Er weiß bestimmt, wann das Boot zurückkehrt.“

Die Kommissarin ärgerte sich darüber, dass sie nicht selbst auf diese Idee gekommen war. Wie dem auch sei, über einen Mangel an weiblichen Verdächtigen konnten sie und Enno sich nicht beklagen. Bei näherer Betrachtung schien es etliche Frauen zu geben, die Nele Dijkstra zutiefst gehasst hatten. Und doch kam es Mona so vor, als ob sie einen entscheidenden Punkt übersehen hatte.

Die Ermittler betraten das Büro des Hafenmeisters. Von ihm erfuhren sie, dass die Frisian Queen zu einem kurzen Segeltörn Richtung Holland in See gestochen war und bereits am nächsten Morgen zurückerwartet wurde.

„Na also“, sagte Enno zufrieden. „Wenn wir auch noch diese Zeugenbefragung hinter uns gebracht haben, werden wir hoffentlich klarer sehen. Immerhin hat diese Yacht ihren Stammliegeplatz direkt vor der Esmeralda. Der Eigner *muss* etwas bemerkt haben, wenn er zu der Zeit an Bord war.“

„Dein Wort in Gottes Ohr“, erwiderte Mona seufzend. „Wir sollten jetzt Feierabend machen, heute kommen wir nicht mehr weiter. Was hältst du von einem gemeinsamen Bier?“

„Normalerweise gern, aber ausgerechnet heute ...“

Sie unterbrach ihren Kollegen und schlug sich mit der flachen Hand vor die Stirn.

„Natürlich, heute findet ja dein geliebtes Ringertraining statt. Es ist klar, dass du deinen Freund Dimitrios nicht hängen lassen kannst. Grüß ihn schön von mir, in Ordnung?“

„Ja, wird gemacht.“

Die Kriminalisten fuhren zurück zur Dienststelle, wo Mona ihr Fahrrad geparkt hatte. Sie wünschten sich gegenseitig einen schönen

Feierabend. Die Kommissarin radelte zu ihrer Wohnung in der Walfangerstrate. Sie war noch viel zu aufgedreht, um sich jetzt auf dem Sofa niederzulassen und einen mittelmäßigen Fernsehkrimi anzuschauen.

Mona duschte, zog sich um und kehrte auf ihrem Zweirad in den Ort zurück. Auf Borkum herrschte kein Mangel an gastronomischen Betrieben. Es war eher die Qual der Wahl, die ihr zu schaffen machte. Die Kommissarin hatte die meisten Lokale, Cafés und Bierstuben der Insel bereits aufgesucht, entweder privat oder in dienstlicher Mission.

Sie hätte selbst nicht sagen können, weshalb sie an diesem Abend ausgerechnet den Gastraum der Friesensonne betrat. Das Lokal im Bistrostil war nicht besser oder schlechter als viele andere in der Nähe. Von draußen hatte Mona gesehen, dass noch Tische mit Nordseeblick frei waren. Vielleicht hatte das den Ausschlag gegeben. Obwohl sie nun schon einige Jahre lang auf der Insel lebte, war sie vom Anblick des weiten blaugrünen Meereshorizonts immer wieder beeindruckt.

Eine Kellnerin kam zu ihr und schenkte der Kommissarin ein geschäftsmäßiges Lächeln. Sie war jung und blond, laut ihrem Namensschild hieß sie Magdalena.

„Moin, möchten Sie schon etwas trinken?“, fragte sie und gab Mona die Speisekarte. Magdalena sprach mit einem leichten osteuropäischen Akzent, war aber gut zu verstehen. Die Kommissarin erwiderte das Lächeln.

„Ich möchte ein Pils.“

„Kommt sofort.“

Mona vertiefte sich in die Speisekarte. Allmählich füllte sich das Lokal mit Gästen, was sie aber nur aus dem Augenwinkel wahrnahm. Ein Mann setzte sich allein an einen Tisch, der ein Stück weit links von ihr stand. Der Typ schaute mehrmals zu ihr hinüber. Die Kommissarin tat, als ob sie es nicht bemerken würde. Einerseits fand sie es schmeichelhaft, wenn sich jemand für sie interessierte. Andererseits hatte Mona etwas gegen plumpe Anmache. Deshalb wollte sie ihn gar nicht erst ermutigen.

Doch der Mann hatte es offenbar wirklich auf sie abgesehen. Er stand auf und kam zu ihr hinüber.

„Ich dachte, dass Sie in Ihrem Job die Menschen wiedererkennen würden, Frau Kommissarin.“

Sie blickte auf. Mona benötigte wirklich einen Moment, bis sie wusste, mit wem sie es zu tun hatte.

„Herr Drechsler! Entschuldigen Sie, ich musste mich wirklich erst einen Moment lang besinnen. Das liegt wahrscheinlich daran, dass Sie bei unserer bisher einzigen Begegnung nackt waren."

„Darf ich mich zu Ihnen setzen? Es sei denn, es hat Ihnen nicht gefallen, was Sie gesehen haben."

Jedenfalls muss ich nicht die Katze im Sack kaufen, dachte Mona. Sie kämpfte kurz mit sich selbst. Einerseits fand sie es öde, allein essen zu müssen. Andererseits wollte sie den Eindruck vermeiden, hier auf Männerfang zu sein. Doch sie konnte Oliver Drechsler ja immer noch die rote Karte zeigen, falls er frech werden sollte.

„Also gut, nehmen Sie Platz. Es wird sich zeigen, ob Sie sich benehmen können."

Drechsler setzte sich ihr gegenüber hin.

„Besten Dank, Frau Sander. Ich werde Sie nicht enttäuschen."

„Das wird sich zeigen."

„Können Sie mir ein besonderes Gericht empfehlen?"

„Ich wollte dem mediterranen Fischauflauf eine Chance geben."

„Da schließe ich mich an", sagte Drechsler.

Als Magdalena mit dem Bier für Mona kam, bestellte er für sich ebenfalls ein Glas.

„Wie kommen Sie mit Ihrem aktuellen Fall voran, Frau Kommissarin?"

„Es ist nett, dass Sie plaudern wollen, aber über laufende Ermittlungen rede ich grundsätzlich nicht. Außerdem habe ich jetzt frei."

„Und Sie sind nicht verabredet, oder? Sonst hätten Sie mir wohl kaum gestattet, Ihnen Gesellschaft zu leisten."

„Das ist nicht unbedingt eine logische Schlussfolgerung", stellte Mona fest. „Trotzdem haben Sie recht. Ich bin allein hier."

„Jetzt nicht mehr", sagte Drechsler lächelnd.

„Obwohl ich Sie bereits hüllenlos gesehen habe, bin ich nicht zwangsläufig auf ein Abenteuer aus", betonte Mona.

„So etwas würde ich Ihnen auch nicht unterstellen. – Trotzdem finde ich, dass wir uns duzen sollten, da Sie ja privat hier sind."

Sie zögerte, bevor sie sich einen Ruck gab. Sie wusste es ja ebenfalls zu schätzen, wenn es nicht so förmlich zuging.

„Also gut, ich bin Mona."

„Und ich heiße Oliver."

Er unterbrach sich kurz, weil Magdalena sein Bier brachte. Dann fügte Drechsler hinzu: „Ich trinke auf die charmanteste Kommissarin auf Borkum."

Mona lächelte süßsauer, hob aber ebenfalls ihr Glas.

„Und die einzige, die du kennst. – Woher willst du überhaupt wissen, ob ich charmant bin? Schlussfolgerst du das aus unserer Drei-Minuten-Begegnung? Oder gehörst du zu den Männern, die ein untrügliches Gespür für Frauen zu haben glauben? Es gibt nämlich auch sehr viele Menschen, die mich für eine richtige Kratzbürste halten."

Oliver wischte sich den Schaum von den Lippen.

„Ich habe mich bei meiner Einschätzung ganz auf mein Gefühl verlassen."

„Da will aber jemand aufs Ganze gehen", erwiderte Mona lächelnd. Sie merkte, dass ihr dieses Geplänkel mit einem fremden Mann zunehmend Spaß machte. Dennoch hatte sie nicht vor, sich auf Oliver einzulassen. Er sah ganz gut aus, doch Mona war momentan nicht bereit für eine Beziehung. Noch nicht einmal für eine leidenschaftliche Kurzzeitaffäre.

Sie bestellten ihr Essen und plauderten über Gott und die Welt. Es blieb nicht bei dem einen Bier, und als die Kellnerin die leeren Auflaufformen abgeräumt hatte, saßen sie immer noch zusammen.

Plötzlich tauchte eine Gestalt neben dem Tisch auf.

„Amüsieren Sie sich gut, Frau Kommissarin?"

Mona erkannte Piet Blom sofort, obwohl er diesmal nicht in Seglerkluft war. Vielmehr trug er eine Kochjacke und eine dazu passende Hose. Sein Gesicht war gerötet. Ob das an der Hitze in der Restaurantküche oder an seiner inneren Erregung lag? Bloms Frage hatte nämlich höchst eifersüchtig geklungen. Wenn Blicke töten könnten, wäre für Oliver Drechsler in diesem Moment wahrscheinlich jede Hilfe zu spät gekommen.

Mona blieb freundlich.

„Ja, Herr Blom, es geht mir gut. Und das Essen war hervorragend. Ich nehme an, dass Sie es gezaubert haben?"

Der Koch ging nicht darauf ein. Er deutete auf Oliver.

„Ist das Ihr Freund?"

Schon bei ihrer ersten Begegnung im Yachthafen war Bloms aufdringliche Art der Kommissarin auf die Nerven gegangen. Wenn dieser Kerl ernsthaft an einer Frau Interesse hatte, dann musste er es völlig anders anstellen. Doch sie war nicht hier, um Flirtratschläge zu geben. Also entschloss sie sich zu einer Notlüge.

„Ja, ich bin mit meinem Freund hier. Und nun entschuldigen Sie uns bitte, wir möchten ungestört sein."

Bloms große Hände öffneten und schlossen sich. Mona konnte förmlich spüren, wie die Aggression in ihm hochkochte. Und doch schaffte er es, sich zusammenzureißen. Die Friesensonne war immerhin sein Arbeitsplatz. Die Restaurantbesitzer würden es gewiss nicht gut finden, wenn er der Kommissarin hier eine Szene machte.

„Nun, wenn das so ist ... dann wünsche ich noch einen angenehmen Abend und eine gute Nacht."

„Die werden wir haben", sagte Oliver.

Blom öffnete noch einmal den Mund, sagte aber nichts. Er wandte sich ab und marschierte in die Küche zurück, als ob er in eine Vernichtungsschlacht ziehen würde.

Mona bedachte Oliver mit einem strafenden Blick.

„Habe ich etwas Falsches gesagt, Schatz?", fragte er grinsend. „Das tut mir leid. In unserer langjährigen Beziehung hätte ich eigentlich lernen sollen, auf deine Bedürfnisse Rücksicht zu nehmen."

Mona verzog den Mund.

„Die Retourkutsche habe ich wohl verdient. – Ich hielt es für das Beste, den Kerl auf diese Art abzuwimmeln. Und es hat ja auch funktioniert."

„Nicht jeder deiner Verehrer ist eben so wohlerzogen wie ich."

„Bilde dir bloß keine Schwachheiten ein, *Schatz*", entgegnete Mona, wobei sie das letzte Wort ironisch betonte. „Ich möchte jetzt nach Hause, ich muss morgen früh arbeiten. Und als mein Freund wirst du gewiss gern die Rechnung übernehmen?"

„Selbstverständlich", sagte Oliver und winkte Magdalena heran.

Wenig später gingen sie Seite an Seite bis zur Deichstraße. Mona schob ihr Fahrrad. Sie hatte zu viel getrunken, um noch in den Sattel zu steigen. Und sie würde sich ganz gewiss nicht von ihren Kollegen von der Nachtschicht bei einer Alkoholfahrt ertappen lassen!

Oliver blieb stehen.

„Ich muss hier abbiegen, meine Pension ist in der Süderstraße. – Es war ein schöner Abend, Mona. Ich würde dich gern wiedersehen."

„Ja, mir hat es auch gefallen. – Vielleicht treffen wir uns noch einmal, bevor du abreist.“

Mit diesen Worten hauchte sie einen Kuss auf seine Wange und eilte davon, ohne sich noch einmal umzudrehen.

Kapitel 13

Am nächsten Morgen war Mona schon einige Minuten vor Dienstbeginn an ihrem Arbeitsplatz. Sie fuhr ihren PC hoch und widmete sich ganz der Onlinerecherche über Eva Jepsen.

Enno hob überrascht die Augenbrauen, als er wenig später ihr gemeinsames Dienstzimmer betrat.

„Moin, Mona! Bist du aus dem Bett gefallen? Oder lässt dir die Ermittlung keine Ruhe?“

„Vielleicht beides. – Eva Jepsen ist wirklich eine Malerin, jedenfalls offiziell. Allerdings scheinen sich ihre Verkaufserfolge in Grenzen zu halten. Da stellt sich die Frage, wovon sie lebt. Ich vermute, dass ihre künstlerische Tätigkeit nur eine Alibifunktion hat. Ich wette, dass sie sich in Wirklichkeit von Steiner aushalten lässt. Möglicherweise auch noch von anderen Männern.“

Die Kommissarin fühlte sich an diesem Tag wirklich energiegeladen. Und das lag zweifellos an dem zurückliegenden Abend mit Oliver. Auch wenn zwischen ihnen nichts gelaufen war, hatte sie doch das Gefühl genossen, umworben zu werden. Und sie nahm sich vor, ihn vor dem Ende seines Urlaubs noch einmal zu treffen. Sie wusste ja, dass sich seine Pension in der Süderstraße befand.

Enno schien kurz über die Mutmaßungen seiner Kollegin nachzudenken.

„Dann meinst du also, Eva Jepsen wäre eine klassische Mätresse?“

Mona kicherte.

„Mätresse, wie süß! Das ist doch ein Begriff von anno dunnemals, oder? Obwohl – ich weiß auch nicht, welches Wort passender wäre. Eine Geliebte muss ja nicht zwangsläufig Geld von ihrem Galan bekommen.“

Enno lachte.

„Galan? Dieses Wort stammt aber auch aus der Mottenkiste, oder?“

Bevor die Kommissarin etwas erwidern konnte, wurde die Tür geöffnet.

„Moin, die Dienstpost ist gekommen“, sagte Polizeimeisterin Britt Mölders. „Und der Chef möchte euch sehen.“

„Der Tag fing so gut an“, meinte Mona seufzend. Doch Enno öffnete einen Umschlag, der vom kriminaltechnischen Labor in Oldenburg stammte.

„Auf der Tatwaffe konnten tatsächlich verwertbare Fingerabdrücke festgestellt werden", sagte er nach einem flüchtigen Blick auf die Unterlagen. „Außerdem haben wir ja immer noch das DNA-Profil der Kaugummi-Konsumentin."

„Schön, dann können wir Svantje Jonker jetzt definitiv entweder beschuldigen oder als Verdächtige ausschließen. Ich hoffe, dass Oltbeck die gute Nachricht zu schätzen weiß."

Doch als die Ermittler wenig später das Arbeitszimmer des Dienststellenleiters betraten, hatte er eine Unheil verkündende Miene aufgesetzt.

„Herr Moll, ich hatte Sie doch gebeten, Frau Sander im Zaum zu halten."

Im Zaum zu halten? Bin ich vielleicht eine wilde Stute?, dachte Mona wütend. Bevor sie sich um Kopf und Kragen reden konnte, ergriff der Oberkommissar das Wort.

„Wir haben uns nichts vorzuwerfen, Herr Oltbeck. Das Verschwinden von Herrn Steiners Segelyacht kam uns höchst verdächtig vor. Er wollte die Sache ganz offensichtlich vertuschen. Und Eva Jepsen spielt eine äußerst dubiose Rolle. Wir vermuten, dass sie die Geliebte des Unternehmers ist. Also stellten wir ihr ein paar ganz normale Fragen, obwohl Herr Steiner durch seinen Anwalt dazwischenfunken ließ."

„Oder finden Sie es normal, dass sein Boot verschwindet und er keine Anzeige erstatten will?"

Diese Frage hatte Mona sich nicht verkneifen können. Der Chef rang die Hände, er war offenbar hin und her gerissen.

„Gibt es denn gar keine Fortschritte bei diesem verzwickten Fall?", wollte er wissen.

„Oh doch, die gibt es. Wir können noch heute Vormittag herausfinden, ob sich Swantje Jonkers Fingerabdrücke auf der Tatwaffe befinden oder nicht. Falls der Mordverdacht fallengelassen wird, steht immer noch die Freiheitsberaubung im Raum. Sie hat Bodo Steiner immerhin gefesselt und in ihrer Wohnung gefangen gehalten."

Ennos Erklärung schien Oltbeck halbwegs zu besänftigen.

„Gut, das ist immerhin ein Lichtblick", räumte er ein. „Und was ist mit den anderen Verdächtigen im Mordfall?"

„Merle Tammen kommt nicht infrage", sagte Mona schnell. „Sie hat zwar die Reporterin gehasst, doch für die Tatzeit hat sie ein Alibi. Außerdem dürfte sie als Asthmatikerin nicht in der Lage sein, nachts von dem Bootswrack aus an Land zu schwimmen."

„Das Alibi von Eva Jepsen taugt nichts, wir müssten ihre Fingerabdrücke nehmen und sie um eine DNA-Probe bitten", ergänzte Enno.

Oltbeck seufzte.

„Was für ein Motiv sollte diese Frau haben?", wollte er wissen.

„Nele Dijkstra war jünger als sie, und außerdem sehr attraktiv", sagte Mona. „Womöglich hatte die Jepsen Angst, aufs Abstellgleis geschoben zu werden. Sie ist vierundvierzig Jahre alt. Damit dürfte sie unter den Mätressen zu den reiferen Jahrgängen gehören."

Der Chef schüttelte den Kopf.

„Mätresse? Was für ein altmodisches Wort. – Ihr Verdacht ist mir noch zu wenig ausgereift. Es mag seltsam sein, wie Herr Steiner sich verhalten hat, aber er wird wohl kaum eine Mörderin decken."

„Manche Leute verschließen eben die Augen vor der Wirklichkeit", meinte Mona. Oltbeck schaute sie an. Er schien zu überlegen, ob er ihre Bemerkung als Unverschämtheit auffassen sollte oder nicht.

„Herr Moll wird mit Eva Jepsen sprechen", entschied der Dienststellenleiter schließlich. „Ich möchte nicht, dass Sie wieder ins Fettnäpfchen treten, Frau Sander."

Mona hätte am liebsten protestiert, doch das hätte nichts genützt. Außerdem vertraute sie auf den kriminalistischen Spürsinn ihres erfahrenen Kollegen. Der Chef beendete die kurze Unterredung.

Die Kommissarin schaute auf die Uhr, als sie die Polizeistation verließen.

„Dann fahren wir jetzt wieder gemeinsam zum Hafen, oder? Du fasst die Künstlerin mit Samthandschuhen an, und ich konzentriere mich auf die Eigner der Frisian Queen. Wenn wir Glück haben, dann ist das Boot inzwischen von dem Holland-Törn zurückgekehrt."

Enno nickte. Als sie wenig später den Yachthafen erreichten, trafen sie Eva Jepsen nicht auf der Esmeralda an. Andere Segler hatten gesehen, dass sie in ein Taxi gestiegen war.

„Dann wird sie wohl zu Steiners Ferienhaus gefahren sein", mutmaßte der Oberkommissar. „Oder zum Flugplatz, um aufs Festland zurückzukehren. Ich kann mir jedenfalls nicht vorstellen, dass sie ein Taxi zur Fähre genommen hat."

Er deutete auf das mächtige Schiff, aus dessen Innerem ein PKW und Lastwagen nach dem anderen langsam an Land fuhr.

„Bei den Reichen weiß man nie", witzelte Mona düster. „Die Jepsen ist momentan dein Problem, mein Lieber. Gut, dass die Frisian Queen wieder im Hafen liegt. Du kannst den Wagen nehmen, ich komme schon irgendwie zurück in den Ort."

„In Ordnung, so machen wir es."

Während Enno in den Opel Vectra stieg und wegfuhr, ging Mona auf den Liegeplatz vor der Esmeralda zu. Die Frisian Queen war ein altmodisch wirkendes Boot aus dunklem Holz und mit weinroten Segeln. Der Kommissarin gefiel es viel besser als Steiners teure Yacht.

Auf dem Achterdeck stand eine Frau mit grauen Haaren, die eine Taurolle aufwickelte. Mona schätzte sie auf ungefähr sechzig Jahre. Sie trug ausgeblichene Jeans und einen Rollkragenpullover.

„Moin!", rief die Kommissarin. „Sind Sie die Eignerin der Frisian Queen?"

Die Frau kniff ihre Augen zusammen. Sie wirkte misstrauisch.

„Ja, das Boot gehört meinem Mann und mir. Was können wir für Sie tun?"

„Zunächst würde ich gern an Bord kommen", erwiderte Mona.

„Wenn es sein muss ..."

Die Kommissarin tat, als ob sie die abweisende Art der Yachtbesitzerin nicht bemerken würde. Sie betrat das Deck. Die Frau rief nach ihrem Gatten, der sich in der Kabine befand. Er kam nach draußen und warf Mona einen skeptischen Blick zu. Er war ebenfalls mit einem Rollkragenpullover und Jeans bekleidet.

Sie nannte ihren Namen und präsentierte ihren Dienstausweis. Die Besitzer des Bootes stellten sich als Almuth und Josef Faller vor.

„Wir haben uns nichts zuschulden kommen lassen!", sagte Almuth Faller. Sie stellte sich vor ihren Ehemann, als ob sie ihn vor Mona beschützen wollte. Die Kommissarin hob die Augenbrauen.

„Davon war auch keine Rede – bisher", stellte sie klar.

„Weshalb belästigen Sie uns dann?", wollte die Yachtbesitzerin wissen.

„Ich belästige Sie nicht, sondern möchte Ihnen lediglich ein paar Fragen stellen. Immerhin ist in Ihrer unmittelbaren Nähe ein Mord geschehen. Es kann Sie nicht überraschen, dass die Polizei die Ermittlungen aufgenommen hat."

Diese Information schien sowohl die Frau als auch den Mann zu verblüffen. Doch während Josef Faller weiterhin schweigsam blieb, wurde Almuth gleich wieder aggressiv.

„Ach, und da kommen Sie natürlich gleich zu uns! Wie praktisch, wenn man gleich einen Sündenbock zur Hand hat, nicht wahr? Aber ich lasse nicht zu, dass Sie meinem Josef einen Mord in die Schuhe schieben."

Was hat die denn geraucht?, dachte Mona. Sie konnte sich selbst gerade noch davon abhalten, mit den Augen zu rollen.

„Ich kann Sie beruhigen, Ihren Mann können wir als Verdächtigen ausschließen. – Und ich habe keine Vorurteile gegen Menschen, die einmal eine Gefängnisstrafe verbüßt haben."

Die Kommissarin deutete auf die rechte Hand des alten Seglers.

Dort waren drei kleine Punkte eintätowiert worden, die ein Dreieck bildeten. Mona hatte dieses wohl bekannteste Inhaftierten-Tattoo schon oft genug gesehen. Sie wusste, dass ihm verschiedene Bedeutungen zugeschrieben wurden. Die Bekannteste lautete: *Nichts sehen, nichts hören, nichts sagen.*

„Wenn Sie nichts von meinem Mann wollen, weshalb sind Sie dann hier?", bohrte Almuth Faller nach. Nach Monas Meinung war sie eindeutig auf Krawall gebürstet.

„Lass gut sein", brummte Josef. „Ich habe meine Strafe abgesessen, aber das ist dreißig Jahre her. Natürlich hätte ich mir die Tätowierung längst entfernen lassen können. Das wollte ich bewusst nicht tun. Sie soll mich daran erinnern, nie wieder eine Dummheit zu machen."

Die Kommissarin schüttelte den Kopf.

„Wie gesagt, um Ihre Vorstrafe geht es mir aktuell gar nicht. – Ehrlich gesagt wundere ich mich darüber, dass Sie von dem Verbrechen an Bord der Esmeralda offenbar nichts mitbekommen haben. Das Boot wurde treibend aufgefunden und von der Küstenwache in den Hafen geschleppt."

Almuth Faller presste die Lippen aufeinander, bevor sie antwortete.

„Mein Mann und ich verkehren nicht so viel mit den anderen Seglern, wir bleiben lieber für uns. Und zu den Steiners haben wir schon gar keinen Kontakt. Sowohl der Vater als auch der Sohn halten sich für etwas Besseres, die sind für meinen Geschmack viel zu hochnäsig."

Ihr Mann nickte. Zumindest in dieser Hinsicht stimmte die Aussage mit den Angaben von Piet Blom überein.

Mona hakte nach.

„Es geht mir um den vergangenen Montag, um den frühen Abend. Ist Ihnen da etwas Besonderes auf Ihrem Nachbarboot aufgefallen? Oder waren Sie zu der Zeit gar nicht im Hafen?“

Die ältere Frau legte die Stirn in Falten, sie wirkte nachdenklich. Nachdem sie verstanden hatte, dass Mona ihren Mann nicht beschuldigen wollte, wirkte sie wesentlich kooperativer.

„Als ein außergewöhnliches Ereignis würde ich das nicht bezeichnen“, begann sie. „Der junge Schnösel, dieser Bodo Steiner, wollte die Yacht wieder als Liebesnest benutzen. Diesmal hatte er allerdings nicht ein Flittchen bei sich, sondern gleich zwei.“

Die Kommissarin horchte auf.

„Sind Sie sicher?“

„Natürlich! Ich bin zwar alt, aber meine Augen funktionieren noch sehr gut. – Josef, du hast doch das muntere Trio auch gesehen, oder?“

Der schweigsame Ehemann nickte.

„Ja, die drei gingen an Bord der Esmeralda, als wir gerade in den Ort fahren wollten, um einzukaufen. Der Bengel grüßte nicht, doch daran haben wir uns schon gewöhnt.“

„Können Sie die beiden Frauen genauer beschreiben?“, bat Mona.

„Ich habe nicht lange hingeschaut“, erwiderte Almuth Faller. „Beide waren jung, blond und hübsch.“

Die Kommissarin holte ihr Smartphone hervor und zeigte der Zeugin ein Foto von Nele Dijkstra, das sie aus dem Internet heruntergeladen hatte.

„Ist das eine von ihnen?“

Das Ehepaar nickte.

Zu schade, dass ich kein Foto einer Mordverdächtigen habe, dachte Mona verdrossen. Wenn die Zeugenaussage stimmte, dann kam Eva Jepsen als Tatverdächtige nicht infrage. Sie sah zwar ebenfalls gut aus, war aber nicht mehr jung und schon gar nicht blond.

„Würden Sie die andere Frau bei einer Gegenüberstellung wiedererkennen?“, fragte Mona.

„Wir wollen in nichts hineingezogen werden“, betonte Almuth Faller. Sie war nun wieder so abweisend wie zu Beginn des Gesprächs.

„Eine junge Frau wurde brutal erstochen, das kann Ihnen nicht gleichgültig sein!“, blaffte die Kommissarin. „Wenn Sie die Täterin schützen, dann werde ich Ihnen richtig Ärger machen. Darauf können Sie sich verlassen.“

Die ältere Frau setzte zu einer scharfzüngigen Antwort an, aber ihr Mann legte ihr beruhigend eine Hand auf die Schulter.

„Lass nur, Almuth. Die Kommissarin tut ihre Pflicht. – Wenn es eine Gegenüberstellung gibt, dann können Sie auf uns zählen. Allerdings müssen Sie bedenken, dass wir die Frauen und Bodo Steiner nur im Vorbeigehen gesehen haben. Wir konnten ja nicht ahnen, dass es zu so einem Verbrechen kommen würde.“

„Das ist mir bewusst“, lenkte Mona ein. „Und momentan haben wir noch gar keine Verdächtige, die für eine Gegenüberstellung infrage kommt.“

Ihr Smartphone klingelte. Die Kommissarin sah auf dem Display, dass ihre junge Kollegin Grietje anrief. Mona hatte eine üble Vorahnung.

„Moin, was liegt an?“

Die Polizeimeisterin antwortete mit einer Gegenfrage.

„Kennst du einen gewissen Oliver Drechsler?“

Monas Atem stockte. Grietjes Stimme klang ernster als sonst. Die sommersprossige Kollegin war für ihre flapsige Art berüchtigt.

„Ja ... warum willst du das wissen?“

„Hinderk und ich wurden zu einem Einsatz in der Pension Roelfs in der Süderstraße gerufen. Als das Zimmermädchen heute früh den Raum eines Gastes säubern wollte, fand sie ihn bewusstlos auf dem Boden liegend vor. Er hat eine Platzwunde am Hinterkopf. Man muss nicht Sherlock Holmes sein, um zu erkennen, dass er niedergeschlagen wurde.“

„Kann er nicht einfach ausgerutscht und hingefallen sein?“

Mona stellte diese Frage automatisch. Bevor sie von einem Verbrechen ausging, wollte sie zunächst sämtliche anderen Möglichkeiten ausschließen.

„Darauf hätte ich auch getippt“, räumte Grietje ein. „Doch als ich mir das Opfer näher anschaute, bemerkte ich neben ihm auf dem Teppich einen Zettel. Darauf stand: GRUSS AN DEINE FREUNDIN MONA. – Damit bist doch du gemeint, oder?“

Kapitel 14

Die Kommissarin verharrte mit dem Smartphone in der Hand, während ihre Gedanken wild durcheinanderwirbelten.

Hatte sich Piet Blom wirklich zu einer Eifersuchtstat hinreißen lassen? Nach der kurzen Episode am vorigen Abend in der Friesensonne sprach alles dafür. Aber würde der Koch und Segler wirklich so weit gehen, dass er Monas Begleiter nachstieg und ihn bewusstlos schlug? Und woher hätte Blom überhaupt wissen können, in welcher Pension Drechsler wohnte? Borkum verfügte schließlich über eine Vielzahl von Beherbergungsbetrieben für jeden Geschmack und Geldbeutel. Oder war Blom ihnen nachgeschlichen? Aber er konnte sich doch nicht so einfach von seinem Arbeitsplatz entfernen. Mona war ziemlich sicher, dass die Küche der Friesensonne bis Mitternacht geöffnet hatte.

„Hallo? Ist jemand zu Hause?"

Grietjes helle Stimme riss sie aus ihren Überlegungen.

„Sorry, ich war gerade in Gedanken. – Ja, diese Nachricht dürfte auf mich gemünzt sein. Ich habe Drechsler im Rahmen meiner Ermittlungen befragt und bin ihm gestern Abend zufällig begegnet. Deshalb ist er aber noch lange nicht mein Freund!"

„Wie du meinst", erwiderte die Polizeimeisterin trocken. „Hinderk und ich schauen uns hier in der Pension noch genauer um und versuchen, Zeugen zu finden. Hast du einen Verdacht, wer Drechsler ausgeknockt haben könnte? Der Doc meint, dass die Verletzung nicht lebensbedrohlich sei. Das Opfer ist bereits ins Stadtkrankenhaus gebracht worden."

Die Kommissarin überlegte kurz.

„Ich habe eine Person im Visier", erwiderte sie. „Das muss ich eben abchecken. Ansonsten komme ich möglichst bald zu euch in die Pension."

„Tu das, Hinderk und ich werden hier noch länger beschäftigt sein. Das Haus ist ausgebucht. Es wird dauern, bis wir sämtliche Gäste und das Personal befragt haben."

Mona bedankte sich und beendete das Telefonat. Die Fallers schauten sie gespannt an. Das ältere Ehepaar hatte mitbekommen, dass sich etwas Dramatisches ereignet haben musste.

„Die Pflicht ruft", sagte Mona. „Ich melde mich rechtzeitig bei Ihnen, falls wir eine Gegenüberstellung organisieren."

Sie nickte den beiden zu und sprang auf den Pier zurück. Die Frisian Queen, die Esmeralda und auch die Gunhild lagen hintereinander wie Perlen auf einer Schnur. Die Boote schwoiten, denn es herrschte eine steife Brise.

Mona wollte sich beim Fähranleger ein Taxi nehmen, doch dann hörte sie Geräusche aus dem Inneren der Gunhild. Blom schien in der Kabine seiner Yacht zu werkeln. Die Kommissarin presste entschlossen die Lippen aufeinander. Sie war drauf und dran, das Boot zu betreten und ihrem eifersüchtigen Verehrer gehörig den Marsch zu blasen.

Doch im letzten Moment bremste sie sich selbst.

Falls Blom wirklich Drechsler niedergeschlagen hatte, konnte an seiner Gefährlichkeit kein Zweifel bestehen. Normalerweise arbeitete Mona stets eng mit Enno zusammen, aber der hatte ja momentan etwas anderes zu tun. Oltbeck würde der Kommissarin die Hölle heiß machen, wenn sie einen Alleingang startete und dann etwas passierte.

Also rief sie die Dienststelle an.

„Ich brauche Verstärkung im Burkana-Hafen, um eine Verhaftung an Bord der Gunhild durchzuführen“, sagte sie. „Das Boot liegt am Nordpier.“

An diesem Morgen saß Britt Mölders in der Telefonzentrale.

„Das ist verstanden“, gab die junge Kollegin zurück. „Ich schicke dir einen Streifenwagen, er müsste in ein paar Minuten da sein.“

„Super, danke dir.“

Mona hatte den kurzen Wortwechsel mit halblauter Stimme geführt. Sie stand immer noch auf dem Pier unmittelbar vor dem Achterdeck der Gunhild. Als sie ihr Smartphone gerade wieder wegsteckte, trat Blom aus der Kabine.

Er blinzelte, sein Gesicht nahm einen ungläubigen Ausdruck an. So, als könne er seinen Augen nicht trauen. Dann aber lächelte er die Kommissarin an.

„Moin, das ist ja eine schöne Überraschung! Habe ich jetzt doch eine Chance bei dir? Dieser gelackte Typ ist nichts für dich, das ist mir schon gestern Abend aufgefallen.“

Mona war einen Moment lang irritiert über Bloms Reaktion. Rechnete er gar nicht damit, dass er mit dem Angriff auf Drechsler in Verbindung gebracht wurde? In ihren Augen war er jedenfalls dringend tatverdächtig. Oder gehörte der Koch zu den Verbrechern, die vor den Konsequenzen ihrer Taten systematisch die Augen verschlossen? Manchmal ging es so weit, dass sie sogar selbst an ihre Unschuld glaubten und sich zu Unrecht verfolgt fühlten.

Vielleicht war dieser Typ auch einfach nur dreist.

Sie blieb jedenfalls ernst.

„Herr Blom, ich muss Sie bitten, mich zu begleiten. Wir haben auf der Polizeistation einige Fragen an Sie."

Er zog die Augenbrauen zusammen.

„Nanu, warum denn so förmlich? Bist du sauer, weil ich dir in der Friesensonne dazwischengefunkt habe? Ich wollte doch nur zeigen, dass ich immer noch interessiert an dir bin. Und dir geht es genauso, oder nicht? Sonst wärst du wohl kaum hier."

„Das hier ist kein Spiel oder Flirt, sondern eine polizeiliche Maßnahme", stellte Mona klar. Sie würde sich ganz gewiss nicht von Blom umgarnen lassen, da konnte er so unschuldig tun, wie er wollte.

Er zwinkerte ihr zu.

„Warum kommst du nicht an Bord? Ich koche uns einen schönen Tee, und dann kannst du mich alles fragen, was du willst."

Blom machte eine einladende Bewegung. Die Kommissarin schüttelte den Kopf.

„Wenn Sie sich weigern, werden wir Zwangsmaßnahmen einleiten."

Er tippte sich mit dem Finger gegen die Stirn.

„Du bist wohl mit dem falschen Fuß aufgestanden, Mona. Wie kann man nur so nachtragend sein! Und überhaupt – ich höre immer *wir*. Wenn ich keine Tomaten auf den Augen habe, dann bist du allein hier. Weißt du was, mir wird das alles hier zu dumm. Ich haue jetzt ab, und du kannst dich wieder bei mir melden, wenn du einen klaren Kopf hast."

Mit diesen Worten trat Blom auf den Pier. Doch wenn er zu Fuß das Hafengelände verlassen wollte, musste er an Mona vorbei.

Ob er eine Waffe hatte? Darauf deutete nichts hin. Mona trug ihre Pistole, schließlich war sie im Dienst. Allerdings wäre es ihr übertrieben erschienen, jetzt ihre Dienstwaffe zu ziehen. So eine Situation konnte leicht aus dem Ruder laufen, und sie wollte gewiss nicht auf einen Unbewaffneten feuern.

Blom war immerhin einen Kopf größer und schätzungsweise zwanzig Kilo schwerer als sie. Wenn es hart auf hart kam, würde sie sich wahrscheinlich eine blutige Nase holen. Aber das war nun nicht mehr zu ändern.

Jedenfalls wich sie nicht zurück, als er auf sie zutrat. Stattdessen erhöhte sie ihre Körperspannung und machte sich kampfbereit.

„Keinen Schritt weiter!“, blaffte sie. Blom schien allmählich wieder wütend zu werden. Sie hatte es oft mit Männern zu tun, die plötzlich einen inneren Schalter umlegten und ihren Aggressionen freien Lauf ließen. Mona ging davon aus, dass er gleich die Fäuste sprechen lassen würde.

In diesem Moment preschte ein Einsatzfahrzeug auf den Pier. Autotüren klappten, und dann waren Aiske Berend und Claas Lammer bei Mona. Sie drehte den Kopf in Richtung der uniformierten Kollegen und lächelte ihnen zu.

„Begleitet ihr bitte diesen Herrn zur Dienststelle, damit wir ihn später befragen können?“

Blom schien erst jetzt zu begreifen, dass es der Kommissarin die ganze Zeit ernst gewesen war.

„Was soll der Unsinn überhaupt?“, begehrte er auf. „Bin ich verhaftet?“

„Noch nicht“, entgegnete sie lapidar. „Sie haben womöglich eine Falschaussage bei einer Mordermittlung gemacht, und dann steht auch noch der Verdacht einer gefährlichen Körperverletzung im Raum.“

Seine Augen quollen beinahe aus dem Kopf.

„Was für eine gefährliche Körperverletzung?“

„Darüber werde ich schon bald ausführlich mit Ihnen sprechen.“

Blom war jetzt so durcheinander, dass er sich widerstandslos in den Streifenwagen bugsieren ließ. Mona bedankte sich bei ihren Kollegen. Sie fuhr nicht mit, sondern nahm ein Taxi zur Pension Roelfs, wie sie es ursprünglich vorgehabt hatte. Während sie es sich im Fond des Wagens bequem machte, fischte sie ihr Smartphone aus der Tasche und rief Enno an.

„Konntest du schon mit Eva Jepsen sprechen?“

„Nee, Mona. Die Dame scheint vom Erdboden verschluckt worden zu sein. Bei Steiner ist sie laut seiner Aussage nicht eingetroffen. Andererseits schwört Taxi-Freerk Stein und Bein, dass er sie vor dem Ferienhaus abgesetzt hat. Natürlich ist es möglich, dass sie die Insel schon wieder verlassen hat.“

„Sehr verdächtig“, stellte Mona fest. „Bei mir hat sich auch einiges ereignet.“

Sie gab dem Oberkommissar am Telefon eine Kurzversion der Ereignisse. Ennos Stimme klang verblüfft, als er antwortete.

„Dann ist dieser Blom ja gleich doppelt verdächtig. Er haut deinen Freund um und lügt, um die zweite Frau in Bodo Steiners Begleitung zu schützen.“

„Drechsler ist nicht mein Freund, ansonsten hast du recht. Treffen wir uns gleich in der Pension Roelfs? Ich will mir vor Ort ein Bild machen. Danach können wir dann ins Krankenhaus fahren. Wenn wir Glück haben, wacht Drechsler bald auf und kann seinen Angreifer beschreiben.“

„Gut, dann sehen wir uns gleich.“

Mona ließ ihren Blick über die grünen Felder links und rechts der Reedestraße schweifen, während sie ihre Gedanken sortierte. Eigentlich hielt sie Blom nicht für einen besonders begnadeten Lügner. Momentan neigte sie dazu, den Fallers zu glauben. Wenn der Koch also die zweite Frau an Bord der Esmeralda hatte schützen wollen, dann musste es dafür einen besonderen Grund geben. Aber welchen?

Ob er in sie verliebt war? Doch weshalb flirtete er dann so hemmungslos, als sie ihn auf der Gunhild befragte? Gehörte der Koch zu den Männern, die grundsätzlich bei jeder Frau ihr Glück versuchen? Oder war Blom womöglich in ein Mordkomplott verstrickt, dessen Ausmaße die Kommissarin immer noch nicht erkannt hatte?

Sie freute sich jedenfalls darüber, endlich einen brauchbaren Ermittlungsansatz zu haben.

Das Taxi erreichte die Süderstraße. Die Pension Roelfs war in einem jener weiß getünchten Häuser aus der Kaiserzeit untergebracht, die für Borkums damalige Bäderarchitektur so typisch waren.

Mona bezahlte den Fahrer und betrat das liebevoll restaurierte Gebäude. Im Eingangsbereich gab es eine winzige Rezeption mit einem altmodischen Schlüsselbrett. Die Kommissarin hörte aufgeregtes Stimmengewirr, das aus dem Frühstücksraum drang. Es roch nach Kaffee, Tee und gebratenen Eiern. Sie trat in den Raum, woraufhin sich die Blicke von ungefähr zwei Dutzend Augenpaaren auf sie richteten.

Mona grüßte in die Runde der aufgeregten Gäste und nickte ihrem jungen Kollegen Hinderk Ekhoff zu, der gerade die Aussagen aufnahm.

„Moin. Grietje ist oben und sichert den Tatort, damit ihn niemand versehentlich kontaminiert."

Diese Erklärung war für die Verhältnisse des wortkargen Inselfriesen beinahe schon eine Volksrede.

Bevor Mona etwas entgegnen konnte, wurde sie von einer nervösen älteren Frau mit Dauerwelle und Schürze angesprochen.

„Ich bin Mieke Roelfs. Hoffentlich fassen Sie den Gewalttäter bald", sagte sie. Ihr Blick flackerte. „Meine Pension befindet sich seit hundert Jahren im Familienbesitz, aber so ein Verbrechen ist hier noch niemals vorgekommen."

„Wir sind zuversichtlich, die Tat schon bald aufklären zu können", gab Mona zurück. Eigentlich befand sich ja Blom bereits in Polizeigewahrsam. Trotzdem wollte die Kommissarin sich nicht zu weit aus dem Fenster lehnen. Der erste Eindruck täuschte oft, und für ihren Geschmack war die Spur mit dem Zettel, der ihren Namen trug, ein wenig zu offensichtlich. Es war, als ob der wahre Täter den Verdacht um jeden Preis auf den temperamentvollen Koch lenken wollte.

Aber aus welchem Grund?

„Ich müsste mit dem Zimmermädchen sprechen, das den Bewusstlosen gefunden hat", bat die Kommissarin.

„Selbstverständlich", entgegnete die Pensionswirtin. „Das arme Ding war völlig fertig. Ich habe ihr gesagt, dass sie sich erst mal in der Küche beruhigen soll. Kommen Sie bitte mit."

Mona folgte Frau Roelfs durch einen schmalen Gang. Die Pensionsküche war sehr gemütlich und altmodisch eingerichtet. Wären die modernen Gerätschaften nicht gewesen, dann hätte man die Illusion haben können, dass das Land noch von einem Kaiser mit imposantem Schnurrbart regiert wurde.

Das Zimmermädchen war eine schmale und dunkelhaarige Person. Mona schätzte es auf ungefähr zwanzig Jahre. Die Zeugin hatte bleiche Wangen und drehte unablässig einen Teebecher in den Händen. Sie sprang auf, als die Kommissarin die Küche betrat.

„Behalten Sie doch Platz, bitte", sagte Mona und lächelte beruhigend. Sie stellte sich mit Namen und Dienstrang vor. Dann bat sie: „Erzählen Sie mir bitte möglichst genau, was passiert ist."

Die Dunkelhaarige nickte und begann stockend mit ihrem Bericht.
„Ich fange mit der Zimmerreinigung während des Frühstücks an. Manche Gäste bleiben morgens gern länger im Bett. Deshalb nehme ich mir zuerst die Räume vor, wo an den Türklinken das BITTE-REINIGEN-Schild hängt."
Mona hakte nach.
„Und so war das auch bei dem Zimmer, in dem Sie die bewusstlose Person bemerkt haben?"
Die Bedienstete nickte.
Ob der Täter auf diese Art dafür gesorgt hatte, dass sein Opfer möglichst bald gefunden wurde? Es war natürlich auch möglich, dass Drechsler selbst das Schild an der Tür befestigt hatte, bevor man ihn ausknockte. Die Kommissarin stellte diesen Punkt einstweilen zurück.
„Im ersten Moment dachte ich, der Gast wäre tot", fuhr das Zimmermädchen fort. „Aber dann bemerkte ich, dass er noch atmete. Ich drehte ihn in die stabile Seitenlage und lief hinunter, um den Rettungswagen und die Polizei zu verständigen."
„Also gingen Sie nicht von einem Unfall aus? Der Mann könnte ja auch einfach ausgerutscht sein."
Die junge Frau schüttelte den Kopf.
„Mir kam dieser Zettel verdächtig vor."
Mona nickte ihr anerkennend zu.
„Sie haben gut mitgedacht. Bitte kommen Sie im Lauf des Tages zur Polizeiwache, um Ihre Aussage zu Protokoll zu geben."
Als die Kommissarin die Pensionsküche wieder verlassen wollte, kam ihr Enno entgegen.
Mona brachte ihn schnell auf den neuesten Stand.
„Wir müssen uns über Eva Jepsen unterhalten, doch das kann warten", brummte der Ostfriese. „Hast du dir den Tatort schon angeschaut?"
„Nein, das wollte ich jetzt gerade machen."
Die Kriminalisten erklommen die steile Treppe mit dem eisernen Handlauf, die nach oben führte. Der Korridor war so breit, dass zwei Jugendliche auf Skateboards dort problemlos hätten aneinander vorbeifahren können. Eine wohlbekannte uniformierte Gestalt lehnte lässig gegen einen Türrahmen und starrte konzentriert auf ihr Smartphone.
„Na, gibt es wieder tolle neue Videos auf YouTube?", fragte Mona.

Grietje blickte auf und nickte.

„Vor allem der Clip mit dem Betrunkenen, dem Äffchen und der Salatgurke ist der Hammer.“

Mona hatte es längst aufgegeben, ihrer jungen Kollegin wegen des Videokonsums während der Dienstzeit Vorhaltungen zu machen. Grietje war nämlich trotz dieses Spleens eine sehr gute Polizistin, obwohl es für Außenstehende nicht immer danach aussah.

Die sommersprossige Kollegin steckte freiwillig ihr Smartphone weg und sagte: „Der Täter ist übrigens höchstwahrscheinlich durch den Seiteneingang in die Pension eingedrungen. Das Schloss ist ein Witz, jedes zwölfjährige Mädchen hätte es knacken können. Wenn man vom Süderpfad aus quer durch den Garten geht, kommt man unbemerkt zu der Pforte, vor allem nachts. Leider hat es in den Morgenstunden heftig geregnet, also können wir Fußabdrücke vergessen.“

„Danke, Grietje“, erwiderte Mona. Sie und Enno versahen ihre Schuhe mit Plastiküberziehern. Dann gingen sie hintereinander in das Pensionszimmer.

„Es stimmt, ich bin heute früh gegen vier Uhr wach geworden, weil der Regen so gegen die Fensterscheiben geprasselt hat“, berichtete Enno. „Hier auf dem Boden ist alles trocken. Der Täter muss also vor vier Uhr in das Zimmer eingedrungen sein. Andernfalls hätte er Schmutz von draußen mit hereingetragen. Vor allem, wenn er durch den Garten gelatscht ist.“

Mona nickte. Sie schaute sich das Türschloss des Pensionszimmers genauer an. Offensichtlich war es nicht geknackt worden.

„Entweder hat der Verbrecher einen Dietrich benutzt oder Drechsler hat ihm geöffnet“, stellte sie fest. „Wobei mir letztere Möglichkeit weniger wahrscheinlich vorkommt.“

„Weshalb?“

„Weil es zwischen Drechsler und Blom in der Friesensonne beinahe eine Schlägerei gegeben hätte. Würdest du deinem Erzrivalen mitten in der Nacht die Tür öffnen?“

Der Oberkommissar wiegte seinen mächtigen Schädel.

„Das ist eine sehr hypothetische Frage. Steht denn schon hundertprozentig fest, dass Blom Drechsler angegriffen hat?“

„Nein, eigentlich nicht.“

Mona war sauer auf sich selbst, weil sie sich zu einem vorschnellen Urteil verleiten ließ. Dabei hatte sie selbst schon vermutet, dass eine falsche Spur Richtung Blom gelegt werden sollte. Solange sie die Zusammenhänge nicht vollständig kannte, musste sie einfach mehr Fakten sammeln.

Das Pensionszimmer war im friesischen Stil gemütlich eingerichtet. Eine gerahmte Fotografie über dem Bett zeigte den Neuen Borkumer Leuchtturm. Es gab einen weiß lackierten hölzernen Kleiderschrank, einen kleinen Schreibtisch, eine Kommode und ein bequem aussehendes Bett. Es war offensichtlich schon benutzt worden, jedenfalls waren die Laken zerwühlt und die Bettdecke zurückgeschlagen.

Die Kommissarin legte nachdenklich ihre Stirn in Falten.

„Also: Mitten in der Nacht klopft es an der Tür. Drechsler öffnet, ist anscheinend arglos. Kampfspuren sehe ich hier nirgends. Also wird er völlig überraschend von seinem nächtlichen Besucher niedergeschlagen. – Oder von seiner nächtlichen Besucherin!“

Während sie sprach, hatte Mona sich nämlich auf den Webteppich gekniet und ihn genauer in Augenschein genommen. Nun hielt sie mit ihrer behandschuhten Rechten triumphierend ein langes blondes Haar hoch.

„Ist das nicht von dir selbst? Oder von Grietje?“, fragte Enno skeptisch.

„Du brauchst wohl eine Brille!“, lachte Mona übermütig. „Natürlich nicht. Meine Haare sind bekanntlich eher rotblond. Und unser uniformierter YouTube-Fan hat so komische Wuschelhaare, während dieses hier völlig glatt ist.“

„Das habe ich gehört“, kommentierte Grietje von der Tür aus.

„Also wurde Drechsler von einer Frau oder einem langhaarigen Mann niedergeschlagen“, stellte der Oberkommissar fest. „Dadurch lässt sich zumindest erklären, wieso er mitten in der Nacht die Tür geöffnet hat. Er empfand die Besucherin nicht als Bedrohung. Also dürfte es wohl eher ein weibliches Wesen als ein Spät-Hippie gewesen sein.“

„Welcher Mann würde wohl nicht aufmachen, wenn nachts eine blonde Frau bei ihm klopft?“, rief Grietje.

„Solange die Tür geschlossen war, konnte er nicht wissen, dass sie blond ist“, wandte Enno ein.

Mona sagte nichts. Während sie das lange blonde Haar in eine Tüte für Beweisstücke tat, fügten sich in ihrem Kopf zumindest einige der Puzzleteile zusammen.

Sie war jetzt sicher, der Mörderin auf der Spur zu sein.

Kapitel 15

Mona war froh, Enno bei sich zu haben, als sie wenig später zu Drechsler ins Krankenhaus fuhr. In Gegenwart des Oberkommissars würde sich ihr Verehrer wohl eher nicht zu irgendwelchen Liebesgeständnissen hinreißen lassen.

Dabei fand sie Oliver nach wie vor durchaus sympathisch, aber eben nichts mehr. Und es tat ihr leid, dass er offenbar wegen ihr in diese undurchsichtige Geschichte hineingezogen worden war. Wie auch immer, ihr fehlten momentan die Gefühle, um sich mit Haut und Haaren auf einen Mann einzulassen.

Die Ärztin im Hospital hatte gute Nachrichten.

„Der Patient hat eine Gehirnerschütterung erlitten, ist aber bei Bewusstsein und ansprechbar. – Sind Sie Mona? Er hat schon mehrfach nach Ihnen gefragt."

Die Kommissarin stellte mit einem Seitenblick fest, dass Ennos Lippen von einem Lächeln umspielt wurden.

„Ja, ich bin Mona Sander", entgegnete sie. „Dürfen wir mit dem Patienten sprechen?"

„Das ist möglich, aber fassen Sie sich bitte kurz. Er braucht viel Ruhe."

Wenig später betraten die Ermittler das Krankenzimmer.

Oliver Drechsler lag im Bett. Er trug einen Kopfverband, sein Gesicht war blass. Er hatte dunkle Ringe unter den Augen. Seine Miene hellte sich auf, als er Mona sah. Von Ennos Anblick war er allerdings weniger begeistert.

„Moin, Herr Drechsler", sagte Mona freundlich, aber förmlich. „Das ist mein Kollege, Oberkommissar Moll. Dürfen wir Ihnen einige Fragen zu dem nächtlichen Überfall auf Sie stellen?"

„Ja, natürlich", sagte Drechsler. Und er fügte mit sanfter Stimme hinzu: „Ich hatte gehofft, dass du kommst."

Die Kommissarin ging nicht darauf ein. Sie und Enno nahmen links und rechts vom Krankenbett auf Besucherstühlen Platz.

„Bitte versuchen Sie, sich an möglichst viele Einzelheiten zu erinnern", bat Mona.

Drechsler warf ihr einen sehnsuchtsvollen Blick zu, doch dann begann er mit seinem Bericht.

„Nachdem wir uns gestern Abend voneinander verabschiedet hatten, ging ich in meine Pension und legte mich ins Bett. Zuerst konnte ich nicht einschlafen, weil es so ein aufregender Abend gewesen war. Doch irgendwann fielen mir die Augen zu. Ich wachte auf, als es an meiner Tür klopfte. Und dann sagte eine Frauenstimme: ‚Mach auf, hier ist Mona'."

„Das war ich nicht!", platzte die Kommissarin überflüssigerweise heraus. Sie fühlte sich zunehmend unwohl in ihrer Haut. Die Täterin hatte eiskalt auf Drechslers Gefühle für sie spekuliert. Und dieses Kalkül war offensichtlich aufgegangen.

Der Mann im Krankenbett schenkte ihr einen traurigen Blick.

„Das weiß ich jetzt auch, aber in dem Moment habe ich es nicht realisiert. Außerdem war ich gerade aus dem Tiefschlaf gerissen worden. Da ist man sowieso nicht ganz bei sich, jedenfalls geht es mir immer so. Ich stand auf, ging zur Tür, öffnete – und konnte niemanden sehen. Auf dem Korridor brannte Licht. Da stieg mir ein Parfümduft in die Nase, und ich spürte ein Kribbeln im Nacken. Jemand schien hinter mir zu stehen. Als ich mich umdrehen wollte, bekam ich einen heftigen Schlag auf den Hinterkopf. Ich bin erst im Krankenhaus wieder zu mir gekommen."

„Also hast du ... haben Sie die Täterin nicht erkennen können?", vergewisserte die Kommissarin sich.

„Meinetwegen können wir gern beim Du bleiben", meinte Drechsler.

Mona ging nicht darauf ein.

„Ist Ihnen noch etwas anderes aufgefallen?"

„Leider nicht. Es ging so wahnsinnig schnell. Ich hätte nicht so vertrauensselig die Tür öffnen sollen. Aber als diese Person behauptet hat, dass sie du wäre, da hat mein Denken ausgesetzt."

Das reicht jetzt aber wirklich!, dachte die Kommissarin. Sie stand auf.

„Wir wünschen Ihnen gute Besserung, Herr Drechsler. Sobald wir mit unseren Ermittlungen weitergekommen sind, werden wir es Sie wissen lassen."

Mona verließ fluchtartig das Krankenzimmer, gefolgt von Enno.

„Armer Kerl", kommentierte der ältere Ostfriese, als sie wieder im Auto saßen. „Drechsler ist bis über beide Ohren in dich verschossen, das ist doch offensichtlich."

„Schön für ihn“, fauchte Mona. „Ich habe ihn aber nicht ermutigt. – Sind wir uns darüber einig, dass er von Nele Dijkstras Mörderin niedergeschlagen wurde? Laut einer abweichenden Zeugenaussage hat nämlich Bodo Steiner mit *zwei* blonden jungen Frauen das Boot betreten.“

Enno hob seine Augenbrauen.

„Also hat Blom eine wissentliche Falschaussage getätigt? Und weshalb?“

„Diese Frage werden wir ihm gleich stellen, Enno. Als ich gestern Abend in der Friesensonne war und Drechsler traf, gab es dort mehrere junge blonde Frauen. Allerdings kam nur eine von ihnen nahe genug an unseren Tisch heran, um meinen Namen aufzuschnappen und mitzukriegen, dass ich Kommissarin bin und dass Drechsler auf mich steht. Ich spreche von einer Kellnerin namens Magdalena.“

„Also eine Arbeitskollegin von Blom“, vergewisserte Enno sich.

„Ja, genau. Gleich bei unserer ersten Begegnung hat Blom verlauten lassen, wie sehr er Bodo Steiner und dessen Vater verabscheut“, erklärte Mona. „Und dann muss er mit eigenen Augen sehen, dass dieser Playboy gleich mit zwei Frauen an Bord geht. Vermutlich glaubt Blom, es hätte zwischen Nele und Magdalena ein Eifersuchtsdrama gegeben, an dem er indirekt den Steiners die Schuld gibt. Deshalb nimmt er die Mörderin in Schutz.“

„Und – glaubst du nicht, dass Eifersucht das Tatmotiv sein könnte?“

„Ich weiß es nicht, Enno. Für meinen Geschmack gibt es in der Mordgleichung zu viele Unbekannte. Warum das Rohypnol? Wusste Magdalena ebenfalls von der Industriespionage? Und nicht zuletzt: Wo hält sich Eva Jepsen aktuell auf?“

„Ja, das sehe ich auch so. Am liebsten würde ich die Verdächtige sofort verhaften. Doch momentan sind die Beweise zu dürftig, Oltbeck würde ausflippen. Wenn Blom seine falsche Zeugenaussage widerruft, sieht die Sache schon anders aus. Ganz abgesehen davon, dass wir mithilfe des Haares beweisen können, dass Magdalena in die Pension eingebrochen ist.“

„Sie muss jedenfalls keine hellseherischen Fähigkeiten besitzen, um das passende Zimmer herauszufinden“, ergänzte Enno. „Ich habe mir die Minirezeption mal angeschaut, bevor ich vorhin zu dir ins erste Stockwerk gekommen bin. Das Meldebuch liegt offen da, jeder kann einen Blick hineinwerfen. Es dauert nur ein paar Sekunden, bis man weiß, welches Zimmer von Oliver Drechsler bewohnt wird. Ich finde übrigens, dass ihr ein hübsches Paar abgeben würdet."

„Dann kannst du ja unser Trauzeuge sein", scherzte Mona. Sie brachte den Opel Vectra auf dem Polizeiparkplatz zum Stehen und betrat die Dienststelle gemeinsam mit Enno durch den Hintereingang. Sie war jetzt genau in der richtigen Stimmung, um ein hartes Verhör zu führen. Mona hoffte beinahe darauf, dass Blom versuchen würde, ihr ein Märchen aufzutischen.

Sie stürmte in den Verhörraum, wo der Koch und Segler mit einem Becher Tee wartete. Auch seine Laune schien nicht die beste zu sein.

„Da bist du ja endlich!", meckerte er. „Willst du jetzt die harte Polizistin spielen und mir unter die Nase reiben, was für eine Macht du hast? Das ist wirklich ein schäbiges Spielchen."

„Unterlassen Sie es endlich, mich zu duzen", knurrte Mona. Enno folgte ihr in den fensterlosen Raum. Der erfahrene Beamte warf Blom einen warnenden Blick zu.

„Ich muss Sie darauf aufmerksam machen, dass wir Sie als Beschuldigten einer Straftat vernehmen. Wenn Sie es wünschen, kann ein Rechtsbeistand für Sie hinzugezogen werden."

Blom blinzelte. Mit einer solchen Entwicklung schien er nicht gerechnet zu haben. Glaubte er etwa, dass er ungeschoren davonkommen würde?

„Ach, wirklich?", murmelte er. „Und was für ein Verbrechen soll ich begangen haben?"

„Zunächst einmal steht der Verdacht auf Behinderung der Justiz im Raum", gab Enno zurück und nahm gemeinsam mit Mona gegenüber von Blom Platz.

Der Zeuge zuckte mit den Schultern.

„Wenn Sie meinen ... einen Anwalt brauche ich jedenfalls nicht, ich kann für mich selbst sprechen. Außerdem dauert es ewig, bis ich einen Verteidiger hier habe. Ich muss schließlich irgendwann auch mal zur Arbeit."

Die Kommissarin nickte und kam sofort zur Sache.

„Warum haben Sie mich angelogen?"

„Ich weiß nicht, wovon Sie sprechen", behauptete Blom.

„Dann will ich Ihrem Gedächtnis mal auf die Sprünge helfen. Als ich nach Zeugen suchte und an Bord der Gunhild war, fragte ich Sie nach Bodo Steiner. Sie behaupteten, er hätte eine Frau bei sich gehabt, als er die Yacht seines Vaters betrat. Anderen Aussagen zufolge waren es aber zwei Frauen."

Er zuckte mit den Schultern.

„Dann haben sich Ihre anderen Zeugen eben geirrt."

Mona schlug mit der flachen Hand auf die Tischplatte.

„Sie haben den Ernst Ihrer Lage noch immer nicht erkannt, oder? Magdalena hat Nele Dijkstra getötet, und in der vorigen Nacht hat sie ein weiteres Verbrechen begangen!"

Dieser Satz war ein Schuss ins Blaue gewesen, denn beweisen konnte die Kommissarin ihre Behauptung bisher noch nicht. Es kam ihr darauf an, den Mann aus der Reserve zu locken. Und das gelang ihr auch, wie sie befriedigt feststellen musste.

Blom zuckte zusammen, als ob er kaltes Wasser ins Gesicht bekommen hätte. Er riss die Augen auf und starrte Mona erschrocken an. Schließlich schüttelte er heftig den Kopf. So, als ob er versuchen wollte, das Offensichtliche zu leugnen.

„Das können Sie nicht beweisen!", brachte er schließlich hervor.

Nun übernahm Enno und zählte an seinen großen dicken Fingern auf, was die Polizei in Händen hatte.

„An Bord der Esmeralda wurde ein benutztes Kaugummi sichergestellt, das mutmaßlich von der Mörderin stammt. Frau Sander hat zwei Zeugen gefunden, die bei einer Gegenüberstellung Ihre Kollegin Magdalena vermutlich identifizieren würden. Außerdem wurde in der vorigen Nacht bei einem Gewaltdelikt ein Haar am Tatort zurückgelassen, das von Magdalena stammt. Wir benötigen nur eine DNA-Probe von ihr als Abgleich, um das auch beweisen zu können."

Blom blinzelte. Er schien nicht glauben zu können, was er jetzt zu hören bekam.

„Was für ein Gewaltdelikt?"

„Magdalena hat einen Mann niedergeschlagen, den sie für Frau Sanders Freund hielt", erklärte Enno. „Und sie wollte den Verdacht auf Sie lenken!"

Mona nickte und zog den Zettel hervor, den sie zuvor von Grietje bekommen hatte.

„Dann war dieser Typ gar nicht mit dir ... mit Ihnen zusammen?", stammelte Blom schließlich.

Das darf doch wohl nicht wahr sein!, dachte Mona. Sie fauchte: „Haben Sie keine anderen Sorgen? Soll ich Ihnen schriftlich geben, dass ich nicht interessiert bin? Macht es Ihnen gar nichts aus, mit einer Mörderin zusammenzuarbeiten? Magdalena könnte längst hinter Gittern sitzen, wenn Sie mir nicht so einen Bären aufgebunden hätten."

Der Koch verschränkte trotzig die Arme vor der Brust.

„Magdalena hat die andere Frau nicht getötet", erwiderte er mit dem Brustton der Überzeugung. „Sie ist ein kleiner Engel, zu so einer Grausamkeit wäre sie gar nicht fähig. Den Mord muss jemand anders begangen haben."

„Wer denn? Vielleicht der Klabautermann?", höhnte Mona. „Als die Yacht treibend gefunden wurde, war Ihre Freundin Magdalena nicht mehr an Bord. Warum ist sie nicht zur Polizei gegangen, wenn sie unschuldig ist und von dem Verbrechen etwas mitbekommen hat?"

„Sie ist Polin, das werden Sie an ihrem Akzent schon gehört haben", erklärte Blom. „Und wer im Ausland arbeitet, hat am liebsten so wenig wie möglich mit den Behörden zu tun. Bei Magdalena kommt noch hinzu, dass sie einen großen persönlichen Verlust verarbeiten muss. Ihr geliebter Bruder kam vor kurzer Zeit durch einen tragischen Arbeitsunfall ums Leben."

Mona und Enno schauten einander an.

„Hat dieser Bruder als Schlachter gearbeitet?", forschte die Kommissarin.

„Ja, richtig. Woher wissen Sie das?"

Sie ging nicht auf die Frage ein, stattdessen stand sie auf.

„Wir machen eine kurze Pause. Ich lasse Ihnen einen neuen Tee bringen."

„Ich müsste jetzt aber bald mal aufbrechen", meinte Blom.

„Es wird nicht mehr lange dauern", beruhigte Enno ihn.

Die Ermittler zogen sich in ihr Büro zurück. Mona begann zu reden, sobald sie die Tür geschlossen hatte.

„Wir sollten diese Magdalena sofort verhaften lassen. In dem Moment, wo wir Blom auf freien Fuß setzen, wird er sie warnen."

„Ja, damit müssen wir rechnen", stimmte der Oberkommissar zu. „Und um den Koch noch länger hier zu behalten, liegt nicht genug gegen ihn vor."

Mona rief ihre junge Kollegin Aiske Berend herein.

„Es gibt in der Friesensonne eine polnische Kellnerin namens Magdalena, den Nachnamen kennen wir aktuell noch nicht", erklärte sie. „Die Frau ist schlank, hat lange blonde Haare. Sie steht im dringenden Verdacht, Nele Dijkstra umgebracht zu haben. Bringt sie bitte umgehend zur Befragung hierher. Und achtet unbedingt auf Eigensicherung, sie ist gefährlich."

„Das ist anzunehmen, wenn sie ein Menschenleben auf dem Gewissen hat", gab Aiske trocken zurück. „Keine Sorge, wir werden sie überrumpeln."

Die Polizeimeisterin verschwand, um zusammen mit ihrem Dienstpartner Claas Lammer sofort loszufahren.

„Blom spielt sich jedenfalls als selbst ernannter Beschützer der Verdächtigen auf", stellte Enno fest. „Es scheint ihn auch nicht zu stören, dass sie bei dem Angriff auf Drechsler den Verdacht auf ihn lenken wollte. Wobei ich mich frage, welchen Sinn diese Aktion hat."

„Das kann ich dir sagen", erwiderte Mona. „Magdalena wird nervös geworden sein, als sie mich gestern im Restaurant gesehen hat. Sie muss bei unserem Tischgespräch aufgeschnappt haben, dass ich Polizistin bin. Womöglich glaubte sie, dass wir ihr bereits dicht auf den Fersen sind. Und natürlich hat sie den Streit zwischen Drechsler und Blom mitbekommen. Das war für sie eine willkommene Gelegenheit, von sich selbst abzulenken. Hoffentlich hat sie die Insel nicht schon verlassen."

Enno nickte langsam.

„Eines steht jedenfalls fest. Wenn Magdalenas Bruder wirklich unter verdächtigen Umständen in Steiners Fabrik gestorben ist, dann hat sie ein aus ihrer Sicht überzeugendes Motiv für einen Mord. Wobei ich nicht verstehe, warum sie Nele Dijkstra getötet hat. Es wäre einleuchtender gewesen, sich auf Bodo Steiner zu stürzen."

„Diese Frage stellen wir ihr, sobald sie in unserem Verhörraum sitzt", sagte Mona. Und sie fügte gallig hinzu: „Außerdem werde ich dafür sorgen, dass Steiner sich für die Todesfälle in seiner Klitsche verantworten muss."

Kapitel 16

Wenig später mussten die Ermittler Blom gehen lassen. Er behauptete, die Mobilfunknummer der Mordverdächtigen nicht zu kennen. Immerhin ließ er sich ihren Nachnamen aus der Nase ziehen. Er lautete Kaminski.

„Wir sollten Oltbeck über unsere neuesten Erkenntnisse informieren“, schlug Enno vor.

Mona war einverstanden.

Der Chef zeigte sich sehr erfreut, weil es nun eine Mordverdächtige gab, die ernsthaft für die Tat infrage kam. Allerdings wurde sein Gesicht immer länger, als er von ihrem möglichen Motiv hörte.

„Gibt es denn Beweise dafür, dass Magdalena Kaminskis Bruder im Betrieb von Herrn Steiner ums Leben gekommen ist?“, fragte der Hauptkommissar zweifelnd.

Mona schüttelte den Kopf.

„Das wissen wir nicht, Herr Oltbeck. Ganz abgesehen davon, dass diese Sache in die Zuständigkeit der Bielefelder Kollegen fällt – Magdalena Kaminski war offensichtlich die zweite blonde Frau an Bord der Esmeralda. Inwieweit sie den Tod ihres Bruders rächen wollte, müssen die weiteren Ermittlungen zeigen.“

Und Enno ergänzte: „Steiner wollte die Todesfälle in seiner Fleischwarenfabrik vertuschen. Ich frage mich, wie viel Eva Jepsen darüber weiß. Wir müssen noch einmal mit dieser Frau sprechen, doch sie ist verschwunden. Ein Taxifahrer hat sie zu Steiners Ferienhaus gebracht. Der Unternehmer behauptet hingegen, dass sie nicht bei ihm wäre.“

„Ich bin sicher, dass er lügt wie gedruckt“, grollte Mona.

Oltbeck warf ihr einen warnenden Blick zu.

„Sie haben nichts gegen Herrn Steiner in der Hand. Meinetwegen können Sie Ihre bisherigen Ermittlungsergebnisse an die Kollegen in Bielefeld weiterleiten. Mehr können wir hier vor Ort nicht tun. Konzentrieren Sie sich auf diese Magdalena Kaminski und versuchen Sie, ein Geständnis von ihr zu bekommen. Dann dürfte dieser Fall gelöst sein.“

„Und was ist mit dem Drogeneinsatz an Bord der Segelyacht?“, regte Mona sich auf. „Soll Bodo Steiner einfach davonkommen, obwohl er die jungen Frauen mit Liquid Ecstasy gefügig machen wollte?“

„Noch wissen wir nicht, wer die Substanz ins Spiel gebracht hat", wandte der Vorgesetzte ein.

„Richtig, wir wissen es nicht. Und an den einzigen möglichen Tatzeugen kommen wir nicht heran, weil sein Vater ihn praktischerweise in eine Nervenklinik auf dem Festland schaffen ließ", gab Mona zurück.

Oltbeck seufzte.

„Ich will ja gar nicht behaupten, dass Herr Steiner als Unternehmer eine weiße Weste hat. Die Sache mit der Industriespionage spricht doch Bände, nicht wahr? Mir geht es allerdings hauptsächlich um den Mord auf der Esmeralda."

„Richtig, und der Tod von Magdalena Kaminskis Bruder könnte den Stein ins Rollen gebracht haben", sagte die Kommissarin.

Bevor Oltbeck etwas erwidern konnte, klopfte es an der Tür.

Aiske Berend betrat das Chefbüro. Mona konnte ihrem Gesichtsausdruck ansehen, dass die Verhaftung ein Schlag ins Wasser gewesen war.

„Wir haben die Verdächtige nicht angetroffen", erklärte die junge Polizeimeisterin. „Magdalena Kaminski bewohnt eine kleine Kammer in der Friesensonne. Dort ist sie nicht, und sie blieb auch unentschuldigt der Arbeit fern. Vom Servicepersonal hat sie heute noch niemand gesehen. Einige Anziehsachen sowie ihre Reisetasche scheinen zu fehlen."

„Womöglich hat die Person Borkum schon mit der ersten Fähre heute Morgen verlassen", sagte Oltbeck. „Ich werde eine Fahndung nach ihr einleiten."

„Das können Sie auf jeden Fall tun", stimmte Mona zu. „Allerdings vermute ich, dass sie nach wie vor auf der Insel ist und sich irgendwo versteckt."

„Und worauf gründet diese Annahme, Frau Sander?"

„Es ist mehr so ein Gefühl", erwiderte sie auf die Frage ihres Vorgesetzten.

„Ihre Gefühle in allen Ehren, aber wir wissen nun, nach wem wir fahnden müssen", schnarrte Oltbeck. „Beschaffen Sie ein Foto von Magdalena Kaminski. Und ich werde das Landeskriminalamt bitten, über Interpol Kontakt mit den polnischen Behörden aufzunehmen. Womöglich flieht sie in ihre Heimat zurück, weil sie sich dort sicher fühlt. Ihr Pech, dass sie dann schon von der dortigen Polizei erwartet wird."

Die Kommissarin glaubte zwar nicht, dass die Mörderin nach Polen zurückkehren würde. Doch es brachte jetzt nichts, mit dem Vorgesetzten zu streiten. Stattdessen überlegte Mona, wo auf Borkum Magdalena Kaminski Unterschlupf finden konnte. Und eine Möglichkeit war verblüffend simpel.

Nachdem die Besprechung mit Oltbeck vorbei war, griff Mona zum Smartphone und rief Grietje an.

„Seid ihr noch in der Pension Roelfs?"

„Ja, wir haben die Aussagen aufgenommen und wollten gerade abhauen."

„Könnt ihr bitte mal überprüfen, ob womöglich jemand in einem nicht vermieteten Zimmer übernachtet hat?"

„Wie kommst du denn auf die Idee?"

„Mach es einfach und ruf mich dann zurück, in Ordnung?"

„Wenn es sein muss", erwiderte die Polizeimeisterin und beendete das Gespräch.

Enno schaute Mona fragend an.

„Du glaubst, dass die Verdächtige sich in der Pension versteckt hat?"

Die Kommissarin zuckte mit den Schultern.

„Das hätte ich zumindest an ihrer Stelle getan. Sie rechnet offenbar mit ihrer Verhaftung, sonst wäre sie nicht fluchtartig aus der Friesensonne aufgebrochen. Dann geht sie zu Drechsler, um ihn niederzuschlagen und die falsche Spur in Richtung Blom zu legen. Passenderweise befindet sie sich da ja schon im Inneren des Gebäudes. Im Meldebuch kann sie sehen, welche Zimmer frei und welche belegt sind. Also schnappt sie sich den Schlüssel eines leeren Zimmers und horcht dort ein paar Stunden lang an der Matratze. Morgens, noch vor den Frühstücksvorbereitungen, macht sie sich ungesehen aus dem Staub."

Der Oberkommissar nickte.

„Ja, das ist clever."

Monas Smartphone klingelte. Grietje war am Apparat.

„Es stimmt, in einem der Zimmer hat jemand geschlafen. Ich habe ein paar lange blonde Haare auf dem Kopfkissen entdeckt. Handelt es sich um dieselbe Person, die auch deinen Freund k.o. geschlagen hat?"

„Drechsler ist nicht mein Freund, ansonsten stimme ich dir zu. Ihr könnt jetzt zum normalen Streifendienst zurückkehren, Oltbeck gibt nachher noch eine Fahndungsmeldung raus."

„Okay, alles klar."

Mona steckte ihr Smartphone wieder weg.

„Es wäre gut möglich, dass Magdalena Kaminski ihre Rache noch nicht vollendet hat", mutmaßte Enno. „Und Steiner, dem sie die Schuld für den Tod ihres Bruders gibt, befindet sich nach wie vor auf Borkum."

„Ja, das stimmt. Wollten wir dem Herrn nicht sowieso noch einmal auf den Zahn fühlen, weil Eva Jepsen spurlos verschwunden ist? Dann haben wir ja jetzt einen hervorragenden Vorwand, um ihm auf die Bude zu rücken."

Enno nickte grinsend.

„Das wird Oltbeck zwar nicht gefallen, aber die Dinge haben sich jetzt eben geändert. Ich halte es ernsthaft für möglich, dass die Kaminski jetzt hinter Steiner her ist."

„Ich auch", gab Mona zurück.

Das Festnetztelefon auf ihrem Schreibtisch klingelte. Sie nahm den Hörer ab, meldete sich mit ihrem Namen und Dienstgrad. Einen Moment lang hörte sie nur ein Rauschen in der Leitung. Mona glaubte schon an einen Scherzanruf, durch den die Leitungen von Polizei und Rettungskräften immer wieder für echte Alarmmeldungen blockiert wurden. Doch dann meldete sich eine Männerstimme, die ihr bekannt vorkam.

„Mein Vater wäre strikt dagegen, dass ich mich bei Ihnen melde, Frau Sander."

Als die Kommissarin Bodo Steiner das letzte Mal gesehen hatte, war er ziemlich weggetreten gewesen und wenig später in die Klinik auf dem Festland verlegt worden. In diesem Moment sprach er leise und monoton. Vermutlich stand er unter Medikamenten, immerhin war bei ihm eine dissoziative Amnesie diagnostiziert worden.

Mona überwand ihre Schrecksekunde schnell.

„Offenbar ist es Ihnen trotzdem wichtig, mit mir zu reden."

„Ja, das ist es, Frau Sander. Mein Psychiater ist ebenfalls der Meinung, dass ich mir die Ereignisse an Bord der Esmeralda von der Seele reden sollte. Auf diese Art könne ich endlich damit abschließen."

„Ich bin ganz Ohr“, versicherte Mona. Sie schaltete den Telefonlautsprecher ein, damit Enno ebenfalls mithören konnte. Der Oberkommissar nahm auf seinem Bürostuhl ihr gegenüber Platz und schaute sie gespannt an.

„Ich weiß gar nicht, wo ich anfangen soll“, gestand Bodo Steiner.

„Wie wäre es mit dem Moment, als Sie die Yacht betraten?“, schlug Mona vor.

„An dem Tag hatte ich zwei Frauen bei mir, nämlich Nele Dijkstra und eine junge Frau namens Olga“, gab er bereitwillig zu.

Mona stutzte. Olga? Also hatte Magdalena Kaminski einen falschen Namen benutzt? Sie hakte nach:

„Woher kannten Sie Ihre Begleiterinnen? Und wie heißt Olga mit Nachnamen?“

Der Sohn des Unternehmers zögerte einen Moment lang, bevor er antwortete.

„Olgas Nachnamen kenne ich gar nicht, ehrlich gesagt. Ich habe sie in einer Bar auf der Promenade kennengelernt. Sie hat mir schöne Augen gemacht, und ich fand ihr Interesse schmeichelhaft. Also lud ich sie auf die Yacht ein.“

„Und wie kam der Kontakt mit Nele Dijkstra zustande? War da womöglich noch etwas Industriespionage im Spiel?“

„Ich weiß nicht, ob ich ...“

„Hören Sie“, sagte Mona ungeduldig. „Wir bearbeiten den Mordfall. Inwieweit Ihr Vater seine Konkurrenten bespitzeln lässt, ist dafür unerheblich. Ich möchte nur eine einleuchtende Erklärung für das Bargeld in Neles Koje und für den Mikrochip, den wir in dem Buch sichergestellt haben.“

„Es stimmt, ich war mit der Übergabe des Honorars beauftragt. Abgesehen davon fand ich Nele auf jeden Fall attraktiv, ich wollte also das Angenehme mit dem Nützlichen verbinden.“

„Das ist verständlich“, meinte Mona trocken. „Wie ging es weiter?“

Bodo Steiner seufzte.

„Meine Erinnerung ist immer noch bruchstückhaft. Auf jeden Fall haben wir drei uns einen Drink gemixt, sobald wir an Bord waren. Wir haben auf einen unvergesslichen Tag auf See getrunken.“

Und der ist ja auch eingetreten, wenn auch in anderer Hinsicht, dachte die Kommissarin. Sie fragte: „Wer hat die Drinks zubereitet?“

„Das war ich.“

„Also haben Sie den Frauen das Liquid Ecstasy verabreicht", sagte Mona ihm auf den Kopf zu.

„Ja, aber nicht nur ihnen, sondern auch mir selbst. Das war idiotisch von mir, das weiß ich jetzt selbst. Ich wünschte, ich hätte noch einen klaren Kopf gehabt. Dann wäre vielleicht alles ganz anders gekommen. Aber ich habe früher mit dem Zeug schon viel Spaß gehabt, ohne dass jemals etwas Schlimmes passiert wäre."

Die Kommissarin wollte jetzt keine Rechtfertigungen für Drogenkonsum hören.

„Erzählen Sie einfach weiter", forderte sie.

„Wir tranken, hatten unseren Spaß. Noch lag die Esmeralda im Hafen. Wir waren unten in der Kabine. Nele und ich begannen zu knutschen. Olga schien verschwunden zu sein. Ehrlich gesagt hatte ich sie schon fast wieder vergessen. Ich dachte mir, dass sie vielleicht zu konservativ wäre, um einen Typen mit einer anderen Frau zu teilen. Es war mir egal."

Bodo Steiner verstummte. Mona glaubte schon, dass seine Erzählung vorbei wäre. Da fing er wieder zu reden an.

„Plötzlich war Olga wieder da. Sie muss sich im Schrank versteckt haben oder in der Kombüse – ich habe keine Ahnung. Sie stürzte sich wie eine Furie auf mich."

„Auf *Sie*?", hakte die Kommissarin nach. Mona hatte so einen vagen Verdacht gehabt. Aber es war etwas ganz anderes, durch einen direkten Tatzeugen davon zu hören.

„Ich hatte damit gar nicht gerechnet", gestand Bodo Steiner. „Ich bin kein Schwächling und kann mich normalerweise meiner Haut wehren. Allerdings war ich nicht klar im Kopf, wie Sie sich denken können. Nele muss irgendwie zwischen Olga und mich geraten sein. Vielleicht hat sie sogar versucht, sie zu entwaffnen. Ich weiß es nicht. Plötzlich war überall Blut. Und ich fiel in Ohnmacht."

„Das alles geschah noch im Hafen?", vergewisserte Mona sich.

„Ja, soweit ich weiß. Irgendwann bin ich dann wieder aufgewacht, doch da war Olga schon fort. Stattdessen kamen die Männer von der Küstenwache an Bord. Ich hatte große Angst, weil ich mit der Leiche allein gewesen war. Und ich konnte nicht mehr klar denken. Und da ist noch etwas, das ich Ihnen beichten muss."

Da bin ich ja mal gespannt, dachte Mona.

Der junge Mann fuhr fort: „Nachdem ich aus dem Krankenhaus verschwunden bin, habe ich mich in das Hotel Teutonia geschlichen und diesen Kerl niedergeschlagen, mit dem ich mich wegen Nele gestritten hatte. Er heißt Maurer, glaube ich. Und ich kann Ihnen überhaupt nicht sagen, weshalb ich das getan habe. Ich war völlig durcheinander.“

Mona hakte nach: „Woher wussten Sie denn, wo Maurer auf Borkum wohnte?“

Einen Moment lang herrschte Stille.

„Ich glaube, dass Nele es erwähnt hat, Frau Sander. Ja, jetzt fällt es mir wieder ein. Sie erzählte mir von einem Trottel, der sie vom Hotel Teutonia aus anschmachten würde. Er hatte ihr sogar seine Zimmernummer genannt. Wahrscheinlich in der Hoffnung, dass sie ihn dort besuchen würde. Stattdessen überrumpelte ich ihn auf dem Flur, wofür ich mich sehr schäme. Wie geht es ihm denn? Ist er schwer verletzt?“

„Herr Maurer ist schon wieder auf dem Weg der Besserung“, gab Mona beruhigend zurück. „Es wird sicher Berücksichtigung finden, dass Sie als Augenzeuge des Mordes traumatisiert waren. Aber wo Sie schon dabei sind, reinen Tisch zu machen: Hatten Sie eine intime Beziehung zu Nele Dijkstra?“

„Ja, wir haben miteinander geschlafen“, räumte der Sohn des Unternehmers ein. „Glauben Sie, dass Olga mich aus Eifersucht töten wollte? Wollte sie mich für sich allein haben?“

„Über die Motive der Täterin kann ich nur spekulieren“, erwiderte Mona. „Allerdings heißt diese Frau in Wirklichkeit nicht Olga, sondern Magdalena Kaminski. Und ihr Bruder ist im Betrieb Ihres Vaters unter merkwürdigen Umständen verstorben. Jedenfalls sieht es danach aus.“

Wieder herrschte Stille in der Telefonleitung. Mona hing ihren Gedanken nach.

Bodo Steiner hatte durch seine Aussage einige Fragen beantwortet, allerdings auch neue aufgeworfen.

Warum war Magdalena mit der toten Nele und dem ohnmächtigen Bodo ausgelaufen, anstatt einfach wieder an Land zu gehen? Und warum hatte sie ihren ursprünglichen Plan fallengelassen, den Sohn des Unternehmers zu töten? Wegen seiner Bewusstlosigkeit war er doch schließlich völlig wehrlos gewesen.

„Ich danke Ihnen für Ihre Offenheit“, sagte Mona zum Abschied. „Ich hoffe für Sie, dass Sie Ihren Seelenfrieden finden.“

„Ich denke immer wieder darüber nach, ob ich das Verbrechen hätte verhindern können", beteuerte Bodo Steiner. Dann legte er auf.

Auch Mona beendete das Telefonat.

Enno schaute sie an.

„Jetzt wird es wirklich höchste Zeit für ein ernsthaftes Gespräch mit Steiner senior."

Kapitel 17

Die Fahndung nach Magdalena Kaminski war angelaufen. Der Fährhafen und der Flugplatz wurden überwacht. Grietje und Hinderk fuhren zur Friesensonne und befragten das Personal. Die anderen Kellnerinnen und die Küchenkräfte beschrieben die Gesuchte als eine freundliche Kollegin, die allerdings gern für sich blieb.

„Manche von uns gehen nach der Schicht noch woanders feiern“, sagte eine Servicekraft zu der Polizeimeisterin. „Das ist in der Gastronomie nicht ungewöhnlich. Durch die Arbeit ist man noch aufgedreht und braucht einen Absacker, bevor man sich ins Bett legen kann. Da hat Magdalena nie mitgemacht, sie hat sich immer ausgeschlossen. Einmal sagte sie, dass sie kürzlich einen Trauerfall in der Familie gehabt hätte. Das verstanden wir, und dann haben wir sie in Ruhe gelassen.“

Mona bekam die Informationen per Funk, während sie gemeinsam mit Enno zu Steiners Ferienhaus in der Emsstraße fuhr.

„Die Arbeitskollegen scheinen nicht zu lügen“, erklärte Grietje abschließend. „Ich glaube Ihnen, dass sie keinen blassen Schimmer von Magdalenas Aufenthaltsort haben. Es gab offenbar unter den Kellnerinnen keine spezielle Freundin von ihr. Allerdings herrschte allgemein Einigkeit darüber, dass Blom die Verdächtige mit Samthandschuhen angefasst hat, während ansonsten in der Gastronomie ein eher rauer Ton herrscht. Sie muss wohl irgendwie seinen männlichen Beschützerinstinkt geweckt haben.“

Die Kommissarin bedankte sich und beendete den Funkkontakt.

„Wir sollten damit rechnen, dass Blom die Kaminski versteckt“, dachte Mona laut nach. „Entweder bei sich daheim oder auf seiner Yacht.“

„Nachdem die Mörderin versucht hat, den Angriff auf Drechsler Blom in die Schuhe zu schieben, wird er nicht mehr gut auf sie zu sprechen sein“, gab Enno zu bedenken.

Mona lachte.

„Da kennst du diesen Kerl aber schlecht! Der hat an Magdalena Kaminski einen Narren gefressen. Sie musste ihn noch nicht einmal darum bitten, zu ihren Gunsten eine Falschaussage zu machen. Das hat er total freiwillig getan.“

„Richtig, Bloms Naivität darf nicht unberücksichtigt bleiben“, stimmte Enno zu. „Er kann sich offensichtlich überhaupt nicht vorstellen, dass sein blonder Engel zu einem Gewaltverbrechen fähig ist. Oder zu mehreren. Das Ende der Fahnenstange ist jedenfalls noch nicht erreicht."

Die Kommissarin parkte direkt vor dem Ferienhaus in der Emsstraße. Als sie aus dem Wagen stieg, schaute sie sich unauffällig um. In der Nähe ragten die Süddünen jenseits des Greune-Stee-Wegs auf. Dieses Naturschutzgebiet wurde von mehreren Pfaden durchzogen und bot zahlreiche Versteckmöglichkeiten. Von der höher gelegenen Aussichtsdüne hatte man sogar einen Panoramablick auf Steiners Feriendomizil und konnte es in aller Ruhe ausspionieren.

Mona versuchte, sich in ihre Gegnerin hineinzuversetzen. Die Mörderin hatte Nervenstärke bewiesen. Als Magdalena abends in der Friesensonne aufschnappte, dass Mona eine Kriminalbeamtin war, hatte sie nicht die Nerven verloren, sondern eiskalt ihren nächsten Schachzug geplant. Und auch momentan hatte die Kommissarin das ungute Gefühl, dass die Verbrecherin ihr wieder eine Nasenlänge voraus war.

„Sie verkriecht sich hier irgendwo in der Nähe", raunte Mona Enno zu, während sie mit dem Rücken Richtung Süddünen stehen blieb. „Ich wette, dass sie uns genau jetzt beobachtet."

„Mach dich nicht verrückt", brummte der erfahrene Kollege. „Früher oder später wird Magdalena Kaminski einen entscheidenden Fehler begehen."

„Ich hoffe nur, dass wir nicht vorher ein weiteres Todesopfer zu beklagen haben", erwiderte die Kommissarin. Dann löste sie sich aus ihrer inneren Erstarrung und läutete an der Tür des Ferienhauses.

Es dauerte nicht lange, bis Ernst Steiner höchstpersönlich öffnete. Der Unternehmer trug an diesem Tag eine bequem geschnittene Cargohose, außerdem einen blauen Kapuzenpullover mit eingesticktem großen Anker. Er setzte eine freundliche Miene auf, doch seine Augen lächelten nicht mit.

„Frau Sander und Herr Moll! Gibt es neue Erkenntnisse, die Sie mir mitteilen möchten?"

„Ja, die gibt es", bekräftigte Mona. Sie schaute Steiner so intensiv an, als ob sie ihn hypnotisieren wollte. „Ihr Sohn konnte uns entscheidende Hinweise zum Tathergang liefern."

„M-mein Sohn?“, echote Steiner. Er verlor für einen Moment die Fassung. „Sie hatten nicht das Recht, ihn zu verhören. Er ist ein kranker Mann!“

„Bodo hat selbst die Initiative ergriffen, indem er mich anrief“, stellte Mona klar. „Dürfen wir hereinkommen oder möchten Sie diese Angelegenheit mit uns an der Haustür besprechen?“

Steiner gab die Tür frei.

Monas Überrumpelungstaktik hatte funktioniert, jedenfalls für den Moment. Und doch war der Kommissarin bewusst, dass sie diesen Gegner nicht unterschätzen durfte. Es dauerte nicht lange, bis der Unternehmer sich wieder in der Gewalt hatte.

„Die Aussagen meines Sohnes werden wohl kaum gerichtsverwertbar sein, da er sich noch in nervenärztlicher Behandlung befindet“, schnarrte er.

„Darum kümmert sich die Staatsanwaltschaft“, entgegnete Mona. „Es wird Sie aber gewiss interessieren, dass die Täterin gar nicht Nele Dijkstra töten wollte, sondern Bodo.“

Steiner zuckte zusammen.

Der Hausherr stand mit den Ermittlern immer noch im Eingangsbereich seines Ferienhauses. Neben der Garderobe führte ein kurzer Flur geradeaus zu einem großzügig geschnittenen Wohnsalon, der mit viel hellem Holz im skandinavischen Stil eingerichtet war. Über eine Treppe konnte man links ins Obergeschoss gelangen, während auf der rechten Seite noch einige schmale Türen zu sehen waren.

„Sagt Ihnen eigentlich der Name Magdalena Kaminski etwas?“, fragte Enno. „So heißt nämlich die Frau, die wir unter dringendem Mordverdacht suchen. Fragen Sie sich gar nicht, weshalb sie Ihrem Sohn nach dem Leben getrachtet hat?“

„Diese Frau muss verrückt sein“, murmelte Steiner. „Und nein, ich habe den Namen noch nie zuvor gehört.“

„Frau Kaminskis Bruder ist in Ihrem Betrieb ums Leben gekommen“, sagte Mona dem Unternehmer auf den Kopf zu. „Für mich klingt das nach einem klassischen Rachemotiv.“

„Sie sind ja verrückt!“, schnarrte Steiner. „Dieser Todesfall existiert nur in Ihrer Fantasie.“

„Wir können nicht beweisen, ob der Bruder wirklich gestorben ist“, gab die Kommissarin zu. „Entscheidend für uns ist, dass die Täterin es glaubt. Und da sie sich immer noch auf freiem Fuß befindet, sind Sie selbst ebenfalls gefährdet, Herr Steiner."

„Aus diesem Grund müssen wir uns in Ihrem Ferienhaus genauer umsehen", ergänzte Enno. „Wir wollen uns vergewissern, dass es keine Schwachstelle gibt, durch die jemand eindringen und Ihr Leben bedrohen könnte."

„Das ist sehr fürsorglich von Ihnen, doch völlig unnötig", gab Steiner gereizt zurück. „Mein Ferienhaus ist mit einer erstklassigen hochmodernen Alarmanlage ausgestattet. Ich bin hier so sicher wie in Abrahams Schoß."

„Wir müssen darauf bestehen, zu Ihrer eigenen Sicherheit", betonte Enno.

Mona fiel auf, dass Steiner immer nervöser wurde. Und dafür musste es einen ganz bestimmten Grund geben.

„Verlassen Sie umgehend mein Haus, andernfalls werde ich mich über Sie beschweren", drohte er.

Bevor einer der Ermittler etwas erwidern konnte, ertönte plötzlich ein seltsamer Laut. Es klang, als ob sich eine gedämpfte menschliche Stimme um jeden Preis Gehör verschaffen wollte.

„Was war das?", dachte Mona laut nach.

„Da ist nichts, verschwinden Sie endlich!", fauchte der Unternehmer.

Die Kommissarin ging in die Richtung, aus der die Töne kamen. Steiner wollte sie daran hindern, aber Enno hielt ihn fest.

Mona musste nicht lange suchen, bis sie fündig wurde. Die Geräusche drangen durch eine der Türen. Sie war abgeschlossen, doch der Schlüssel steckte. Sie schloss auf. Die Kommissarin hatte einen fensterlosen Hauswirtschaftsraum vor sich. Sie knipste das Licht an.

Auf einem Hocker kauerte eine gefesselte und geknebelte Frau. Die Tränen liefen ihr über die Wangen, sie zitterte am ganzen Körper. Mona erkannte die Geisel sofort wieder.

Es war Eva Jepsen.

Kapitel 18

„Enno, hier liegt ein Fall von Freiheitsberaubung vor. Wir brauchen sofort einen Rettungswagen für die Dame. – Und Herr Steiner bekommt Handschellen!“, rief Mona.

Der Oberkommissar hatte den Unternehmer ohnehin schon fest gepackt. Steiner versuchte, sich loszureißen. Doch gegen Ennos Bärenkräfte hatte er keine Chance. Es blieb ihm nichts anderes übrig, als laute Drohungen auszustoßen. Trotzdem klickten wenig später die stählernen Fesseln um seine Gelenke.

„Sie können später ausführlich zu unseren Beschuldigungen Stellung nehmen“, sagte Enno und belehrte den Gefangenen über seine Rechte.

Mona befreite inzwischen Eva Jepsen.

Der Knebel bestand aus einem Stück Paketklebeband.

Die Kommissarin löste vorsichtig ein Stückchen des Streifens von der Gesichtshaut und riss dann den Rest mit einem Ruck ab. Die Hand- und Fußgelenke waren mithilfe eines langen Nylonseils gefesselt worden. Obwohl Mona selbst keine Seglerin war, konnte sie die Knoten doch innerhalb kürzester Zeit lösen.

„Ich danke Ihnen, Frau Kommissarin“, brachte die Befreite stockend hervor. „Ich hatte große Angst, dass Ernst mich töten würde.“

„Es wird alles gut“, gab Mona beruhigend zurück. „Wir lassen Sie jetzt erst einmal medizinisch durchchecken, dann sehen wir weiter.“

Schon wenig später traf eine Ambulanz ein, und Eva Jepsen wurde ins Stadtkrankenhaus gebracht. Auch ein Streifenwagen erschien, um Steiner abzuholen. Der Unternehmer verweigerte die Aussage und wollte zunächst mit seinem Anwalt sprechen.

Mona ging davon aus, dass er seinen Kopf nicht so leicht aus der Schlinge würde ziehen können. Immerhin hatte er Eva Jepsen gegen ihren Willen festgehalten, diese Tatsache konnte selbst der cleverste Verteidiger nicht wegdiskutieren.

Die Kommissarin interessierte sich hauptsächlich für den Grund, der dahintersteckte.

Nachdem die Sanitäter Eva Jepsen abgeholt hatten und Steiner bereits auf dem Weg zur Polizeistation war, befanden sich Mona und Enno allein in dem Ferienhaus.

Mona schlenderte durch den Salon, wobei sie die Arme ausbreitete.

„Was für ein Luxus! Was hältst du davon, wenn wir hier einziehen, Enno?“, scherzte sie.

„Mir gefällt mein uraltes Friesenhaus besser“, gab der Oberkommissar unbeeindruckt zurück.

„Und ich könnte Frau Klasing nicht allein lassen. Mir würde der Tratsch meiner Vermieterin fehlen, wenn sie ... verflixt noch mal!“

Mona unterbrach sich selbst, während sie zur Terrassentür stürmte und diese so schnell wie möglich aufschob. Gleichzeitig zog sie mit ihrer anderen Hand ihre Pistole. Sie hatte nämlich draußen etwas Verdächtiges entdeckt.

Das Grundstück wurde durch eine ungefähr hüfthohe Hecke umfriedet. Und hinter den sorgfältig gestutzten Sträuchern versteckte sich eine Person mit blondem Schopf!

Die Kommissarin wollte das Überraschungsmoment für sich nutzen. Noch schien ihre Widersacherin sie nicht entdeckt zu haben. Mona flitzte durch den Garten, nahm Anlauf und flankte über die Begrenzungshecke. Sie rollte ab, brachte ihre Pistole in Anschlag – und schaute in das entsetzte Gesicht eines völlig unbekannten blonden Mädchens.

Mona begriff. Sie hatte wirklich das Haar dieser Fremden gesehen. Doch die Blonde hatte nicht das Ferienhaus beobachtet, sondern einfach nur einen Reifen ihres Fahrrades aufgepumpt, das sie gegen die Hecke lehnte.

Die Kommissarin machte eine entschuldigende Geste und steckte schnell ihre Dienstwaffe wieder weg.

„Das war falscher Alarm, soll nicht wieder vorkommen“, beteuerte sie.

Mona wartete nicht auf eine Antwort, sondern stieg wieder über die Hecke. Es war ein unangenehmes Gefühl, womöglich aus sicherer Entfernung von der Mörderin beobachtet zu werden. Schlimmer noch – Magdalena Kaminski würde die Aktion mitbekommen haben und konnte sich jetzt denken, dass Mona unruhig war.

Die Kommissarin hasste es, sich eine Blöße zu geben.

Enno war ihr in den Garten gefolgt, hatte die Hecke allerdings nicht überstiegen.

„Lass uns wieder reingehen“, sagte sie. „Ich glaubte, etwas Verdächtiges gesehen zu haben. War aber völlig harmlos.“

Der Oberkommissar nickte.

„In einer Hinsicht hat Steiner recht“, meinte er, nachdem sie die Terrassentüren wieder von innen geschlossen hatten. „Die Alarmanlage kann sich wirklich sehen lassen, und an den Schlössern würden zumindest Amateureinbrecher scheitern.“

„Also wird Magdalena Kaminski hier nicht eindringen können, um ihre Rache zu vollenden?“, vergewisserte Mona sich.

„Es ist zumindest schwierig. Momentan kommt sie ja sowieso nicht an Steiner heran, weil wir ihn im Gewahrsam haben“, erinnerte Enno. „Lass uns zunächst Eva Jepsen befragen, vielleicht kommen ja zur Freiheitsberaubung noch weitere Delikte hinzu. Bevor der Haftrichter nicht über eine mögliche Untersuchungshaft entschieden hat, ist sowieso alles in der Schwebe.“

„Einverstanden“, erwiderte Mona.

Sie schlossen die Haustür und fuhren zunächst zum Stadtkrankenhaus, wo Eva Jepsen inzwischen untersucht worden war. Das Opfer wies einen Mangel an Flüssigkeit auf, musste aber nicht stationär behandelt werden. Der Arzt hatte ihr ein Beruhigungsmittel verabreicht und entließ sie mit der Ermahnung, viel zu trinken.

„Fühlen Sie sich für eine Befragung fit genug?“, fragte Mona freundlich. „Einen großen Becher Tee können wir Ihnen auf der Dienststelle auch anbieten.“

„Mineralwasser wäre mir lieber“, murmelte Eva Jepsen. „Natürlich stehe ich Ihnen zur Verfügung. Ich will ja, dass dieser Mistkerl bestraft wird. Noch nie zuvor habe ich mich in einem Menschen so sehr getäuscht.“

Mona und Enno brachten die befreite Gefangene zur Polizeistation. Die Kommissarin organisierte zuerst eine Flasche Mineralwasser, Zitronenscheiben und ein großes Glas. Nachdem Eva Jepsen gierig getrunken hatte, begann sie zu reden.

„Das Segeln war schon immer meine Leidenschaft. Ich lernte Ernst vor ein paar Jahren bei einer Regatta kennen. Leider kann ich mir kein eigenes Boot leisten, da meine Kunst nicht so viel Geld abwirft. Ernst muss gespürt haben, wie sehr ich auf hoher See aufblühe. Er gestattete mir, die Esmeralda zu segeln, wann immer ich auf Borkum war.“

„Ein großzügiges Angebot, würde ich meinen“, warf Mona ein.

Die attraktive Brünette nickte.

„Ich verliebte mich ein wenig in Ernst Steiner. Er war charmant und großzügig, jedenfalls sah ich ihn zu der Zeit so. Womöglich habe ich ihn damals schon durch eine rosarote Brille betrachtet. Sie mögen es unmoralisch finden, dass ich mich auf einen verheirateten Mann eingelassen habe. Doch seine Frau und er führten ihre Ehe nur noch auf dem Papier."

Mona spürte, wie ihre Ungeduld wuchs.

„Wie kam es dazu, dass Steiner Sie fesselte und knebelte? Oder hat ein anderer Täter Ihnen das angetan?"

„Nein, Frau Kommissarin. Ernst Steiner hat mich gefangen gehalten. Wer weiß, was er mir angetan hätte, wenn Sie und Ihr Kollege nicht rechtzeitig gekommen wären. – Ich bin ein spontaner Mensch. Als ich spontan Lust auf eine Segeltour bekam, machte ich mich auf den Weg Richtung Borkum. Ich schnappte mir die Esmeralda, ohne lange nachzufragen. Das haben Sie ja bereits mitbekommen. Nachdem ich wieder im Hafen eingelaufen war, nahm ich ein Taxi zu Ernsts Ferienhaus. Ich wollte mit ihm ein paar Tage verbringen, wo er doch schon mal auf der Insel war. Es kommt ja leider selten genug vor, dass er Zeit für mich hat. Er schien sich über meine Gesellschaft auch zu freuen, obwohl er unkonzentriert wirkte. Das wunderte mich allerdings nicht, denn sein Sohn ist ja offenbar in diese schreckliche Mordgeschichte verwickelt. Ich wollte also versuchen, Ernst auf andere Gedanken zu bringen. Mein Plan lautete, zunächst eine Dusche zu nehmen und ihn dann in einem aufregenden Outfit zu verführen. Doch als ich aus dem Bad kam, änderte ich meine Meinung."

„Wie kam es dazu?", warf Mona ein.

„Ich hörte zufällig ein Telefonat mit", berichtete die Malerin aufgeregt. „Ich weiß nicht genau, mit wem Ernst sprach. Er sagte jedenfalls: ‚Diese Furie ist hinter mir her, weil sie mir den Tod ihres Bruders anlastet. Dabei war dieser Unglücksrabe Jaroslaw gar nicht bei mir angestellt, sondern bei einem Subunternehmer. – Nein, ich habe die Leiche verschwinden lassen'."

Die Kommissarin hatte längst ihr Notizbuch aufgeschlagen und schrieb mit.

„Herr Steiner gab also zu, dass es in seinem Betrieb mindestens einen Todesfall gegeben hat?"

Eva Jepsen nickte.

„Ich erschrak, und ich fragte mich, wen er mit der Furie meinte. Dann sagte Ernst noch: ‚Dieses Problem können wir nicht mit juristischen Mitteln lösen. Ich erwarte, dass Sie die Bedrohung meines Sohnes ein für alle Mal beseitigen. Jaroslaws Leiche wird niemand finden. Auf Borkum sollte es nicht schwerfallen, eine kleine Kellnerin unauffällig aus dem Weg zu räumen‘."

War also aus einer Jägerin eine Gejagte geworden? Und wen hatte Steiner auf Magdalena Kaminski angesetzt? Diese Fragen spukten nun durch Monas Kopf. Bevor sie intensiver darüber nachdenken konnte, redete die Zeugin schon weiter.

„Ich begriff, dass mein unfreiwillig erworbenes Wissen mir selbst sehr gefährlich werden konnte. Also zog ich mich schnell an, um aus dem Ferienhaus zu entkommen. Doch Ernst hatte irgendwie Verdacht geschöpft. Vielleicht hat er mein Entsetzen gespürt, als ich ihm auf meinem Weg nach draußen begegnete. Er verstand sofort, dass ich fliehen wollte. Ernst rang mich zu Boden, fesselte mich und klebte mir den Mund mit Paketband zu. Dann sperrte er mich in diesen fensterlosen Raum. Ich verlor jedes Gefühl für Zeit. Deshalb kann ich gar nicht sagen, wie lange ich dort eingeschlossen war. Irgendwann muss ich eingeschlafen sein. Ich wachte erst wieder auf, als ich Stimmengewirr draußen vor der Tür hörte. Also versuchte ich, mich irgendwie bemerkbar zu machen. Und den Rest kennen Sie."

„Wir danken Ihnen für Ihre Aussage", erwiderte Mona. „Und Sie können uns also nicht sagen, mit wem Ernst Steiner telefoniert hat?"

„Nein, ich bedaure."

Die Zeugin durfte sich verabschieden, sie konnte nach der Nervenanspannung Ruhe gewiss dringend gebrauchen. Die Ermittler berieten sich miteinander.

„Steiners Handlanger muss jemand sein, der sich bereits auf der Insel befindet", stellte Enno fest. „Ein Vertrauter, der ... wie sagte die Jepsen noch? Der das Problem diesmal nicht mit juristischen Mitteln lösen kann oder so ähnlich."

Mona schnippte mit den Fingern.

„Und wer ist normalerweise für die juristischen Mittel zuständig? Ein Rechtsanwalt."

Enno zog seine buschigen Augenbrauen zusammen.

„Glaubst du wirklich, dass sich Dr. Lohse von seinem Mandanten zu einem Mord an Magdalena Kaminski verleiten lässt?"

„Ich weiß nicht, was ich glauben soll", entgegnete die Kommissarin und stand auf. „Falls der Anwalt unschuldig ist, wird sich das sehr schnell herausstellen."

Sie ging hinüber zu Ernst Steiner, der nach seiner Verhaftung momentan noch erkennungsdienstlich behandelt wurde.

„Wo bleibt Ihr Rechtsbeistand?", fragte sie ihn ohne weitere Einleitung.

„Das kann ich Ihnen leider nicht sagen, Frau Sander." Der Unternehmer verzog keine Miene. „Ich durfte Herrn Dr. Lohse anrufen, aber es sprang nur seine Mailbox an. Ich habe ihm die Nachricht hinterlassen, dass er sich dringend auf der Polizeidienststelle melden soll. Ich hoffe, dass er noch auf Borkum ist."

Steiners Miene blieb unbewegt. Ob er ahnte, dass Mona seine Mordpläne durchschaute? Sie musste zugeben, dass sie ihn zunächst falsch eingeschätzt hatte. Dass er seine attraktive Geliebte nicht tötete, war zumindest aus seiner Sicht verständlich. Womöglich hatte Steiner darauf gehofft, Eva Jepsen in seinem Sinn beeinflussen zu können, obwohl ein Restrisiko immer blieb.

Doch dass er die Bedrohung in Gestalt von Magdalena Kaminski beseitigen lassen wollte, entsprach seiner perversen Logik. Ohne Leiche konnte ein Verbrechen nur schwer nachgewiesen werden. Auf diese Art hatte Steiner schon das Problem mit dem toten Bruder aus der Welt geschafft.

Mona war jedenfalls wild entschlossen, den Verbrecher mit diesen Taten nicht davonkommen zu lassen. Leider war es nach wie vor nicht möglich, Steiner zu verhören, da er ohne seinen Anwalt die Aussage verweigerte.

Und Dr. Lohse ist momentan vollauf damit beschäftigt, Magdalena Kaminski zu killen!, dachte die Kommissarin grimmig. Aber solange es die Chance gab, dass die Mörderin noch nicht zum Opfer geworden war, durften sie sich nicht entmutigen lassen.

Mona beriet sich mit Enno.

„Ich habe soeben versucht, Steiners Anwalt auf seinem Smartphone zu erreichen. Der Kerl hat sein Gerät natürlich ausgeschaltet, um nicht von uns geortet werden zu können. – Wo würdest du die Leiche beseitigen, wenn du an seiner Stelle wärst, mein Lieber?"

Der Ostfriese kratzte sich nachdenklich im Nacken.

„Entweder in den Dünen oder auf offener See. An Land besteht natürlich immer die Gefahr, dass durch Sandverwehungen oder Ähnliches der Körper später wieder entdeckt wird. Da ist es auf jeden Fall risikoloser, wenn er die Frau mit einem Gewicht an den Füßen in die Nordsee wirft.“

Mona runzelte die Stirn.

„Aber wohl kaum bei Tageslicht, oder?“

„Nein, natürlich nicht“, stimmte Enno zu. „Dr. Lohse spielt zunächst weiter seine Rolle als biederer Strafverteidiger, während er Magdalena Kaminski schon kaltgestellt hat. Sobald es dunkel wird, verlässt er auf einem Boot den Hafen und wirft die Leiche über Bord.“

„Noch wissen wir nicht, ob er die Frau bereits ermordet hat“, stellte Mona grimmig fest. „Wir sollten parallel arbeiten. Sobald dieser scheinheilige Anwalt hier auftaucht, führst du zusammen mit Oltbeck das Verhör. Dann muss der Chef sich wenigstens keine Sorge darüber machen, dass ich dem hochkarätigen Verdächtigen auf die Füße treten könnte. Währenddessen werde ich mich auf die Suche nach der Mörderin machen, um sie möglichst lebend zu finden. Sie soll sich für ihre Taten verantworten müssen, ich will sie vor Gericht schwitzen sehen – genau wie Steiner.“

„Schön, so können wir es machen“, stimmte der Oberkommissar zu. „Noch wissen wir allerdings nicht, ob Dr. Lohse die Kaminski überhaupt erwischt hat. Und was soll ich dem Chef sagen, wenn er nach dir fragt?“

„Sag ihm, ich hätte Migräne. Das ist nur halb geschwindelt, denn dieser Fall verursacht mir allmählich Kopfschmerzen“, behauptete Mona.

Wenig später erschien wirklich der Anwalt in der Dienststelle. Dr. Lohse wirkte völlig seriös und professionell, wie er sich schon bei seinem ersten Besucht präsentiert hatte. Die Kommissarin stellte sich die selbstkritische Frage, ob sie nicht einem Hirngespinst nachhing. Würde er wirklich seine gesamte berufliche Existenz aufs Spiel setzen und eine lebenslange Freiheitsstrafe riskieren, nur um einem Mandanten einen Gefallen zu tun?

Mona blieb nichts anderes übrig, als sich auf ihr Urteilsvermögen zu verlassen.

Während Dr. Lohse zu Steiner geführt wurde, um sich mit ihm zu beraten, meldete die Kommissarin sich bei ihrem Vorgesetzten krank.

„Mir platzt gleich der Kopf, ich kann unmöglich an der Befragung von Herrn Steiner teilnehmen“, jammerte sie.

Oltbeck reagierte mit unverhohlener Erleichterung.

„Wir machen das schon, Frau Sander! Gehen Sie nur nach Hause und kurieren Sie sich aus, Herr Moll und ich werden das Verhör durchführen.“

Kapitel 19

Wo war der Anwalt auf Magdalena Kaminski getroffen?

Mona führte sich vor Augen, dass die flüchtige Mörderin untergetaucht war. Dr. Lohse musste eine Möglichkeit gefunden haben, wo er sie überwältigen konnte. Kannte der Jurist sich überhaupt auf Borkum aus? Mona wusste so gut wie nichts über ihn. Die Wahrscheinlichkeit, dass er unbemerkt einen Mord begehen konnte, hielt sie jedenfalls nicht für sehr groß.

Oder hatte sie diesen Mann einfach unterschätzt? War Magdalena Kaminski buchstäblich ins offene Messer gelaufen?

Die Kommissarin beschloss, mit ihren Nachforschungen in seinem Hotelzimmer anzufangen. Sie hielt es zwar für unwahrscheinlich, dass er die Leiche dort versteckt hatte, aber womöglich fanden sich Hinweise auf den Tathergang.

Mona erfuhr von der Kurverwaltung, in welchem Beherbergungsbetrieb Dr. Lohse abgestiegen war. Es handelte sich um den *Göttinger Hof*, ein Traditionshaus mit leicht angestaubtem Charme. Das Hotel befand sich nur einen Steinwurf weit vom Inselbahnhof entfernt, und auch von der Polizeistation aus waren es nur wenige Schritte dorthin.

Die Kommissarin hatte sich gerade auf den Weg gemacht, als ihr Smartphone klingelte. Enno war am Apparat, und seine Stimme klang aufgeregt, was bei einem so ausgeglichenen Charakter wie ihm höchst ungewöhnlich war.

„Mona, du wirst nie glauben, was gerade geschehen ist!"

„Du weißt, dass ich bei Ratespielen nicht so gut bin."

„Dr. Lohse hat im Verhör die Bombe platzen lassen. Er hat Oltbeck und mir gegenüber freimütig zugegeben, dass Steiner ihm einen Mordauftrag erteilt hätte. Er sollte Magdalena Kaminski für immer zum Schweigen bringen."

Mona fiel aus allen Wolken. Mit einer solchen Entwicklung hatte sie wirklich nicht gerechnet. Es dauerte einen Moment, bis sie die Sprache wiederfand.

„Und wie hat Steiner reagiert?"

„Er hat alles geleugnet, klang aber nicht besonders überzeugend. Dr. Lohse hat natürlich auch gleichzeitig sein Mandat niedergelegt. Er sagte, dass er nicht Rechtsanwalt geworden sei, um sich zum Komplizen von Kriminellen zu machen. Und dass er mit uns kooperieren wolle, um die Wahrheit über die Todesfälle in Steiners Fabrik ans Licht zu bringen. Dr. Lohse hat jedenfalls beteuert, Magdalena Kaminski kein Haar gekrümmt zu haben. Und er hätte nicht den blassesten Schimmer, wo sie sich gerade aufhalten würde."

„Da sind wir schon mal zwei", entgegnete Mona trocken. „Ich finde es gut, dass ihr Steiner jetzt am Kanthaken habt. Aus dieser Lage wird er sich wohl kaum wieder herauswinden können."

„Wohl kaum", stimmte Enno lachend zu. „Oltbeck konnte es kaum glauben, dass ein angesehener Unternehmer wie Steiner sich als abgebrühter Schurke erweist. Aber nun will der Chef natürlich auch dazu beitragen, den Fall schonungslos aufzuklären. Wir machen gerade eine Verhörpause, weil Steiner versucht, sich baldmöglichst einen neuen Verteidiger zu verschaffen. Ich glaube, dass Oltbeck nichts dagegen hätte, wenn du wieder an der Befragung teilnehmen würdest."

„Nein, ich will mich ganz auf die Suche nach Magdalena Kaminski konzentrieren", entgegnete Mona. „Sobald es etwas Neues gibt, melde ich mich."

Mit diesen Worten beendete die Kommissarin das Telefonat. Sie hatte keinen Zweifel daran, dass Enno und Oltbeck dem Unternehmer seine Schuld würden nachweisen können. Ganz abgesehen davon, dass Dr. Lohse ein starker Belastungszeuge war. Wie hatte Steiner nur darauf verfallen können, seinem Anwalt einen Mordauftrag zu erteilen? Bisher war er mit seinen Verbrechen durchgekommen, ohne eine Verurteilung fürchten zu müssen. Mona hatte so etwas schon öfter erlebt. Manche Kriminelle hielten sich dann buchstäblich für unantastbar und verloren immer stärker die Bodenhaftung.

Mona schwang sich auf ihr Fahrrad und begann damit, systematisch die Insel zu durchstreifen. Über Funk blieb sie mit den uniformierten Kollegen in Kontakt, die ebenfalls patrouillierten und dabei nach der Gesuchten Ausschau hielten. Mehrfach wurden junge blonde Frauen für eine Personenüberprüfung angehalten. Doch jedes Mal stellte sich sehr schnell heraus, dass es sich nicht um Magdalena Kaminski handelte.

Die Kommissarin fuhr auf dem Barbaraweg Richtung Flugplatz. Wieder einmal fragte sie sich, ob sie nicht einem Phantom nachjagte. Die Mörderin von Nele Dijkstra konnte Borkum längst verlassen haben. Andererseits: Wohin sollte Magdalena Kaminski sich wenden? Ihr Konto wurde bereits überwacht. Sobald sie irgendwo Geld abhob, würde die Polizei es mitbekommen. Natürlich konnte sie Geld stehlen oder einen Überfall begehen. Doch beides war mit Risiken verbunden. Vor allem für eine Person, die ohnehin gesucht wurde.

Mona befragte noch einmal das Personal auf dem Flugplatz, aber dort war keine verdächtige blonde Frau aufgefallen. Die Kommissarin machte nun einen Abstecher hoch zum Dünenhotel, das sich in Alleinlage inmitten der Dünenlandschaft befand. Von der Terrasse und den Zimmern aus hatte man einen Panoramablick sowohl auf die Nordsee als auch auf die grün bewachsenen Dünen des ausgedehnten Landschaftsschutzgebietes.

„Moin, haben Sie diese Frau gesehen?“, fragte Mona eine Kellnerin, als sie den Beherbergungsbetrieb erreicht hatte und auf die Aussichtsterrasse getreten war. Sie zeigte ein Foto von Magdalena Kaminski, das aus der Personalakte in der Friesensonne stammte. Die Kellnerin zögerte kurz, dann nickte sie.

„Ja, die Dame ist mir aufgefallen, weil sie sich verirrt zu haben schien. Jedenfalls stolperte sie um das Hotel herum, kam aber weder in die Nähe der Rezeption und ließ sich auch nicht als Gast auf der Terrasse nieder. Ich fragte sie, ob ich ihr behilflich sein könnte. Daraufhin schrak sie zusammen und lief Richtung Seedeich davon. Seitdem habe ich sie nicht wieder gesehen.“

Mona horchte auf.

„Wann war das?“

Die Zeugin schaute auf die Uhr.

„Das muss jetzt so zwei bis drei Stunden her sein. Seitdem habe ich nicht mehr an sie gedacht, wir haben momentan genug zu tun.“

Sie deutete auf die Tische, die fast alle mit Gästen besetzt waren. Außer den eigentlichen Hotelgästen nutzten auch viele Wanderer das Dünenhotel als einen Anlaufpunkt, um bei einer Wanderung durch den Inselosten eine Rast einzulegen.

Mona fragte auf der Terrasse herum, aber es gab keine weiteren Zeugen, die Magdalena Kaminski gesehen hatten. Das wunderte sie nicht. Wenn es so einige Stunden her war, seit die Verdächtige aufgetaucht war, dann würden die Gäste seitdem gewiss gewechselt haben.

Mona hatte nun immerhin einen Hinweis darauf, dass sich die Gesuchte noch auf der Insel aufhielt. Sie gab die Information sofort an ihre Kollegen weiter.

Borkum verfügte immerhin über ein gut ausgebautes Netz von Wander- und Radwegen, die insgesamt über hundertdreißig Kilometer umspannten.

„Wir sollten die Wege systematisch vom Fährhafen bis hoch zum Hoge Hörn durchkämmen“, sagte Mona per Funk zu Grietje. „Am besten wäre es, wenn wir Verstärkung vom Festland bekämen.“

„Träum weiter“, gab ihre junge Kollegin trocken zurück. „Dann müsste Oltbeck sich ja eingestehen, dass wir auf Hilfe angewiesen sind. Das wird nicht passieren.“

Die Kommissarin musste zugeben, dass Grietjes Einschätzung wohl stimmte. Sie war momentan froh, dass der Chef ihr nicht im Nacken saß und sie in Ruhe nach der Verbrecherin suchen konnte.

Falls Magdalena Kaminski am nächsten Morgen immer noch auf freiem Fuß war, würde der Dienststellenleiter womöglich seine Meinung ändern und eine Hundertschaft von der Landesbereitschaftspolizei anfordern. Dann war es nämlich nur noch eine Frage der Zeit, bis sie die Mörderin aufstöbern konnten.

Einstweilen machte Mona allein mit der Suche weiter. Sie fuhr hoch bis zum Strandcafé Seeblick und befragte weitere Zeugen, doch hier hatte sich Magdalena Kaminski anscheinend nicht blicken lassen. Die Kommissarin stieg von ihrem Fahrrad und schaute über den breiten Strand, der an dieser Stelle völlig menschenleer wirkte.

Sie schlug einen weiteren Bogen und näherte sich während der nächsten Stunden immer weiter dem Ort. Ihr begegneten einige Radtouristen und Wanderer, die sich aber schnell als harmlos herausstellten.

Obwohl die Polizei momentan noch auf die Mithilfe der Medien verzichtete, hatte sich doch das Gerücht von einer flüchtigen Mörderin schnell verbreitet. Jedenfalls wurde Mona bei Personenkontrollen immer wieder darauf angesprochen.

„Wir haben die Lage im Griff“, behauptete sie in solchen Fällen stets, wobei das Lächeln auf ihren Lippen ihr selbst als falsch und gezwungen vorkam. Wenn die Polizei Herrin des Geschehens war, wieso lief dann die Gesuchte immer noch frei herum?

Diesen Widerspruch musste selbst der gutgläubigste Mitbürger erkennen.

Als die Dämmerung einsetzte und die untergehende Sonne den Horizont über der Nordsee in eine orangefarbene Glut hüllte, fehlte von der Flüchtenden immer noch jede Spur.

Mona war müde und genervt. Sie schob ihr Fahrrad über die Promenade. Der Wind frischte auf, und die verbliebenen Touristen packten am Strand ihre Sachen zusammen, um in ihre Unterkünfte zu eilen. Auch die Milchbuden hatten bereits geschlossen.

Die Kommissarin blieb plötzlich abrupt stehen. An einer der Milchbuden war das Vorhängeschloss geknackt worden, mit dem die Tür zum Verkaufsraum gesichert war. Mona schaute sich unwillkürlich um.

Waren vielleicht ein paar Jugendliche auf die Idee gekommen, illegal ihre Alkoholvorräte aufzustocken? Womöglich hatten sie ein paar Flaschen geklaut und sich schon wieder aus dem Staub gemacht.

Oder Magdalena Kaminski suchte ein trockenes Plätzchen zum Übernachten.

Mona musste sich Gewissheit verschaffen. Sie lehnte ihr Fahrrad gegen eine der Sitzbänke, die überall entlang der Strandpromenade zum Verweilen einluden. Natürlich hätte sie Verstärkung anfordern können, aber sie wollte nicht aus einer Mücke einen Elefanten machen.

Die Milchbude wirkte verlassen, als Mona langsam die Tür öffnete. Sie lauschte. Die Lichtverhältnisse waren schlecht, weil die Fensterläden geschlossen waren. Mona tastete neben der Tür nach einem Lichtschalter.

„Hallo, ist hier jemand?“, fragte sie. Das Holz knarrte unter ihren Schritten. Es roch nach schalem Bier und altem Bratenfett. Nachdem Monas Augen sich an das Zwielicht gewöhnt hatten, erblickte sie mächtige Stahlregale, in denen die Vorräte gelagert wurden. Sie glaubte schon, sich geirrt zu haben.

Doch dann bemerkte sie plötzlich eine schnelle Bewegung im Halbdunkel.

Im nächsten Moment wurde Mona zu Boden gerissen!

Natürlich wusste sie nicht, ob sie es mit der Mörderin zu tun hatte. Die Kommissarin wollte jedenfalls kein Risiko eingehen. Lange blonde Haare flogen ihr ins Gesicht, das konnte sie trotz der schlechten Lichtverhältnisse erkennen. Instinktiv hielt Mona die Handgelenke ihrer Widersacherin fest. Immerhin war es möglich, dass sie ein Messer in den Fingern hatte.

„Polizei!“, rief Mona. Doch davon ließ sich die Gegnerin nicht beeindrucken. Jedenfalls machte sie keine Anstalten aufzugeben. Stattdessen rammte sie der Kommissarin ihr Knie in die Magengrube.

Mona keuchte. Jetzt erwachte ihr Kampfgeist erst so richtig. Sie spannte die Muskeln an und drehte sich seitwärts. Sie mochte klein sein, war aber sehr zäh. Bei dem heftigen Ringen im Halbdunkel gelang es ihr, das rechte Handgelenk ihrer Gegnerin zu verdrehen. Es klirrte, als ein Messer zu Boden fiel.

Der Teilerfolg motivierte Mona. Nun wendete sich das Blatt. Die Kommissarin schaffte es, die Verbrecherin flach auf den Boden zu drücken und ihre Arme im Polizeigriff hinter den Rücken zu zwängen.

Nun musste sie der anderen Frau nur noch Handschellen anlegen.

Erst dann zog sie ihre Taschenlampe aus der Jacke und leuchtete ihrer Widersacherin ins Gesicht.

Mona hatte es wirklich geschafft, die Mörderin zu verhaften.

Kapitel 20

Am nächsten Morgen sah die Welt schon viel erfreulicher aus.

Steiner war mit der Fähre nach Emden geschafft worden, um seinen Haftprüfungstermin wahrzunehmen.

„Ich gehe mal davon aus, dass der Richter wegen Verdunkelungsgefahr Untersuchungshaft verhängt“, sagte Enno zu Mona. „Beim Verhör gestern hat der Verdächtige sich immer stärker in Widersprüche verstrickt. Durch den Mordauftrag an Dr. Lohse hat er sich selbst sein Grab geschaufelt. Sogar Oltbeck glaubt mittlerweile, dass die ungeklärten Todesfälle in dem Fleischereibetrieb nachgewiesen werden können. Und wenn der Unternehmer erst einmal auf der Anklagebank sitzt, dann werden sich auch Zeugen finden, die etwas Entscheidendes gesehen haben.“

„Wenn dann auch noch die Vorwürfe wegen Industriespionage hinzukommen, dürfte die Firma endgültig in Schieflage geraten“, mutmaßte die Kommissarin. „Aber letztlich haben diese ganzen Vorwürfe ja nur sehr indirekt mit unserem Fall zu tun. Doch wenn wir den Tod von Nele Dijkstra nicht aufgeklärt hätten, wäre wohl so einiges im Dunkeln geblieben.“

„Wir?“, wiederholte Enno schmunzelnd. „Wenn ich richtig informiert bin, hast du die Tatverdächtige im Alleingang verhaftet. Davon wäre Oltbeck übrigens gar nicht begeistert, wenn er es wüsste.“

„Also hast du es ihm noch nicht schonend beigebracht?“, fragte Mona.

„Nein, denn deinen Bericht willst du gewiss selbst schreiben.“

„Es wird mir wohl nichts anderes übrig bleiben“, räumte sie ein. „Ich bin gespannt, ob die Verdächtige heute Morgen etwas auskunftsfreudiger ist. Gestern bekamen wir ja kein Wort aus ihr heraus, als ich sie in die Gewahrsamszelle bringen ließ.“

Laut Aiske Berend hatte Magdalena Kaminski sich während der Nacht ruhig verhalten. Sie wurde jetzt in den Verhörraum geschafft, nachdem sie noch am Vorabend erkennungsdienstlich behandelt worden war.

Als Mona und Enno das fensterlose Zimmer betraten, saß die Verdächtige da und nahm kaum von ihnen Notiz. Sie wirkte unbeteiligt – so, als ob die ganze Sache sie nichts angehen würde.

Die Ermittler stellten sich noch einmal offiziell vor und belehrten Magdalena Kaminski über ihre Rechte. Sie zuckte mit den Schultern.

„Schön, und was wollen Sie jetzt von mir? Sie wissen doch, dass ich diese Frau getötet habe.“

Sie sprach mit einem leichten Akzent, war aber gut zu verstehen. Mona hatte noch eine ganze Menge Fragen an sie.

„Mich interessiert vor allem, weshalb Nele Dijkstra überhaupt sterben musste. Diese Frau hat Ihnen doch gar nichts getan“, stellte sie fest.

„Nein, Nele Dijkstra hat mir nichts getan. Genau genommen hat mir auch Bodo Steiner nichts getan. Nur sein Vater. Der hat nämlich dafür gesorgt, dass der Tod meines Bruders vertuscht wurde und man niemanden dafür verantwortlich gemacht hat.“

„Manche Leute würden den Tod Ihres Bruders als einen bedauerlichen Betriebsunfall ansehen“, wandte Enno ein.

Magdalena Kaminski schnaubte ironisch.

„Ach, wirklich? Na, dann war Nele Dijkstras Tod auch ein Unfall, finde ich. Denn schließlich wollte ich Bodo Steiner umbringen. Aber sie musste sich ja unbedingt einmischen. Da war es sozusagen Pech, dass die Messerklinge sie traf.“

Mona zog die Augenbrauen zusammen.

„Wissen Sie, was ich nicht verstehe? Ich billige Ihre Handlungen nicht – doch wenn Sie schon den Racheengel spielen und es den Verantwortlichen heimzahlen wollten, weshalb haben Sie dann nicht gleich auch noch Bodo Steiner umgebracht? Er war doch mehr oder weniger wehrlos, nachdem er den Drink mit dem GHB intus hatte.“

„Ich habe wirklich daran gedacht“, räumte die Mörderin ein. „Doch dann entschied ich mich dagegen. Es kam mir als eine viel größere Strafe für Ernst Steiner vor, wenn sein Sohn als Mörder verurteilt wird. Bodo Steiner hat sich doch selbst in diese Situation gebracht, indem er mich angebaggert hat. Er konnte ja nicht ahnen, wen er sich da aufs Boot holt.“

„Nele Dijkstra hatte eine Reisetasche bei sich, als sie an Bord ging. Was ist mit Ihnen, Frau Kaminski? Wollten Sie eine längere Reise machen?“

„Nein, denn Bodo wusste ja, dass ich arbeiten musste. Ihm gegenüber habe ich mich als Zimmermädchen ausgegeben, um auf Nummer sicher zu gehen und nicht zu viel über mich zu verraten. Er hatte mir versprochen, mich wieder an Land abzusetzen, bevor er mit Nele zu einer längeren Tour aufbricht. Schließlich ist dann ja alles anders gekommen.“

Die Kommissarin blätterte in ihren Unterlagen.

„Warum haben Sie sich eigentlich im Schrank versteckt?“

„Das habe ich nur eine Zeit lang getan, als Bodo und Nele miteinander rumgemacht haben. Ich wollte meine Ruhe und mich innerlich sammeln. Dass ich die Droge nicht zu mir genommen habe, muss ich wohl nicht betonen. Zum Glück hatte ich gerade hingeschaut, als Bodo das Teufelszeug in die Gläser tat. Ich wusste nicht, wie es bei mir wirken würde. Ich wollte stocknüchtern bleiben und habe den Inhalt meines Glases über Bord geschüttet. Das ist Bodo gar nicht aufgefallen.“

„Nach dem Mord haben Sie in aller Ruhe abgelegt und sind in See gestochen“, stellte Enno fest. „Wozu das Ganze?“

„Ich wollte, dass die Esmeralda treibend gefunden wird, mit Bodo als verwirrtem Mörder an Bord. Ich bin eine gute Schwimmerin. Ich brauchte für die Strecke bis zum Südstrand nicht viel Zeit, nachdem ich die Ruderanlage zerstört hatte.“

„Und warum haben Sie die drei Gläser nicht in den Schrank zurückgestellt?“, wollte Mona wissen.

„Dafür war leider keine Gelegenheit mehr. Ich musste über Bord springen, als ich das Motorengeräusch der Küstenwache gehört habe. Vielleicht war ich zu panisch. Aber ich konnte schlecht einschätzen, wie lange das Patrouillenboot bis zu der Segelyacht brauchen würde. Ich wollte auf keinen Fall dort angetroffen werden.“

Die Kommissarin verzog den Mund.

„Das haben Sie sich ja schön zurechtgelegt. – Und wie sind Sie auf die Idee gekommen, Oliver Drechsler niederzuschlagen und die Schuld auf Blom abzuwälzen? Ausgerechnet auf den Mann, der Ihnen zuliebe sogar gelogen hat?“

„Mir ist erst später bewusst geworden, dass Blom mir mit seiner Aussage geholfen hat“, räumte die Verbrecherin ein. „Ich habe Augen im Kopf, Frau Kommissarin. Mir entging nicht, dass die beiden Männer Interesse an Ihnen hatten. Das erschien mir eine gute Gelegenheit zu sein, um Ihren Verdacht in eine andere Richtung zu lenken und Zeit zu gewinnen. Ich wusste, in welcher Pension Drechsler wohnte, weil er öfter Gast war und es mal erwähnt hatte.

Also schlich ich nach Feierabend zu ihm, schlug ihn nieder und schrieb den Zettel.“

In Wirklichkeit war Mona erst durch diese Aktion so richtig auf die Kellnerin aufmerksam geworden, aber das musste sie ihr ja nicht auf die Nase binden. So etwas geschah, wenn ein Täter zu schlau sein wollte und glaubte, die Polizei ganz besonders raffiniert hinters Licht führen zu können.

Enno schüttelte einfach nur den Kopf.

„Hätten Sie nicht den Tod Ihres Bruders bei den Behörden anzeigen können?“, fragte er verwundert.

„Da die Leiche immer noch nicht gefunden wurde, ging das nicht. Glauben Sie mir, ich habe alles versucht, um für Gerechtigkeit zu sorgen. Es hat nicht funktioniert. Als ich diesen Job auf Borkum bekam, erschien es mir als ein Wink des Schicksals. Natürlich hatte ich zuvor schon im Internet so viel wie möglich über den Chef meines Bruders herausgefunden. Es war ja kein Geheimnis, dass Steiner ein Ferienhaus und eine Yacht auf dieser Insel besaß.“

„Und was ist mit den zahlreichen Affären seines Sohnes?“, wollte die Kommissarin wissen.

Die Mörderin lachte, aber es klang nicht amüsiert.

„Haben Sie sich mal sein Profil in den sozialen Medien angesehen? Es ist doch sonnenklar, dass er ein … wie sagt man … Beuteschema hat. Ich bin eine Frau, die ihm gefällt. Das musste ich ausnutzen und konnte es zum Teil meines Racheplans machen.“

„Dadurch wird Ihr Bruder auch nicht wieder lebendig“, stellte Mona fest.

Kapitel 21

Eine Woche später waren Mona und Enno bereits wieder mit anderen Kriminalfällen beschäftigt. Nach einem turbulenten Vormittag auf der Dienststelle wollten sie sich eine Mittagspause im Knurrhahn gönnen.

Die Ermittler hatten gerade die Polizeistation verlassen und gingen Richtung Inselbahnhof, als ihnen eine Familie mit zwei Kindern entgegenkam.

„Das glaube ich jetzt nicht“, sagte die Kommissarin verblüfft. „Das ist doch Merle Tammen!“

Mona hätte die junge Frau beinahe nicht wiedererkannt. Sie wirkte jetzt frischer und fröhlicher als bei ihrer ersten Begegnung, schien sich um zehn Jahre verjüngt zu haben. Die Kinder hatte Mona bei ihrem Besuch nicht kennengelernt. Und auch der Mann an Merles Seite war nicht vorhanden gewesen, da das Ehepaar ja wegen der Affäre mit Nele Dijkstra getrennt lebte.

Enno nickte dem Mann zu, bei dem Merle sich eingehakt hatte.

„Na, Hanno – hat es dich doch wieder nach Borkum gezogen?“

Der braun gebrannte und sympathisch wirkende Hanno schaute erst Enno, dann Mona an.

„Ja, ich hatte mich total verrannt. Ich gehöre doch hierher, das habe ich nun erkannt.“

Und Merle sagte zu Mona: „Wir müssen jetzt doch nicht auf die Straße, die Bank hat mit sich reden lassen. Nun, da mein Mann wieder da ist ...“

Es war nicht nötig, den Satz zu beenden.

Mona lächelte.

„Dann scheinen sich die Dinge für Sie ja positiv zu entwickeln. Wir drücken Ihnen die Daumen, dass es auch so bleibt.“

„Wir sind optimistisch“, meinte Hanno. „Und – danke, Enno.“

Der Oberkommissar nickte nur, dann setzte er gemeinsam mit Mona seinen Weg fort.

„Wofür hat er sich denn bedankt?“, fragte sie, obwohl sie die Antwort zu kennen glaubte.

„Ich hatte dir doch gesagt, dass ich mit Hanno mal von Mann zu Mann reden wollte“, brummte Enno. „Er musste seine Familie wirklich nicht in den Wind schießen. Schon gar nicht jetzt, wo seine zeitweilige Geliebte nicht mehr lebt.“

Mona hatte sich schon gedacht, dass die Tammens dank Ennos Intervention wieder zueinandergefunden hatten.

Sie sagte jetzt nichts mehr, sondern stellte sich auf die Zehenspitzen, um ihrem Kollegen einen Kuss auf die Wange zu geben.

Ostfrieslandkrimi Empfehlungen
des Klarant Verlages

Lernen Sie die Ostfrieslandkrimi-Serie „Mona Sander und Enno Moll ermitteln“ von Sina Jorritsma kennen:

Friesische Inselidylle? Von wegen! Auf der ostfriesischen Insel Borkum lösen Kommissarin Mona Sander und ihr Kollege Enno Moll knifflige Mordfälle. Die emotionale Kommissarin geht bei der Verbrecherjagd gerne ihren eigenen Weg und scheut dabei kein Risiko ... Bei der Krimireihe der Autorin Sina Jorritsma ist Hochspannung garantiert!

In der Serie sind bereits folgende Ostfrieslandkrimis erschienen:

„Friesenbraut“, Band 1
Taschenbuch ISBN: 978-3-95573-557-9
eBook ISBN: 978-3-95573-556-2

Auf der ostfriesischen Insel Borkum verschwindet eine Braut kurz vor der Eheschließung. Zunächst glauben die Kommissare Mona Sander und Enno Moll noch an einen dummen Streich. Aber wenig später wird das blutverschmierte Brautkleid gefunden. Ist die dunkelhaarige Schönheit einem Gewaltverbrechen zum Opfer gefallen? Die Inselkommissare finden Indizien, die aber nicht zusammenpassen. Hat der undurchsichtige Exfreund der Braut seine Hände im Spiel? Wer war an den geheimen Sex-Spielen im Ferienhaus beteiligt? Und welches Interesse verfolgt der machtbesessene zukünftige Schwiegervater? Dann findet die Polizei eine Leiche – und muss feststellen, dass die Dinge ganz anders sind, als sie auf den ersten Blick scheinen. Die Mörderjagd versetzt nicht nur die friedliche Nordseeinsel in Aufruhr, sondern wird auch zur persönlichen Herausforderung für Mona Sander. Sie wird selbst zur Zielscheibe des Mörders…

„Friesenkreuz", Band 2
Taschenbuch ISBN: 978-3-95573-552-4
eBook ISBN: 978-3-95573-600-2

Eine Leiche in den Dünen von Borkum gibt Kommissarin Mona Sander und ihrem Kollegen Enno Moll Rätsel auf. War es Mord? Wie lange liegt der Tote schon unter dem Sand begraben? Als die Identität des Mannes geklärt ist, nimmt der Fall erst recht an Fahrt auf. Plötzlich geschieht ein weiteres Verbrechen, und Mona Sander kommt einem Mordverdächtigen persönlich näher. In dem ostfriesischen Idyll gibt es viele Menschen, die etwas zu verbergen haben. Um den Täter entlarven zu können, muss die Kommissarin ein dunkles Geheimnis aus der Vergangenheit lösen…

„Friesenlauf", Band 3
Taschenbuch ISBN: 978-3-95573-553-1
eBook ISBN: 978-3-95573-618-7

Ein Jogger beißt ins Dünengras und stirbt scheinbar eines natürlichen Todes. Hat sich Hardy Lohmann beim traditionellen Meilenlauf auf Borkum einfach zu viel zugetraut? Kommissarin Mona Sander ist als Ersthelferin vor Ort und bemerkt verdächtige Symptome. Eine Obduktion des Toten schafft Gewissheit: Das Opfer wurde vergiftet. Hat seine junge schöne Geliebte ihre Hand im Spiel gehabt? Und welche Rolle kommt einem zwielichtigen Abmahnanwalt zu? Wem gehören die 100.000 Euro, die in Lohmanns Ferienhaus gefunden werden? Mona Sander und ihr Kollege Enno Moll beginnen mit der Untersuchung des Mordfalls. Doch als plötzlich ein undurchsichtiger Mann aus Monas Vergangenheit auftaucht, spitzen sich die Ereignisse dramatisch zu…

„Friesenflirt", Band 4
Taschenbuch ISBN: 978-3-95573-542-5
eBook ISBN: 978-3-95573-541-8

Ein rätselhafter Todesfall erschüttert die ostfriesische Insel Borkum. Im Hotel Teutonia wird eine junge Frau erhängt aufgefunden. Zunächst spricht einiges für einen Selbstmord, doch bei der Obduktion werden Spermaspuren von zwei Männern an der Toten entdeckt. Ist ihr ein scheinbar harmloser Flirt zum Verhängnis geworden?

Die Inselkommissare Mona Sander und Enno Moll ermitteln und finden heraus, dass die attraktive Blondine als Treutesterin gearbeitet hat. In Verdacht: Markus Winter, der dubiose Chef der Treuetest-Agentur. Er war zur Tatzeit auch auf Borkum und verstrickt sich immer mehr in Widersprüche… Andere Hinweise deuten auf ein mysteriöses Doppelleben der Toten. Kommissarin Mona Sander lässt nicht locker und kommt dem Täter dabei gefährlich nah …

„Friesenwahn", Band 5
Taschenbuch ISBN: 978-3-95573-622-4
eBook ISBN: 978-3-95573-623-1

Am Strand von Borkum wird eine Brandleiche in einem Ruderboot angespült. Der Körper ist bis zur Unkenntlichkeit verbrannt, doch bald steht die Identität des Toten fest: Es handelt sich um den erfolgreichen ostfriesischen Strafverteidiger Fokke Huizinga. Der Ermordete war auf Borkum zu einem Treffen von Hobbywikingern. Gab es Streit unter den Wikingern, der tödlich endete? Und welche Rolle spielt der obskure Geistheiler Jeremias Brock? Seine Anhänger scheinen einem regelrechten Wahn zu verfallen, und die Frau des Ermordeten ist eine von ihnen… Die Liste der Verdächtigen wird immer länger, und die Inselkommissare Mona Sander und Enno Moll stehen vor einem Rätsel. Als der Fall für Enno zu einer persönlichen Angelegenheit wird, droht endgültig alles außer Kontrolle zu geraten…

„Friesenstalker“, Band 6
Taschenbuch ISBN: 978-3-95573-688-0
eBook ISBN: 978-3-95573-701-6

Die ostfriesische Insel Borkum wird von einem düsteren Mord erschüttert. Ein verurteilter Stalker wird tot aufgefunden, gnadenlos stranguliert mit einem Seil. Handelt es sich um einen gemeinschaftlichen Racheakt? Ausgerechnet die drei jungen Frauen, die den Stalker angezeigt hatten, machen gerade zusammen Urlaub auf Borkum. Haben Reina, Hanna und Janina ein Mordkomplott geschmiedet und sich an ihrem Peiniger gerächt? Einiges deutet darauf hin, doch die Inselkommissare Mona Sander und Enno Moll ermitteln in alle Richtungen. Ins Visier gerät auch die Schwester des Ermordeten, Helena Kiebing. Sie scheint ihren Bruder zutiefst gehasst zu haben, und sie ist in merkwürdige Machenschaften verstrickt ... Je tiefer die Kommissare graben, desto unübersichtlicher wird der Fall. Schließlich überschlagen sich die Ereignisse auf der Nordseeinsel, und plötzlich gerät Mona in tödliche Gefahr …

„Friesenjuwel“, Band 7
Taschenbuch ISBN: 978-3-95573-764-1
eBook ISBN: 978-3-95573-765-8

Bei einem Überfall auf das renommierte Juweliergeschäft Hettinga auf Borkum wird der Inhaber getötet. Schnell wird den Inselkommissaren Mona Sander und Enno Moll klar, dass es sich keineswegs um einen normalen Raubüberfall handelte, denn ganz offensichtlich kannte der Räuber die Kombination des Safes. Und warum wurde nur eine ganz bestimmte wertvolle Schmucksammlung gestohlen, eine große Summe Bargeldes aber liegen gelassen? Und weshalb wurde der unbewaffnete Juwelier erschossen? Systematisch gehen sie den verschiedensten Hinweisen nach und je tiefer sie graben, auf umso mehr Abgründe stoßen sie verbotenes Glückspiel, Hehlerei und Drogen auf der beschaulichen Nordseeinsel! Immer neue Verdächtige geraten in den Fokus der Ermittlungen und es gibt einen weiteren Toten. Aber als sich langsam der Nebel lichtet und sich ein klares Bild herauskristallisiert, ist plötzlich Mona verschwunden.

Fieberhaft machen sich ihre Kollegen auf die Suche, denn der skrupellose Täter geht im wahrsten Sinne des Wortes über Leichen...

Klarant Verlag

Lernen Sie die Ostfrieslandkrimi-Titel des Klarant Verlages kennen und besuchen Sie uns im Internet unter:

www.ostfrieslandkrimi.de

und

www.klarant.de

Sie können dort Näheres über unsere Autoren erfahren, viele weitere interessante Bücher und eBooks finden und Leseproben herunterladen. Mit dem kostenlosen Newsletter auf

www.ostfrieslandkrimi-lesen.de

erhalten Sie aktuelle Informationen rund um das Verlagsprogramm, wie beispielsweise spannende Neuerscheinungen und Gewinnspiele.